Katie Ashley

LAST MILE

Erlösung

Ins Deutsche übertragen von
Joy Fraser

Hells Raiders MC: Last Mile: Erlösung
Katie Ashley

Aus dem Amerikanischen ins Deutsche übertragen
von Joy Fraser

© 2016 by Katie Ashley unter dem Originaltitel „Last Mile (A Vicious Cycle Novel Book 3)"
© 2020 der deutschsprachigen Ausgabe und Übersetzung by Plaisir d'Amour Verlag, D-64678 Lindenfels
www.plaisirdamour.de
info@plaisirdamourbooks.com
© Covergestaltung: Sabrina Dahlenburg (www.artfor-your-book.de)
© Coverfoto: Shutterstock.com
ISBN Taschenbuch: 978-3-86495-461-0
ISBN eBook: 978-3-86495-462-7

This edition is published by arrangement with Berkley, an imprint of Penguin Publishing Group, a division of Random House LLC.

Widmung

*F*ür meine treuen Leser, die mich durch alle Genres
begleiten.
  Ich werde euch für alles Gute, das ihr mir habt zu-
teilwerden lassen, für immer unendlich dankbar sein.
  Dafür habt ihr meine tiefste und aufrichtigste Liebe.

Prolog

Klirrendes Besteck und Geplauder hallten durch das Esszimmer und raubten der achtjährigen Samantha Vargas den letzten Nerv. Zum hundertsten Mal spähte sie in den Flur auf die goldenen Zeiger der alten Standuhr. Es war schon fast sieben und ihr Vater war bereits dreißig Minuten zu spät. Während ihrer Mutter und ihren Geschwistern seine Unpünktlichkeit nichts auszumachen schien, erwartete sie wie auf glühenden Kohlen sitzend seine Ankunft.

„Dein Essen zu ignorieren bringt Daddy auch nicht schneller nach Hause", schimpfte ihre Mutter und deutete auf die Gabel auf Sams Teller. „Iss auf."

Mit einem Seufzen nahm Sam die Gabel und schob ihr Essen, das normalerweise ihre Lieblingsspeise war, sie aber heute Abend nicht begeistern konnte, auf dem Teller herum. Sie hob etwas von dem spanischen Reisgericht Arroz con Pollo an den Mund. Als sie gerade essen wollte, hörte sie einen Automotor. Dann wurde eine Tür zugeworfen und Sam hob den Kopf. „Er ist da!", rief sie und sprang vom Stuhl.

Mit ihren schwarzen Turnschuhen brannte sie

fast eine Rille in den Boden, als sie aus dem Raum rannte.

„Samantha Eliana Vargas, komm sofort zurück und iss deinen Teller leer!"

Sie überhörte den Befehl ihrer Mutter, rannte durch den Flur und riss die Haustür auf. Sie polterte die Vordertreppe hinab auf den Pfad und sprang ihrem Vater in die Arme. Er ließ seine Aktentasche fallen, weil er nicht beides balancieren konnte.

Er lachte über ihren Schwung. „Du freust dich wohl, mich zu sehen, was?"

„Du warst fast eine Woche weg." Sie schlang die Arme fester um seinen Hals. Als sie sich eng an ihn presste, spürte sie unter seinem Anzug das Pistolenhalfter und den Stahl der Waffe. Die meisten Kinder hätte das verängstigt, doch auf sie hatte es eine tröstliche Wirkung. So kannte sie ihren Vater. Wie im Fernsehen und in Filmen war er einer der Guten und kämpfte gegen die Bösen, die kriminelle Dinge taten.

„Der Fall hat etwas länger gedauert, als ich dachte, Mija. Aber ab übermorgen werde ich dann eine Weile zu Hause sein."

„Das freut mich sehr." Sie sah in seine dunkelbraunen Augen, die sie von ihm geerbt hatte. Natürlich hatte sie noch viel mehr von ihm als nur die Augenfarbe. Im Gegensatz zu ihrem älteren Bruder und ihrer Schwester, die mehr nach der Mutter kamen, war sie das Mini-Ich ihres Vaters. Wenn sie einmal groß war, wollte sie genauso sein wie er.

Strafverfolgung lag ihr im Blut. Ihr Großvater war Polizist in Miami gewesen und ihr Vater war ein Agent der Behörde für Drogen und Schusswaffen, der ATF. Sie hatte den starken Wunsch, die Bösen zu erwischen, so wie die Agenten. Während andere Mädchen in ihrem Alter mit Barbies und anderen Puppen spielten, bekam sie von ihrem Vater erzählt, wie man eine Waffe auseinander- und wieder zusammenbaut und wie man Körpersprache liest.

„Komm mit, gehen wir rein. Deine Mama hat versprochen, dass sie heute mein Lieblingsessen kocht, und ich bin am Verhungern."

Sam grinste. „Hat sie auch."

„Und deshalb habe ich sie auch so lieb. Sie mag zwar Irin sein, aber sie gibt sich alle Mühe, ihrem kubanischen Ehemann sein Lieblingsessen zu kochen."

Sie stiegen die Treppe hinauf und der Rest der Familie wartete bereits an der Tür. Ihr Vater stellte Sam auf den Boden, um ihren fünfzehnjährigen Bruder Steven und ihre dreizehnjährige Schwester Sophie umarmen zu können. Da Steven und Sophie Teenager waren, fanden sie es uncool, den Vater genauso enthusiastisch zu begrüßen wie Sam.

Ihr Vater nahm ihre Mutter in den Arm und gab ihr einen langen Kuss. „Du hast mir gefehlt, Jenny."

Ihre Mutter lächelte ihn an. „Du mir auch. Haben wir dich jetzt endlich mal eine Weile für uns?"

„So um neun muss ich noch etwas zu Ende bringen, aber dann bin ich für die nächsten paar Wochen an den Schreibtisch gekettet."

Ihre Mutter seufzte erleichtert. „Da das der sicherste Platz ist, an dem du sein könntest, freue ich mich, das zu hören."

Ihr Vater drückte ihrer Mutter noch einen Kuss auf. „Du machst dir zu viele Sorgen."

„Daddy, darf ich heute Abend mitkommen?", fragte Sam. Er schüttelte den Kopf, doch sie widersprach. „Aber es ist Freitag. Ich muss morgen nicht in die Schule."

„Das wäre etwas zu gefährlich für dich heute." Er sah ihr enttäuschtes Gesicht und stupste ihre Nase an. „Nächstes Mal, Mija."

An Vaters entschlossenem Ton erkannte sie, dass es keinen Sinn hatte, weiterzubohren.

Als er am Tisch Platz genommen hatte, setzte sie sich zögernd wieder auf ihren Stuhl. Jetzt interessierte sie ihr Abendessen etwas mehr als vorher, und sie schaffte es, alles aufzuessen, weil sie wusste, dass es ihn freute.

Während des letzten Bissens kam ihr eine blendende Idee. Sie würde ihrem Vater beweisen, dass sie nicht noch zu jung war, um einen Fall zu sehen, bei dem es heiß hergehen könnte. Wenn sie eines Tages ein Agent sein wollte wie er, musste sie ja irgendwann einmal anfangen. Genau wie ihren Geschwistern hatte er ihr schon sehr früh gezeigt, wie man am Schießstand die Waffe abfeuerte, und einige Griffe zur Selbstverteidigung beigebracht.

Allerdings, wenn die Sache Erfolg haben sollte, musste sie es geschickt anstellen. Und da war ihr die Idee gekommen.

„Worüber grinst du so?", fragte ihr Vater und holte sie aus den Gedanken.

„Ach, über nichts."

Nachdem die Küchenarbeit erledigt war und ihre Geschwister ihren Freitagabend-Verabredungen nachgingen, tat Sam so, als ob sie sich etwas im Fernsehen anschauen wollte. Als es immer mehr auf neun Uhr zuging, gähnte sie ein paarmal und gab vor, müde zu sein und ging früh in ihr Zimmer. Sie unterdrückte ein Lächeln und gab ihren Eltern Gutenachtküsse.

Als sie sicher war, dass sie nicht weiter auf sie achteten, schlüpfte sie aus der Hintertür. Sie schlich ums Haus zu Vaters Wagen, öffnete die Tür und kauerte sich im Fußraum des Rücksitzes zusammen. Mit ihrer Decke, die dort lag, bedeckte sie sich. Vor Aufregung bebte sie so stark, dass ihre Zähne klapperten.

Sie wusste nicht, wie lange sie gewartet hatte, als sie endlich hörte, wie ihr Vater kam. Als er im Auto saß, atmete sie nur noch flach, aus Angst, er könnte sie trotz des laufenden Motors hören.

Nachdem das Auto ein paarmal abgebogen war, wusste Sam, dass sie jetzt auf der Schnellstraße waren und wahrscheinlich nach Miami unterwegs. Ihre Gedanken rasten, und sie stellte sich verschiedene Szenarien vor, was ihr Vater wohl vorhaben könnte. Vielleicht traf er sich mit einem Informanten oder arbeitete undercover. Diese Vorstellungen jagten Adrenalin durch ihre Adern.

Es schien ewig zu dauern, bis der Wagen von der Schnellstraße abbog. Er fuhr mit gleichmäßiger Geschwindigkeit weiter und bog dann erneut ab. Bei dem Gerüttel und Geschüttel ging sie davon aus, dass er auf eine Art Feldweg gefahren war. Als der Wagen anhielt, zog sich Sam die Decke vom Kopf und atmete frische Luft.

Ihr Vater stellte den Motor ab und fummelte an etwas herum. Dann ertönte das unverwechselbare Krächzen eines Funkgerätes.

„Agent Vargas meldet sich von der Liberty Avenue 1901."

„Roger, Vargas. Brauchst du Verstärkung?", krächzte die andere Stimme.

„Nein. Handelt sich nur um einen routinemäßigen Informationsaustausch."

„Viel Glück. Zehn-vier."

„Zehn-vier."

Ein paar Minuten verstrichen. Plötzlich ertönte das Geknatter von Motorrädern, und Sam zuckte in ihrem Versteck erschrocken zusammen. Sie konnte sich nicht vorstellen, was ihr Vater mit einer Motorradgang zu tun haben sollte. Als sie das letzte Mal in der Stadt gewesen war, war eine Gruppe Biker an ihnen vorbeigefahren. Das Abzeichen auf ihren Lederwesten hatte ihr mehr Angst eingejagt als die lauten Geräusche. Es war ein Schädel mit einer Art Indianerkopfschmuck. Ihr Vater hatte es einen Death's Head genannt.

Sie fragte sich, ob es sich um dieselbe Gruppe handelte, und spähte vorsichtig aus dem Fenster. In der schattigen Dunkelheit stieg ein Mann von seinem Bike und kam über den Parkplatz näher. Die einsame Straßenlaterne ließ Sam etwas erkennen. Langes, dunkles Haar hing über seine breiten Schultern, doch vom Gesicht sah sie nicht viel, weil er einen Bart hatte. Sogar im Dunkeln trug er eine Sonnenbrille, und Sam wunderte sich, wie er überhaupt etwas sehen konnte.

„Schön, dich wiederzusehen, Willie. Weißt du jetzt den Ort der Übergabe, wie du versprochen hast?"

„Nein", murmelte der Mann mit rauer Stimme.

Ihr Vater knurrte frustriert. „Ich dachte, wir hätten einen Deal. Der Übergabeort sorgt dafür, dass der Fall geschlossen wird, aber vor allem schützt er dich vor dem Knast."

Willie zuckte mit den Schultern. „Ich habe nur eine Nachricht für dich."

„Eine Nachricht?" Vorsicht und Sorge erfüllten seine Stimme.

„Wer sich mit den Rogues anlegt, landet unter der Erde."

„Oh Scheiße!", sagte ihr Vater und bewegte sich hektisch.

Eine Explosion wie ein Kanonenschlag ertönte neben dem Auto. Sams Schrei erstickte in ihrer Kehle bei dem Geräusch, und weil sie von etwas Warmem und Klebrigem berieselt wurde.

Sekunden tickten vorbei. Oder waren es Minuten?

Sams Herz schlug so laut, dass sie sicher war, ihr Vater und der Mann konnten es hören.

Das Motorrad startete, und sie begriff, dass der Biker wegfuhr. Als sie sicher war, dass er fort war, richtete sie sich auf.

„D-Daddy?"

Als sie sich traute, nach vorn zu sehen, kam ein Schrei in ihr hoch, doch obwohl sie den Mund öffnete, kam kein Ton heraus. Sie blinzelte mehrmals und starrte entsetzt auf die klaffende Wunde an Vaters Kopf und auf das Blut, das mit noch etwas anderem auf den Sitz und das Armaturenbrett gespritzt war.

Sofort war ihr klar, dass er Hilfe brauchte. Jemand musste herkommen und ihren Vater wieder zusammenflicken. Mit zitternden Fingern fummelte sie am Türgriff herum. Als sie die Tür geöffnet hatte, sprang sie auf den Schotter, aber ihre weichen Knie trugen sie beinahe nicht. Sie öffnete die Beifahrerseite und stieg ein. Dann nahm sie ihrem Vater das Funkgerät aus der Hand. Mit bebenden Fingern drückte sie auf den Knopf, wie ihr Vater es ihr beigebracht hatte. Natürlich war das damals alles nur ein Spiel gewesen. „H-hallo?"

Nachdem sie den Knopf losgelassen hatte, dauerte es eine halbe Ewigkeit, bis sich jemand meldete.

„Kind, das ist eine Polizeifrequenz. Verlasse sie, bevor du Ärger bekommst."

Instinktiv überdeckte ihre Wut ihre Angst. „Ich heiße Samantha Vargas. Mein Vater ist Agent Antonio Vargas. Er wurde …" Sie sah kurz zu ihrem leblosen Vater hinüber und kniff die Augen zu. „Es wurde auf ihn geschossen."

„Um Himmels willen!"

Sie hörte jede Menge Aktivität auf der anderen Seite. Sie ließ das Funkgerät fallen und hörte nicht mehr zu, was der Mann noch zu sagen hatte. Sie nahm die Hand ihres Vaters in ihre.

Noch immer starrte sie seine Hand an, als die Polizei und die Sanitäter erschienen, begleitet von flackernden Lichtern und heulenden Sirenen.

Jemand öffnete die Beifahrertür. „Verfluchte heilige Scheiße", murmelte jemand.

Als Arme sie ergriffen, wehrte sich Sam nicht. Sie drückte einen Kuss auf Vaters Hand und ließ sich aus dem Wagen heben. Eine freundliche weibliche Stimme sprach beruhigend auf sie ein. Sie hörte nicht zu. Denn niemand hätte etwas sagen können, das alles wieder gut gemacht hätte.

Ihr Vater war tot.

Kapitel 1

Bishop

D er Klang der Eröffnungsglocke hallte in meinen Ohren wider und jagte elektrische Energie durch mich hindurch. Adrenalin wurde in mein Blut gepumpt und meine Muskeln und Sehnen zogen sich erwartungsvoll zusammen, als ich aus der Ecke des Rings trat. Meine Boxhandschuhe befanden sich vor meiner Brust, um entweder Schaden zu verursachen oder einen Treffer zu blockieren.

Wenn man vor einem Gegner stand, war gutes Timing alles. Sich eine Sekunde zu spät zu ducken, machte den ganzen Unterschied zwischen dem Verfehlen deines Kinns oder einem K.-o.-Schlag. Und im richtigen Moment aus der Deckung zu gehen, war ausschlaggebend, um den Gegner kampfunfähig zu machen und zu gewinnen.

Ich hatte schon vielen Gegnern gegenübergestanden. Meistens in überfüllten, lauten Bars oder schlecht beleuchteten Hinterhöfen.

Obwohl ich die Fäuste auch einsetzte, um meine Club-Brüder zu beschützen, benutzte ich dafür lieber andere Waffen.

Heute allerdings stand ich in dem grellen Licht eines Boxrings einem Kämpfer gegenüber, den ich vorher noch nie gesehen hatte. Im Ring war ich am stärksten. Zwischen den Seilen musste ich mich nicht auf Knarren und Messer verlassen, um meinen Arsch zu retten. Meine Hände und mein Körper waren die einzigen Waffen, die ich brauchte. Damit konnte ich viel Schmerz und Leid verursachen und zum Gewinner werden.

Mit fünfundzwanzig hatte ich den größten Teil meines Lebens gekämpft. Als ich noch ein Kind war, hatte mein alter Herr mich dazu gebracht, um Dampf abzulassen. Da er ein früherer Verbrecher war, der ein heiliger Pastor wurde und dann ein MC-Präsident, hatte er genug Erfahrung darin, wie man heißes Temperament in intensive körperliche Aktivität umsetzen konnte. Was er nicht hatte ahnen können, als er mich ins clubeigene Fitnessstudio brachte, war mein gottgegebenes Talent im Ring.

Als ich heute Abend kämpfte und rechte Haken und Geraden austeilte, fand ich meinen Gegner derartig pussymäßig, dass ich den Verdacht hegte, man hätte ihn fürs Verlieren bezahlt. Doch in der fünften Runde bekam er Aufwind und schlug auf mein Gesicht ein. Ich spürte das Brennen aufgeplatzter Haut auf der Stirn und in den Augenbrauen. Blut brannte in meinen Augen und meine Sicht verschwamm. Doch anstatt mich davon behindern zu lassen, machte es mich nur wütender.

Im Laufe dieser Runde erschöpfte ich meinen

Gegner. Endlich, nach der neunten Glocke, verpasste ich ihm einen ans Kinn und dann auf die Nase. Er stolperte rückwärts, sackte auf die Knie und kippte nach vorn auf sein Gesicht.

Der Schiedsrichter kam auf die Matte, um sicherzustellen, dass mein Gegner k. o. war. Als er sich erhob, nahm er meinen Arm und riss ihn in die Höhe. Die Zuschauer sprangen auf und brachen in Jubel aus. Ein arrogantes Grinsen breitete sich auf meinem Gesicht aus. Ich drehte mich triumphierend um und hob beide Arme, was die Zuschauer zum Ausflippen brachte. Ich stieß mit der Faust in die Menge und ging dann in die Ecke, wo mich Boone, der offizielle Schatzmeister der Raiders und mein inoffizieller Trainer, erwartete.

Er reichte mir eine Flasche Wasser, die ich dankbar leerte.

„Breakneck ist unauffindbar, also habe ich in dieser fiesen fünften Runde Rev geschrieben, dass er Annabel schicken soll, um dich zu versorgen."

„Ach, fuck, Mann. Mecker von Rev, weil seine Frau mich zusammenflicken soll, ist das Letzte, was ich brauchen kann."

„Tja, entweder Annabel oder die Notaufnahme." Boone schnaubte. „Schließlich wollen wir nicht, dass deine hübsche Fresse Narben bekommt."

„Wie auch immer", brummte ich, nahm das Handtuch von den Seilen und trocknete mich ab.

„Soll ich das für dich machen?", schnurrte eine Stimme hinter mir.

Ich blickte über meine Schulter und betrachtete

die spärlich bekleidete Figur eines Nummerngirls. Sie gehörte zu den scharfen Mädels, die mit über den Köpfen gehaltenen Rundennummern um den Ring liefen. Ich hatte sie schon bei den letzten paar Kämpfen gesehen. Sie neigte den Kopf seitlich und schenkte mir ihren besten Fick-mich-Blick. Trotz meiner Schmerzen und dem blutigen Gesicht reagierte mein Schwanz sofort auf diese Offerte.

Ich trat näher an sie heran. „Meinst du, du kannst mir helfen, wenn ich nachher zusammengeflickt bin?"

Sie spitzte die roten Lippen. „Vielleicht."

„Es wird sich lohnen. Mehrmals. Das verspreche ich dir."

Sie ließ den Blick über meinen Körper schweifen, ehe sie mich wieder ansah. „Okay, Champ. Mal sehen, ob du heute zwei K. o. hinbekommst."

„Gib mir eine halbe Stunde."

„Klingt gut."

Boones Hand landete auf meiner Schulter. „Los jetzt, Casanova. Gehen wir."

Als ich vom Ring sprang, stand ich direkt Rev gegenüber. Er grinste bei meinem Anblick.

„Boone hat nicht übertrieben, als er gesagt hat, dass du heute ziemlich verbeult worden bist."

„Fühlt sich aber gar nicht anders an als sonst."

Rev deutete mit dem Kinn auf den Ring, wo meine baldige Bettgefährtin stand. „Scheint dich auch nicht daran zu hindern, dich flachlegen zu lassen."

Ich grinste. „Nichts außer dem Tod oder einem Ganzkörpergips kann mich davon abhalten, mich flachlegen zu lassen."

Rev lachte in sich hinein. „Du bist mir echt einer, Bro."

Wir arbeiteten uns durch die Menge nach hinten zu den Trainingsräumen. Revs Handy klingelte. Nachdem er es aus seiner Tasche geholt und draufgeschaut hatte, bedeutete er mir, zur letzten Tür links weiterzugehen.

Als ich eintrat, stand Annabel mit dem Rücken zu mir und suchte etwas in ihrer Arzttasche.

Ich schlich mich an sie heran und sagte dann: „Hallo, sexy Frau."

Sie machte einen erschrockenen Satz und ich bekam sofort ein schlechtes Gewissen. Obwohl es jetzt ein Jahr her war, dass sie von einem Mitglied des Rodriguez-Drogenkartells in Mexiko gefangen gehalten worden war, war sie immer noch schreckhaft, was Männer anging.

„Entschuldige, das war blöd", sagte ich verlegen.

Sie sah nicht von ihrer Tasche auf. „Ich sollte inzwischen daran gewöhnt sein." Ein Lächeln hob ihre Lippen. „Zumindest daran, dass du dich wie ein Affe benimmst."

Ich warf den Kopf zurück und lachte. „Wohl wahr."

Als Annabel mich ansah, weiteten sich entsetzt ihre Augen.

„Keine Sorge. Der Mistkerl sieht viel schlimmer aus als ich." Ich setzte mich auf den Massagetisch.

„Das hoffe ich."

„Weißt du, ich bin ein bisschen beleidigt, dass ich

nur von einer Tierärztin behandelt werde statt von einem echten Arzt."

Annabel sah mich an und spitzte die Lippen. „Okay, und ich bin genauso beleidigt, dass ich von meinem Abend mit Rev weggeholt wurde, um mich um dich zu kümmern."

Ich grinste sie frech an. „Sorry, Süße, aber als du meinen Bruder geheiratet hast, hast du auch den Club geheiratet."

„Und in guten wie in schlechten Zeiten bedeutet in dem Fall, auf den Nachtisch zu verzichten, um dich zusammenzuflicken?", fragte sie neckend.

„Ganz genau." Ich betrachtete sie in ihrem sexy kleinen Schwarzen, das ihre Beine und ihre Titten betonte, und pfiff leise. „Ich muss aber gestehen, dass ich es besser habe als du, denn du siehst heute echt super aus, Mrs. Malloy."

Ihre Wangen wurden rosa und sie legte ihre medizinischen Sachen neben mich. Als sie mir in die Augen sah, lächelte sie. „Immer ganz der Schmeichler."

„Immer. Natürlich wäre es auch völlig idiotisch von mir, jemanden zu beleidigen, der gerade eine Nadel in mich stechen will."

„Ausnahmsweise klingst du mal richtig weise."

Während sie die Risse in meinem Gesicht säuberte, fragte ich sie: „Wieso genau ist Breakneck heute eigentlich nicht da?"

„Er hat ein Date." Sie machte eine dramatische Pause und fügte dann hinzu: „Mit Kim."

Erstaunt zog ich die Augenbrauen hoch und

zischte vor Schmerz. „Ist das dein verfickter Ernst?"

Annabel nickte und warf die blutigen Tupfer in den Mülleimer. Ich konnte nicht behaupten, überrascht zu sein, dass der Mann es wieder wissen wollte. Seit Jahren war er geschieden, und obwohl er sich mit ein paar der älteren Clubhuren eingelassen hatte, war nie etwas Ernstes dabei gewesen. Weder im Club noch außerhalb. Aber heilige Scheiße, mit Kim, der Witwe unseres früheren Präsidenten. Zwar war es über ein Jahr her, seit Case umgebracht worden war, doch bis vor Kurzem war Kim noch in Trauer. Seit sie achtzehn war, hatte es für sie keinen anderen gegeben.

„Ist das das neueste Gerücht im Club?" Ich schnaubte. „Ihr Old Ladys seid ja ganz schön redselig."

„Zu deiner Information, ich weiß es von Rev, nicht von Kim."

„Im Ernst?"

Sie nickte. „Breakneck hat wohl Rev um Rat gefragt, ob er Kim ausführen solle oder lieber nicht."

Sie rieb ein Desinfektionsmittel über meine Stirn. Es brannte wie die Hölle, aber ich wollte vor Annabel nicht wie ein Weichei rumheulen.

Mit einem verträumten Ausdruck sagte sie: „Ich finde, das ist eine tolle Idee. Sie brauchen beide jemanden und sie sind beide im Club."

„Ja, aber die Old Lady eines Bruders zu poppen, ist schwer für einen Kerl."

Annabel sah mich entsetzt an, ehe sie grinste. „Du

kannst so gut mit Worten umgehen."

„Vielen Dank."

„Außerdem glaube ich, es geht um mehr als …", sie schluckte, „poppen, wie du es nennst."

„Letztendlich läuft es immer aufs Poppen hinaus."

„Für dich vielleicht, aber an einer Beziehung ist mehr dran als nur das."

Ich zwinkerte ihr zu. „Wir sollten uns darauf einigen, in dieser Sache uneinig zu sein."

„Von mir aus." Sie öffnete das Nähset, und ich wappnete mich dafür, gleich genäht zu werden.

„Sag mal …", begann sie.

„Was?"

„Wie passen eigentlich deine Kämpfe damit zusammen, dass die Raiders legal werden wollen?"

Ich schenkte ihr meinen besten ahnungslosen Blick.

Sie verdrehte die Augen. „Echt jetzt, Bishop, ich bin kein Idiot. Ich weiß, dass du nicht nur kämpfst, um Dampf abzulassen, und dass ihr eine Menge Geld daran verdient. Und bevor du Rev als Petze gegenüber seiner Old Lady bezeichnest … Er hat kein Wort gesagt. Ich bin ganz allein dahintergekommen."

Ich lachte in mich hinein und justierte meine Sitzposition auf dem Tisch. Deacon und Rev hatten sich starke, dickköpfige Frauen angelacht. Die besten Old Ladys waren diejenigen, die einfach wegschauten, keine Fragen stellten und den Mund hielten. Andererseits brauchte man eine starke

Frau, um die anderen Frauen in Schach zu halten, besonders als Frau des Präsidenten. Annabel hatte genug durchgemacht, wodurch sie hart wie Stahl geworden war, und ich wusste, dass sie mit der Zeit zu einer Frau werden würde, zu der andere im Club als Frau ihres Anführers aufsehen würden.

„Du hast recht. Ich mache es nicht nur aus Spaß. Sondern für das Preisgeld." Ich fluchte leise, als die Nadel in meine Haut drang.

„Darf ich fragen, was du mit deinen Anteilen machst?"

Ich biss die Zähne zusammen beim nächsten Stich. „Ich will nicht ewig ein Mechaniker sein, auch wenn es ein ehrlicher Job ist."

Annabels Hand hielt inne. „Was willst du denn sonst tun?", fragte sie leise.

Ich dachte darüber nach, sie abzublocken. Bisher hatte ich noch keinem von meinen langfristigen Zielen erzählt. Vielleicht hatten Deacon und Rev eine Ahnung bekommen, weil ich in meiner Freizeit alte Motorräder kaufte und sie wieder aufpolierte, doch offiziell hatte ich noch nicht darüber gesprochen.

Bei meinem Zögern nähte Annabel weiter. „Oh, es ist etwas, das du mir nicht sagen willst, weil es illegal ist."

„Himmel, nein. So ist es nicht." Ich atmete tief durch. „Ich möchte irgendwann einen Motorradladen aufmachen. Ich restauriere gern welche."

„Das ist doch eine tolle Idee!"

„Findest du?"

Annabel nickte. „Na klar. Ich glaube, dass du alles auf die Beine stellen kannst, wenn du nur willst, B."

Es fühlte sich super an, ihre Zustimmung zu haben. „Danke. Das bedeutet mir viel."

Sie war fertig mit meiner Augenbraue, und ihr Ausdruck wurde ernst. „Also stehst du voll und ganz dahinter, in welche Richtung der Club jetzt geht?"

Die Frage überrumpelte mich zwar, doch ich versuchte, neutral auszusehen. „Ich stehe immer hinter meinen Brüdern."

„Eine sehr diplomatische Antwort." Sie zupfte an einem Faden.

Nach einer Weile des Schweigens atmete ich tief aus. „Ich weiß, dass ein paar Brüder aus anderen Chaptern denken, dass wir nur einen feigen Weg heraus suchen. Dass Deacon es nur angestoßen hat, weil er unter dem Pantoffel steht. Aber so ist es ja nicht."

„Und wie ist es deiner Meinung nach?"

Ich schüttelte kurz den Kopf. Es gefiel mir nicht, so ernst über unser Leben zu sprechen, besonders nicht mit einer Frau. Doch Annabel hatte auf ihre eigene Weise Respekt verdient. „In den letzten fünf Jahren habe ich meinen alten Herrn und meinen Präsidenten verloren. Deacon wäre beinahe in die Luft geflogen, Rev wurde gefoltert und ist fast gestorben und ich wurde angeschossen. Ich bin fünfundzwanzig Jahre alt. Und wenn der Scheiß so weitergeht, werde ich die Dreißig nicht erreichen. Jedes Mal, wenn man einen Bruder beerdigen muss, nagt das an einem. Und selbst wenn ich älter werde als dreißig, will ich auf keinen Fall noch jemanden verlieren, besonders nicht Deacon und Rev. Es ist ein verfickter Teufelskreis und wir müssen einfach etwas ändern."

„Der Tod ist also dein größter Motivator."

„Fuck, ja."

„Machst du dir nie Sorgen, ins Gefängnis zu kommen?"

Ich zuckte mit den Schultern. „Das wäre kacke, aber da besteht wenigstens die Möglichkeit, irgendwann wieder rauszukommen. Man kann wieder zu seiner Familie und seinem Bike zurück."

Annabel lächelte. „Rev zitiert gern den MC-Prez, der das Chapter geändert hat. Der hat gesagt: ,Im Gefängnis kann man nicht Motorradfahren.'"

„Das ist die verdammte Wahrheit."

„Und letztendlich ist euch Jungs das am wichtigsten, oder?"

„Motorradfahren und die Bruderschaft ist alles, was eine Rolle spielt."

Rev erschien in der Tür. „Flickst du Humpty Dumpty wieder zusammen?", fragte er grinsend.

Annabel lachte. „Ja, ich bin soeben fertig geworden."

„Gut. Denn es wartet jemand auf ihn."

Rev wackelte mit den Augenbrauen und Annabel stöhnte auf. „Das will ich gar nicht so genau wissen." Sie warf ihre Sachen in die Arzttasche. „Ich empfehle, für die nächsten zwei Tage Ibuprofen zu nehmen." Als ich widersprechen wollte, weil ich kein Weichei war, das was gegen die Schmerzen brauchte, hielt sie ihre Hand hoch. „Die sind auch gegen Entzündungen."

Ich grinste. „Okay, Doc."

Mein Nummerngirl erschien neben Rev. „Du siehst schon besser aus", sagte sie mit einem verschwörerischen Lächeln.

Annabel warf einen Blick auf meine Eroberung, rollte mit den Augen und nahm ihre Tasche. „Ich empfehle auch einen Eisbeutel für die Stirn. Alles, was ich sonst noch sagen könnte, stößt bei dir eh auf taube Ohren."

„Ganz genau."

Sie schüttelte den Kopf. „Ihr Malloy-Männer seid allesamt unverbesserliche Sturköpfe."

Ich senkte die Stimme. „Außerdem sind wir alle geile Hunde, also tu dir selbst und meinem Bruder den Gefallen und geht nach Hause ins Bett."

„Du bist unmöglich", murmelte sie.

Doch als sie Rev ansah, erkannte ich an ihrem heimlichen Lächeln, dass er heute noch glücklich werden würde.

Sobald Annabel von meiner Seite gewichen war, nahm das Nummerngirl ihren Platz ein. Rev schloss die Tür von außen.

„Ich heiße übrigens Candy", sagte sie.

Ich nickte. Am liebsten hätte ich ihr versichert, dass ich ihren Namen nicht brauchte, weil wir uns sowieso nicht wiedersehen würden. Den bräuchte ich höchstens, um nicht aus Versehen einen anderen Namen zu rufen, wenn ich kam, denn bei den vielen Frauen, die ich so traf, könnten sie sich eines Tages begegnen.

Nachdem ich mich schnell ausgezogen hatte, zeigte ich ihr, dass ich ein wahrer Champion darin war, mehrere K. o. an einem Abend zu erzielen.

Kapitel 2

Samantha

D er Asphalt strahlte glühende Sommerhitze ab und mir lief der Schweiß die Schenkel hinab. Obwohl die Sonne vor Stunden untergegangen war, gab es kein Entkommen vor der Hitze. Eigentlich sollten mein schwarzes Spitzenbustier und der schwarze Minirock genug Kühlung bringen, doch ich fächerte mir mit der Hand Luft zu, in der Hoffnung, zu verhindern, dass mein Make-up dahinschmolz. Wie zur Hölle machten das so viele Frauen tagtäglich?

Ein Knistern des Kommunikationsgerätes in meinem Ohr alarmierte mich. „Der Verdächtige wurde im Zwölf-Block-Radius gesichtet. Alle Teams sind bereit."

„Verstanden."

Nachdem ich mich schnell in der Umgebung umgesehen hatte, knisterte es erneut in meinem Ohr. „Voraussichtliche Ankunftszeit bei Vargas in zwei Minuten, dreißig Sekunden."

„Siehst scharf aus, Sammie-Lou-Nutte", sagte eine andere Stimme in meinem Ohr.

Ich unterdrückte den Drang, zu dem Wagen über

die Straße zu blicken. Darin wartete mein Partner Gavin McTavish mit einem dreckigen Grinsen. Da er drei Jahre älter war als ich, benahm er sich wie ein nerviger Bruder. Er war mehr als nur mein Partner. Er war auch mein bester Freund. Vor fünf Jahren hatten wir uns auf der Polizeiakademie kennengelernt und mit ihm hatte ich mehr Blut, Schweiß und Tränen geteilt als mit jeder anderen Person auf der Welt.

Auch ohne den Sprechfunk wusste ich genau, wann der Verdächtige, Chuck Sutton, ankam. Eine Ahnung summte in meinen Knochen und ich tauchte in die Rolle meiner Tarnperson ein. Schon seit seinen Teenagertagen hatte Chuck Waffen an die Atlanta-Straßenbanden verschoben. Nachdem er ein paarmal erwischt worden war, war er vorsichtiger geworden und hatte gelernt, unseren üblichen Methoden auszuweichen. Wir mussten ihn unbedingt wegen eines geringeren Delikts erwischen, um ihn für einen größeren Fall, an dem wir arbeiteten, benutzen zu können.

Da kam ich ins Spiel. Wenn Chuck eine Achillesferse hatte, dann waren es Frauen. Besonders solche, die er sich erkaufte. Etwas an dem Verbotenen daran schien ihn zu reizen.

Als ich ihn hinter mir hörte, drehte ich mich um und schenkte ihm mein bestes sexy Lächeln. „Hallo. Willst du dich heute Abend ein bisschen amüsieren?"

Er leckte sich über die Lippen, und ich bemühte mich, ihm nicht vor die Füße zu kotzen. „Vielleicht." Leicht unsicher sah er sich um. „Bist du heute hier ganz allein?"

Schnell nickte ich. „Ich arbeite nur für mich selbst."

„Das gefällt mir. Ich mag keine Mittelsmänner."

Ich streichelte über seinen Arm und drückte seine Schulter. „Das ist nur eine Sache, die wir gemeinsam haben." Um ihn hochzunehmen, musste ich ihn dazu bringen, dass er sich mit mir auf einen Preis einigte. So wie jetzt um den heißen Brei herumzuschleichen, reichte nicht, um ihn festzunehmen. „Wollen wir woanders hingehen, damit ich herausfinden kann, worauf du sonst noch stehst?"

Ein langsames Lächeln breitete sich auf seinem Gesicht aus. „Klar, gern. Von wie viel Kohle reden wir hier?"

„Einem Hunderter pro Stunde, auch wenn du nicht so lange brauchst." Ich sah einen Schatten über seine Augen huschen und schnurrte: „Aber ich bin sicher, du hältst lange genug durch, um das meiste aus deinem Geld rauszuholen."

Mein kleines Kompliment heizte seinem Feuer ein. „Ich bin dafür bekannt, ein großzügiges Trinkgeld zu geben, wenn du die Sache wert bist."

„Natürlich bin ich das, Süßer." Ich nahm die Finger von seiner Schulter und griff nach seiner Hand. „Wäre dein Auto okay oder bist du spendabel und wir gehen in das Motel da hinten?"

„Mein Auto reicht völlig."

Als er mich dorthin führte, traf einer der Agentenkollegen eine blöde Entscheidung, indem er mit seiner Knarre zu früh eingriff. Als er aus den Schatten trat und Chuck ihn sah, brach die Hölle los.

Chuck ließ nicht nur meine Hand los, sondern schubste mich, sodass ich auf den hohen Absätzen rückwärts taumelte und auf dem Hintern landete. Dann flüchtete er in die entgegengesetzte Richtung.

„Greenburg, du dämlicher Idiot!", knurrte ich den Agenten an, als ich versuchte, mich zu sammeln.

„Wir hatten, was wir brauchten, um ihn hochzunehmen."

Ich kam wieder auf die Beine und sah ihn finster an. „Ach, wirklich? Warum haben wir ihn dann jetzt nicht mehr?" Ich wartete nicht auf eine Antwort. Ich hatte nicht die letzte halbe Stunde in diesem widerlichen Outfit verbracht, ganz zu schweigen von dem Mist, den ich hatte sagen müssen, um dann den Verdächtigen zu verlieren.

Zwar kannte ich mich hier nicht aus wie in meiner Westentasche, ich wusste aber, wie ich Chuck noch einholen konnte. So schnell wie möglich rannte ich auf diesen Absätzen los. Vor meinem geistigen Auge stellte ich mir den Vier-Block-Radius vor, den ich tagelang vorher auf der Karte studiert hatte. Kurz entschlossen bog ich in eine Seitengasse ab.

Ich sah mich nach etwas um, was Chuck handlungsunfähig machen könnte. Dann erblickte ich einen alten Besen und schnappte ihn mir schnell.

Ich rannte zum Ende der Gasse. Ich kam dort an, als Chuck gerade vorbeirannte. Ich schwang den Besen wie einen Baseballschläger in seine Kniekehlen, was Chuck herumwirbelte und über den Boden schlittern ließ. Ich warf den Besen weg und zog meine Waffe. „Denk nicht mal dran, dich zu bewegen!" Ich zielte auf seinen Kopf.

Chuck ergab sich mit zittrig erhobenen Händen. Ich machte mir nicht die Mühe, das Team anzufunken, denn sie hatten mich auf dem GPS. Und nach nur ein paar Sekunden hörte ich die Sirenen, und ein Polizeiwagen stoppte mit quietschenden Reifen neben uns.

Als ich Greenburg sah, sagte ich: „Jetzt kannst du ihn mitnehmen."

Er nickte verlegen und kümmerte sich um Chuck.

Ich steckte die Waffe zurück ins Halfter und spürte eine Hand auf meiner Schulter.

„Alles okay?", fragte Gavin. Besorgnis stand in seinen blauen Augen.

„Alles super, jetzt, nachdem ich diese Ratte hochgenommen habe."

Gavin schüttelte den Kopf. „Dich kann wirklich nichts umhauen, oder?"

„Nee. Nur Vollidioten, die mir in die Quere kommen", antwortete ich mit Blick auf Greenburg.

„Du meinst Leute, die dir die Show stehlen wollen?", gab Gavin zurück.

„Pass bloß auf, McTavish, oder ich lege dich auch mit dem Besen flach."

Gavin schlang einen Arm um meine Schultern

und wir gingen zu unserem Auto.

Mich in der Gluthitze Atlantas als Prostituierte zu verkleiden, war nur eine meiner vielen Masken, die ich als Agentin des ATF tragen musste. Als mein Vater in dem langen Krieg zwischen der Drogenbehörde und den Bikern erschossen worden war, verlor ich jedes Interesse daran, in seine Fußstapfen zu treten. Nach der Ausbildung zur Kriminalbeamtin führte mich mein Weg schließlich doch zur Drogenbehörde, wo ich seit vier Jahren arbeitete. Dort konnte ich meinen Kindheitstraum, Kriminelle einzubuchten, erfüllen, genau wie meinen Drang, einen Beruf auszuüben, der mich hellwach hielt.

Als wir am Auto ankamen, lehnte unser Leiter, Grant Peterson, daran.

„Guten Abend", sagte er mit einem Lächeln.

„'n Abend", antwortete Gavin.

„Hattest du Bock auf ein bisschen Slum-Luft? Wo du doch sonst nur in deinem gemütlichen Büro mit Klimaanlage sitzt", sagte ich. Obwohl Peterson mein Boss war, hatten wir ein freundschaftliches Verhältnis.

Peterson lachte. „Ein guter General ist auch immer mit im Schützengraben."

„Verstehe."

„Gute Arbeit, wie immer, Vargas."

„Danke, Sir." Ich balancierte auf einem Bein und zog die High Heels aus. Ich stöhnte erleichtert auf, als meine Füße endlich aus dem Stiletto-Gefängnis freikamen.

Peterson sah zwischen uns beiden hin und her. „Habt ihr zwei heute noch was anderes zu tun?"

Gavin schüttelte den Kopf. „Wir dachten, wir machen die Nachbesprechung morgen Früh. Wenn das okay ist?"

Peterson nickte. „Da ihr frei habt, würde ich euch gern zum Abendessen einladen."

Gavin und ich hoben gemeinsam die Augenbrauen.

„Du hast wohl etwas Wichtiges zu erzählen, wenn du uns zum Essen einlädst", antwortete ich.

Peterson lachte in sich hinein. „Du kennst mich einfach zu gut."

Ich war zwar erschöpft und mein Bett rief nach mir, doch mein Magen knurrte zustimmend bei Petersons Einladung. „Klingt gut."

Gavin lachte. „Meinst du, ich werde je eine Einladung des Büros ablehnen?"

„Erwarte bloß kein Fine-Dining-Erlebnis. Ich sehe ein Waffel-Haus vor meinem geistigen Auge", sagte ich neckend.

„Oh, ich habe doch mehr Klasse als so was", wandte Peterson ein.

„Dann IHOP?"

Er grinste. „Ganz genau. Wie wär's mit dem an der Ausfahrt 243 in zehn Minuten?"

„Okay. Bis gleich."

Peterson betrachtete skeptisch mein Outfit.

Ehe er etwas sagen konnte, hielt ich eine Hand hoch. „Ich habe etwas zum Umziehen im Auto."

„Gut. Ich möchte keine unnötige Aufmerksamkeit

auf uns lenken."

Ich klimperte mit den Wimpern. „Willst du damit sagen, dass ich die Blicke auf mich ziehe?"

Er grinste. „Sagen wir mal so, ich glaube nicht, dass ich dir gegenübersitzen und eine ernsthafte Unterhaltung führen könnte, ohne dass meine Gedanken abschweifen würden."

Freundschaftlich schlug ich ihm gegen den Arm. „Du alter Perversling, du."

„Du kennst mich zu gut. Bis gleich." Er machte sich auf den Weg die Straße entlang.

Wir stiegen in unser Auto. „Was meinst du, worum es geht?"

Gavin startete den Wagen und wirkte nachdenklich. „Muss was Großes sein, wenn er es beim Essen besprechen will und nicht einfach morgen Früh beim Kaffee im Büro."

„Denke ich auch. Ich glaube nicht, dass wir je außerhalb des Büros über einen Fall informiert wurden." Ich nahm ein T-Shirt aus meiner Tasche und zog es über das Bustier. „Solange ich nicht wieder so was wie das hier anziehen muss, bin ich dabei."

Gavin lachte und bog auf die Straße ein. „Weißt du was, Vargas? Du wärst vielleicht nachts nicht so allein, wenn du so was öfter mal anziehen würdest."

Ich bedachte ihn mit einem tödlichen Blick. Dann zog ich den Minirock aus und dachte über seine Worte nach. Zwar hatte er nur Spaß gemacht, doch war viel Wahres dran. Ich verbrachte die meisten Nächte allein. Meine letzte längere Beziehung war über ein Jahr her. Sie alle endeten aus demselben Grund: Ich war mit meinem Job verheiratet.

Die meisten Männer fanden meinen Beruf zunächst sexy. Doch schnell wurden sie abgetörnt, weil sie immer an zweiter Stelle standen. Letztendlich konnte ich es ihnen nicht verübeln. Wer wollte schon eine Beziehung mit einem risikobereiten Workaholic?

Ich verdrängte diese Gedanken und zog mir eine Yogahose über. Das Prostituierten-Outfit rollte ich zusammen und stopfte es in meine Tasche.

Das IHOP, das Peterson ausgesucht hatte, befand sich in einer besseren Gegend als die, in der wir gerade gewesen waren. Gleichzeitig lag es etwas außerhalb und es waren nicht viele Gäste da. Am Empfang bat Peterson um einen Tisch ganz hinten, weit fort von den anderen Gästen.

Ich setzte mich auf die Sitzbank neben Gavin, und Peterson nahm uns gegenüber Platz. Nachdem eine Kellnerin unsere Bestellung entgegengenommen hatte, öffnete Peterson seine Aktentasche und kam gleich zur Sache.

„Was wisst ihr über den MC der Hells Raiders?"

Allein bei dem Namen wollte sich mir der Magen umdrehen. Plötzlich war ich nicht mehr die selbstbewusste dreißigjährige ATF-Agentin. Sondern das achtjährige Kind, das durch das Autofenster blickte und einen Mann in Lederweste sah, der meinen Vater umbrachte und meine bis dahin perfekte Existenz zerstörte. Allein der Klang eines Motorrades löste das Trauma wieder aus. Natürlich wusste die Agency das nicht. Wenn man Fälle bearbeiten wollte, konnte man sich keine emotionalen Defizite leisten.

„Nie wirklich von denen gehört", sagte Gavin und ich stimmte ihm nickend zu.

„Was das kriminelle Element von den One-Percentern angeht, hat deren Club in Georgia eine relativ kleine Mitgliederzahl. Die letzten zwei Jahrzehnte sind sie unter dem Radar geflogen. Verglichen mit vielen anderen Clubs bleiben sie ziemlich sauber, machen nur kleinere Waffengeschäfte ohne schweres Geschütz, ein bisschen Glücksspiel und betreiben einen Stripclub ohne Prostitution."

„Wie löblich", sinnierte ich.

Peterson lächelte leicht. „Wegen der Drogen und schweren Waffen, mit denen die Nordic Knights und Gangbangers aus Techwood handeln, lag unsere Aufmerksamkeit anderswo und die Raiders waren unsere Zeit nicht wert. Bis vor Kurzem."

„Was hat sich geändert?", fragte ich.

Peterson machte eine Pause, als die Kellnerin unsere Getränke brachte. Als sie gegangen war, sprach er weiter. „Es sieht so aus, als ob die Raiders eine Allianz mit dem Rodriguez-Kartell eingegangen wären."

„Heilige Scheiße", murmelte Gavin.

Ich stützte mich mit den Ellbogen auf dem Tisch auf. „Moment mal. Habe ich da nicht vor ein paar Monaten was flüstern gehört, dass das ATF mit Bikern zu tun hatte, als jemand hochgenommen wurde?"

Peterson nickte. „Ein früherer Lieutenant vom Rodriguez-Kartell ist überflüssig geworden. Ein Kerl namens Mendoza. Ein Krieg mit dem Präsident der Raiders, Nathaniel Rev Malloy, führte zu einer Entführung. Rev wurde von Mendoza gefoltert und angeschossen, hat sich aber wieder erholt. Zwischen den Zeilen der Berichte, die jetzt als streng geheim geschwärzt sind, habe ich gelesen, dass das alles auf der Entführung von Annabel Percy beruhte, die von den Raiders befreit wurde."

Erstaunt hob ich die Augenbrauen. „Befreit? Sag nicht, dass die Raiders etwas auch nur annähernd Heldenhaftes getan haben."

„Sie haben ihr Leben und den Club riskiert, indem sie die Tochter eines Clubmitglieds befreien wollten. Zwar kam die Tochter unglücklicherweise dabei um, aber sie konnten Annabel da rausholen."

„Und in ihrer Zeit bei den Raiders kam sie ungeschoren davon?", fragte ich skeptisch.

Peterson lachte in sich hinein. „Sie ist jetzt mit Rev verheiratet."

Langsam schüttelte ich den Kopf. „Du sagst also, eine ehemalige Debütantin wie die Percy hat diesen MC-Abschaum geheiratet? Das muss ja ein enormes umgekehrtes Stockholm-Syndrom gewesen sein."

Gavin sah mich skeptisch an. „Seit wann hasst du MC-Gangs derartig?"

Ich zuckte mit den Schultern. „Das sind Kriminelle, die Frauen erniedrigen und ihre Gewalttaten mit ihrer angeblichen Liebe zu Motorrädern verschleiern."

Ich wandte mich von Gavins Verhörton ab und widmete mich meinem Bacon-Cheeseburger, der inzwischen gebracht worden war. Zwar war Gavin mein bester Freund und kannte ein paar Details über den Mord an meinem Vater, doch ich hatte nie zugegeben, dass der Mörder ein Biker gewesen war.

Peterson räusperte sich. „Es geht darum, dass wir vor dem größten Waffenschieberfall meiner Laufbahn stehen könnten. Es handelt sich nicht um einen kleinen Deal mit niederen Kreaturen und Kriminellen. Sondern es geht darum, das Kartell mit Waffen zu versorgen, und zwar direkt vor unserer Haustür."

„Ich nehme an, die Agency ist mit den üblichen Methoden wie Telefone abhören und Überwachungen nicht weitergekommen und will Agenten einschleusen. Stimmt's?", fragte Gavin.

Peterson nickte. „Diese Biker mögen nur kleine Gangster sein, aber sie sind schlau. Alles zwischen ihnen und dem Kartell passiert nur entweder persönlich oder per Wegwerfhandys."

„Und wie kommen wir da ins Spiel?", wollte ich wissen.

„Gavin, du bist in der Werkstatt deines Vaters aufgewachsen, oder?"

Bei der Erwähnung seiner Arbeiterherkunft verzog Gavin leicht das Gesicht. „Ja, mein Vater und mein Großvater waren Mechaniker. Ich habe immer ein bisschen mitgeholfen und kann ein paar Werkzeuge auseinanderhalten." Er trank einen Schluck Kaffee. „Aber ich weiß nicht, wie mir das in diesem Fall weiterhelfen sollte."

Peterson blätterte durch die Akte und hielt dann inne. Er nahm ein Foto heraus und legte es auf den Tisch. „Das ist der Sergeant at Arms der Raiders. Benjamin Bishop Malloy."

„Ui, eine Augenweide", sinnierte Gavin und rieb sich die Stoppeln am Kinn.

Ich stieß ihn unter dem Tisch an. „Ich bin sicher, er spielt nicht in deinem Team."

„Schade."

Peterson rollte mit den Augen wegen uns. „Darf ich weitermachen?"

„Ja", antwortete Gavin.

„Bishop hat gerade eine Lehre in einer örtlichen Werkstatt angefangen, die nichts mit den Raiders zu tun hat." Gavin und ich mussten verblüfft ausgesehen haben, denn er fügte hinzu: „Anscheinend möchte er lieber ganz legal Karriere machen, ohne die Beziehungen der Raiders."

Gavin richtete sich auf der Sitzbank auf. „Ihr wollt mich also als Arbeiter in die Werkstatt einschleusen?"

Peterson nickte. „Wir hoffen, dass du sein Vertrauen gewinnen kannst und als Gast mit in den Club darfst. Dich vielleicht sogar als Anwärter bewerben kannst."

„Kann ich machen. Aber ich brauche eventuell

eine oder zwei Wochen, um mich wieder in den Mechaniker-Kram einzuarbeiten."

„Dafür haben wir dich in einer anderen Werkstatt untergebracht, gleich morgen. Erst danach stecken wir dich in die, in der Bishop arbeitet."

Gavin erstickte fast an einem Stück Pommes. „Morgen schon? Verdammt, Peterson, ihr habt wohl drauf gewettet, dass ich Ja sage."

„Du bist der Einzige, der die Fähigkeiten hat, das zu übernehmen. In diesem Fall brauchen wir nicht einfach jemanden, der sich mit Autos auskennt. Sondern auch mit Motorrädern. Korrigiere mich, wenn ich falschliege, aber in deiner Akte steht, dass du, wann immer du die Gelegenheit hast, deine Harley fährst."

Ich konnte ein amüsiertes Schnauben nicht zurückhalten. „Er ist höchstens ein Sonntagsfahrer."

Gavin sah mich an. „Hey, ich bin besser, als du denkst!"

Ich nahm das Foto von Bishop und wedelte damit vor Gavins Gesicht herum. „Du willst mir erzählen, dass du dich mit diesem Typ befreunden könntest und als harter Biker überzeugen kannst?" Gavin hob trotzig das Kinn. Ich lächelte Peterson an. „Damit er überhaupt die geringste Chance hat, musst du ihm erst mal ein totales Make-over buchen. Das Beste, was die Agency in Bezug auf Undercover auf Lager hat. Ich würde oben anfangen, erst mal das Haargel auswaschen, und mich dann nach unten vorarbeiten."

„Bitch", murmelte Gavin, zwinkerte mir aber zu.

Peterson wischte sich mit einer Serviette den Mund ab. „Du brauchst auch einen anderen Nachnamen. Nichts darf auf deine wahre Identität hindeuten."

Gavin neigte nachdenklich den Kopf zur Seite. Nach ein paar Sekunden hatte er einen Einfall. „Marley."

Ich rümpfte die Nase. „Wieso denn Marley?"

„Weil ich Bob Marley liebe. Ich nenne mich einfach Greg Marley, dann ändern sich meine Initialen nicht, falls ich mal unter Gedächtnisschwund leiden sollte."

Ich verdrehte die Augen, musste aber trotzdem lachen. Ich deutete mit dem Kinn auf Peterson. „Klingt, als ob du Gavin gut eingeplant hast. Und jetzt muss ich leider fragen, wie ich da reinpasse."

Peterson bewegte sich unruhig auf seinem Platz hin und her und sah wieder Gavin an. „Einer der letzten Orte, wo du dich outen kannst, ist in der Biker-Welt. Und als attraktiver Mann wirst du sofort den Clubhuren und Bikerliebchen auffallen."

Gavin legte eine Hand auf seine Brust. „Danke für das Kompliment."

Peterson schüttelte den Kopf. „Aber sobald dir eine ihre Titten ins Gesicht drückt und ihren Hintern an deinem Schritt reibt und da rührt sich nix, sitzt du in der Scheiße."

„Ich könnte es faken", widersprach Gavin.

„Der Fall ist zu wichtig, um dich in so eine Lage zu bringen." Sein Ausdruck wurde ernst. „Wir wissen zwar nicht, ob die Raiders so etwas auch veranstalten, aber in anderen Clubs wurden Anwärter schon gezwungen, bei Gruppenvergewaltigungen mitzumachen."

„Großer Gott", murmelte Gavin.

„Auf keinen Fall können wir einem Agenten zumuten, sich an derartigen Gewalttaten zu beteiligen, und wenn du ablehnst, könnte es deinen Tod bedeuten." Sein Blick wanderte zu mir. „Deshalb schicken wir dich als seine Freundin mit rein."

Bei der Spannung in der Luft entkam mir ein nervöses Lachen. „Nicht dein Ernst."

„Ich meine es todernst. Mit dir an seiner Seite oder auf seinem Schoß muss sich Gavin keine Sorgen über die Anmache der Frauen machen, und man wird auch nicht von ihm erwarten, an irgendwelchen illegalen Aktivitäten mit Frauen teilzunehmen. Und so kannst du als Frau auch unter dem Radar der MC-ler fliegen. Sollte Gavin den Eindruck machen, herumzuschnüffeln, kriegt er den Arsch versohlt. Aber keiner verdächtigt eine Frau, die einfach nur so mit herumhängt."

Ich nickte. „Verstehe."

Gavin tätschelte unter dem Tisch meinen Oberschenkel. „Das bedeutet wohl, dass du deine Schlampen-Outfits für mich anziehen musst, Babe."

Als ich begriff, was er meinte, stöhnte ich auf. „Ich werde Latex mit rausquellenden Brüsten anziehen müssen, oder?"

Peterson lachte. „Ich fürchte, ja. Auch wenn Gavin kein Clubmitglied ist, solltest du anziehen, was die anderen Frauen im Club so tragen."

„Ich bezweifle allerdings, dass die Frau des Präsidenten und frühere Debütantin wie eine Nutte herumläuft."

„Tja, du bist aber keine frühere Debütantin. Du bist nur die simple Freundin eines Mechanikers", wandte Gavin grinsend ein.

„Ich Glückspilz", murmelte ich.

Während ich zuhörte, wie Peterson über das schriftliche Material und die Videos, in die wir uns versenken sollten, sprach, versuchte ich, mich zu sammeln.

Es gab wenig, wovor ich mich fürchtete. Die Jahre in der Strafverfolgung hatten mich abgehärtet. Aber Biker waren für mich das Gegenstück zum schwarzen Mann der Kindheit und dem Sensenmann der Erwachsenen.

Nicht in meinen wildesten Träumen hätte ich mir vorstellen können, wie sehr sich mein Leben ändern würde wegen eines Bikers namens Bishop Malloy.

Kapitel 3

Samantha

Als ich noch eine Lage Eyeliner auflegen wollte, klingelte es an der Tür. Ich zuckte zusammen, rutschte ab und malte mir einen schwarzen Strich über die Schläfe. „Fuck", murmelte ich, nahm ein Reinigungspad und rieb die Linie ab.

Zu sagen, dass ich etwas nervös war vor dem ersten Treffen mit den Raiders, war untertrieben. Ich ärgerte mich darüber, dass sie diese Wirkung auf mich hatten. Immerhin hatte ich bereits Kriminelle verhaftet, die viel angsteinflößender waren als eine Bande Kleinstadt-Biker. Doch heute Abend traf meine Vergangenheit auf meine Gegenwart.

Ich lehnte mich aus dem Badezimmer. „Es ist offen!", rief ich.

Die Alarmanlage gab einen Piepton von sich, als Gavin die Tür öffnete und eintrat.

„Du wohnst zwar jetzt an der East Side in einem Haus in einer schicken Nachbarschaft, aber du musst trotzdem deine Tür abschließen, Himmel noch mal."

Ich knurrte und trat ins Bad zurück. „Ich wusste

doch, dass du herkommst, Dummerchen."

Er lachte und kam den Flur entlang zu mir ins Bad. Im Spiegel sah ich, dass er mich von oben bis unten begutachtete. Meine wie aufgemalten schwarzen Jeans, das enge schwarze Top und die kniehohen Stiefel.

Sein Blick traf meinen im Spiegel. Er zwinkerte mir zu. „Siehst scharf aus, Vargas."

„Du schämst dich also nicht, mich deine Old Lady zu nennen?"

Er drohte mir mit dem Zeigefinger. „Falsche Terminologie. Gäste haben keine Old Ladys. Nur Vollmitglieder."

„Ja, ja", murmelte ich.

Gavin strafte mich mit einem Tssss-Geräusch. „Muss ich Peterson sagen, dass du deine Hausaufgaben nicht gemacht hast?"

„Ich habe meine Hausaufgaben gemacht, du Arsch." Ich ging an ihm vorbei in den Flur. Normalerweise brachte mich sein Gemecker nicht auf, aber heute lag der Fall anders.

Ich kam nicht weit, da zog Gavin mich an sich. „Willst du darüber reden?"

„Über was?"

„Was auch immer dir an diesem Fall Angst macht."

Ein Schauder lief mir über den Rücken, doch ich fing mich schnell wieder. „Nichts an einer Bande biersaufender niederer Kreaturen macht mir Angst." Ich machte mich von ihm los und ging in den Flur. Als ich meine Handtasche nahm, ließen mich seine nächsten Worte erstarren.

„Also sagt dir der Name Willie Bates nichts."

Ich kniff die Augen zu und atmete schwer. Es gab keine passende Beschreibung für den emotionalen Shitstorm, der einen traf, wenn die Vergangenheit mit der Gegenwart kollidierte. Ich bemerkte nicht einmal, dass Gavin zu mir kam, doch plötzlich stand er neben mir. „Was weißt du darüber?", wisperte ich kaum hörbar.

„Alles." Als ich es wagte, ihn anzusehen, lächelte er traurig. „Als Peterson uns den Fall gegeben hat, habe ich dich noch nie so reagieren sehen. Also habe ich ein bisschen nachgeforscht."

„Weiß Peterson es?"

„Nein. Nur ich. Und so soll es auch bleiben."

Mir wurde warm ums Herz vor Liebe für Gavin und seine Loyalität. Dennoch atmete ich schwer aus und lehnte mich an die Haustür. „Dann wäre es wohl besser, wenn du beantragst, dass man mich von dem Fall abzieht." Gavin schüttelte den Kopf, doch ich hielt meine Hand hoch, um sein wie auch immer geartetes Gegenargument zu stoppen. „Ich bin ein Risiko und du kannst dir im Feld kein Risiko leisten."

Er umfasste mein Gesicht. „Du bist niemals ein Risiko, Vargas. Du bist die Einzige, mit der ich je arbeiten will. Ich weiß einfach, egal was dir als Achtjährige passiert ist, wenn es hart auf hart kommt, nimmst du die Arbeitshaltung ein und behältst die Nerven."

Ich hasste es, aber Tränen brannten in meinen

Augen. „Meinst du das wirklich?"

„Ja, das meine ich."

Ich wischte mir die mascaraschwarzen Tränen ab. „Entschuldige, dass ich es dir nie erzählt habe."

„Ich verstehe, warum. Es war furchtbar, was mit deinem Vater passiert ist und dir. Das geht auch wirklich niemanden etwas an."

Ich versuchte, die Stimmung etwas aufzuhellen, packte ihn an den muskulösen Armen und drückte zu. „Warum nur, warum kannst du nicht hetero sein?"

Gavin lachte herzhaft. „Wir beide sind ein tolles Arbeitsteam, Vargas, aber wir könnten niemals verheiratet sein."

Ich neigte den Kopf seitlich. „Wirklich nicht?"

„Nein. Und tief innen weißt du das auch."

Das wusste ich tatsächlich. Wir waren uns zu ähnlich, als dass eine Beziehung funktionieren könnte. Wir standen uns näher als nur freundschaftlich verbunden zu sein, waren mehr wie Bruder und Schwester.

Ich wackelte mit den Augenbrauen. „Nun, ich habe vielleicht nicht von Heiraten gesprochen, aber von heißem, leidenschaftlichem Sex." Ich musste über Gavins entsetztes Gesicht lachen. „Jetzt habe ich dich drangekriegt."

„Überhaupt nicht witzig", murmelte er.

„Gut zu wissen, wie dich der Gedanke an Sex mit mir abstößt", neckte ich ihn und ging ins Bad, um mein Augen-Make-up zu reparieren.

„Himmel noch mal, Vargas. Es geht nicht um Sex

mit dir, sondern um Sex mit einer Vagina, basta."

Ich schnaubte und puderte über die Tränenspuren. Gavin erschien in der Tür.

„Aber grundsätzlich bist du die einzige Frau, mit der ich mir vorstellen könnte, hetero zu sein."

Ich lächelte ihn im Spiegel an. „Ohhh, du kannst so süß sein, wenn du willst, McTavish."

Er trat näher und drehte mich zu sich um. Nachdem er mir einen Kuss auf die Wange gegeben hatte, zwinkerte er. „Komm schon, heiße Braut. Wir zeigen es jetzt den Bikern."

Zwar teilte ich seine Zuversicht nicht, doch ich nickte.

Ich schaltete die Alarmanlage scharf und folgte ihm aus der Tür. In meiner Einfahrt stand ein Motorrad, das die Agency Gavin zur Verfügung gestellt hatte. Lediglich mit einem Mechanikergehalt hätte er sich sein eigenes Bike nicht leisten können, also hatte ihm die Agency eins besorgt, das besser zu seiner Tarnung passte – und das er natürlich hasste.

„Was für ein Haufen Schrott", sagte ich und nahm den Helm von der Sitzbank.

„Ich verabscheue jeden Moment auf dieser Mühle."

„Du hättest dir bestimmt etwas Gaunerrespekt verschaffen können, wenn du so getan hättest, als ob du dein eigenes Bike geklaut hättest."

Gavin setzte sich auf den abgenutzten Sitz und knurrte. „Glaub nicht, das hätte ich bei Peterson nicht versucht."

Ich lachte und stieg hinter ihm auf. Ich umarmte seine Taille fest. Hinten auf einem Bike mitzufahren hasste ich fast so sehr, wie mich wie eine Nutte anzuziehen. Gavin und ich hatten an ein paar Abenden geübt, sodass ich auf dem Bike natürlich wirkte. Doch das waren nur Kurztrips in der Gegend und in der Stadt gewesen. Heute würde es die längste Strecke sein, die ich je auf einem Bike gesessen hatte.

Wir rasten in die Nacht, ließen mein Haus hinter mir, mein komfortables Leben und meine Kaliber-40-Glock. Das Clubhaus der Raiders lag gute fünfundvierzig Minuten nördlich von Marietta, dem Vorort von Atlanta, in dem ich wohnte.

Gavin ängstigte mich zu Tode, indem er sich durch den Freitagabendverkehr schlängelte. Ich schloss die Augen und dachte an das Briefing, das wir heute mit Peterson gehabt hatten. Heute Abend bot sich eine gute Gelegenheit für unseren Fall. Seit Wochen befreundete sich Gavin langsam mit Bishop Malloy, und endlich war Gavin, der sich ihm als Marley vorgestellt hatte, weil ihn angeblich jeder so nannte, von Bishop ins Clubhaus eingeladen worden.

Während Gavin Augen und Ohren offen halten sollte, was alle Mitglieder betraf, nicht nur Bishop, sollte ich mich allein auf Bishop konzentrieren. Als Sergeant at Arms hatte er am meisten mit dem Waffenhandel zu tun, außer natürlich dem Präsidenten und Vizepräsidenten. Aufgrund seines speziellen Rufs bei Frauen sollte ich meine weiblichen Waffen einsetzen. Seine beiden Brüder Deacon und Rev waren verheiratet und Bishop war der Inbegriff des Frauenhelden. Seine größten Freuden im Leben neben dem Club waren Flirten und Vögeln, und genau das wollte ich gegen ihn einsetzen. Das alte Klischee einer Frau, die einen Mann so ablenkte, dass er einen Fehler machte und man ihn festnageln konnte.

Als wir von der Schnellstraße abbogen, änderte sich die Gegend. Wir fuhren durch enge Kurven und über kleinere Hügel. In der Ferne konnte ich die Gebirgskette sehen. Es war schwer vorstellbar, dass sich ein MC auf dem Land breitmachte, doch genau dort hatte sich das Georgia-Chapter der Raiders niedergelassen.

Schon aus der Ferne erkannte ich das Clubhaus als solches. Es war hell erleuchtet und auf dem Parkplatz standen etliche Bikes. Gavin überraschte mich damit, nicht dort zu parken, sondern etwas weiter weg. Doch dann fiel mir wieder ein, was ich in den Informationen gelesen hatte. Nur Vollmitglieder parkten ihre Bikes zusammen, die dann von einem Anwärter bewacht wurden. Alle anderen Leute waren auf sich allein gestellt.

Gavin stellte den Motor ab und sah mich an. „Wie geht's dir?"

„Gut." Eine Lüge. Meine Aufregung befand sich auf dem Höhepunkt, wo ich jetzt auf dem Gelände der Raiders stand.

Gavin lachte leise, und ich wusste, dass er mich durchschaut hatte. Er stieg vom Bike, nahm den

Helm ab und half mir herunter. „Du schaffst das schon, Vargas."

Ich hielt eine Hand hoch. „Bitte keine Ansprachen mehr. Ich kann dir gar nicht sagen, wie dankbar ich dafür bin, dass wir nicht verkabelt sind. Ich würde lieber sterben, als dass Peterson und die anderen mich in diesem zerbrechlichen Zustand sehen."

„Ich verspreche dir, niemandem zu erzählen, dass meine toughe Kollegin Schiss gekriegt hat. Okay?"

Ich lachte und stieß ihn am Arm an. „Danke."

„Okay, los geht's."

Wir gingen über den Parkplatz auf das Haus zu. Ich versuchte, ruhig zu atmen, und Gavin legte den Arm um meine Taille. Für Beobachter musste es so aussehen, also ob er mit dieser Bewegung seinen Besitzanspruch klarmachte, doch ich wusste, dass er es nur tat, um mich zu beruhigen.

An der Tür stand ein stattlicher, tätowierter Kerl mit vielen Piercings Wache. „Kann ich euch helfen?"

Ohne zu zögern sprach Gavin. „Ja, wir wollen zur Party."

Der Tattoo-Typ grinste Gavin skeptisch an. „Ach ja?"

„Klar, Mann. Frag doch Bishop."

„Bist du Marley?" Gavin nickte und der Typ trat zur Seite. „Viel Spaß."

„Danke", sagte Gavin.

Als wir eintraten, erwartete ich fast, dass sich alle umdrehten und uns anstarrten und damit unser

Außenseitertum bestätigten. Doch niemand sah wirklich in unsere Richtung, und die paar, die es taten, nickten uns freundlich zu. Am anderen Ende des Raumes spielte eine Hausband und in der Mitte tanzten Paare. Andere saßen an der Bar, tranken Bier und Cocktails.

Gavin trat einen Schritt vor, doch ich war wie festgewurzelt. Jedes Mal, wenn ich ins Gesicht eines Bikers sah, wurde er zum Mörder meines Vaters. Mein Herz raste, und ich hatte Mühe, zu atmen. Ich zog den Kopf ein, kniff die Augen zu und zählte innerlich bis zehn.

„Sam, alles okay?", wisperte Gavin mir ins Ohr.

Dass er mich beim Vornamen nannte, bedeutete, dass er sich echte Sorgen machte.

„Toilette, wo ist die Toilette?", hauchte ich. Er führte mich durch den Raum. Ich schüttelte den Kopf. „Nein, ich gehe allein. Mach du weiter. Ich stoße nachher wieder zu dir."

Gavin weitete die Augen. „Bist du sicher?"

„Ja. Gib mir nur zehn Minuten, um mich wieder einzukriegen."

Er sah aus, als wollte er widersprechen, also riss ich mich los und ging weiter. Am Büfett stand die Frau des Vizepräsidenten, Alexandra, und schaukelte sanft ein dunkelhaariges Kleinkind auf der Hüfte. Ich wusste alles über sie aus den Akten, und genau wie bei der Frau des Präsidenten wunderte ich mich, wieso jemand wie sie, eine Lehrerin aus einer respektablen Mittelklassefamilie, sich mit einem Biker eingelassen hatte.

„Entschuldige bitte, wo sind die Toiletten?", fragte ich.

Ihre dunklen Augen richteten sich auf mich, und sie sah verwirrt aus. Das wunderte mich nicht. Mit Sicherheit kannte sie alle Frauen hier. Doch der Ausdruck wurde schnell durch ein Lächeln ersetzt.

„Von der Küche aus einfach den Gang hinunter." Sie zeigte nach rechts.

„Danke." Ohne ein weiteres Wort zu ihr oder den anderen anwesenden Frauen eilte ich direkt zu den Toiletten. Ich stürzte durch die Tür, die deutlich machte, dass es die für Frauen war. Ein gigantisches Paar holzgeschnitzter Möpse hing daran. Innen war der Raum voller spärlich bekleideter Frauen, die sich um einen Platz vor dem Spiegel drängelten und an Haaren und Make-up arbeiteten. Ich ging an ihnen vorbei in eine der Kabinen.

Als ich mich darin eingeschlossen hatte, stützte ich die Hände gegen die Graffitiwände. Ich senkte den Kopf und atmete bewusst und ruhig. Ich wiederholte geistig das Mantra, das ich mir vor Jahren angeschafft hatte. Ich bin stärker als meine Angst.

Nach einer gefühlten Ewigkeit, doch wahrscheinlich waren es nur ein paar Minuten, verzog sich die überwältigende Panik. Langsam fühlte ich mich wieder wie ich selbst. Stark, mutig und selbstbewusst. Ich hob den Kopf, rollte die Schultern und schüttelte die Anspannung aus meinen Gliedern.

Mit neuem Mut konzentrierte ich mich auf meine Aufgabe. Ich öffnete die Kabine und verließ die

Toilettenräume.

Im großen Saal zuckte ich nicht einmal zusammen, als ein riesenhafter Biker mit silbernen Piercings und tätowierten Armen gegen mich stieß.

„Sorry, Süße", murmelte er.

Ich schenkte ihm mein nettestes Lächeln und hielt nach Gavin Ausschau. Er saß allein an einem Tisch und trank ein Bier. Als ich näher kam, hob er den Kopf, als hätte er meine Anwesenheit gespürt.

Ich setzte mich neben ihn.

„Alles okay?"

„Es ging mir nie besser." Ich schubste seine Hand fort, schnappte mir sein Bier und trank einen schaumigen Schluck. Gavins Augenbrauen schossen fragend nach oben. „Es war genau so, wie ich gesagt habe. Ich musste mich nur kurz sammeln. Du brauchst dir keine Sorgen zu machen."

Er grinste bei meinem aggressiven Ton. „Ich habe nicht gesagt, dass ich mir Sorgen mache."

„Das war auch nicht nötig. Ich habe es dir angesehen und du hast mich Sam genannt."

Gavin nahm mir seine Bierflasche ab. „Fertig?"

„Und wie. Was ist inzwischen passiert?"

„Bishop hat mir das Bier ausgegeben und gesagt, ich soll mich hier hinsetzen. Ich dachte, er kommt dann zu mir und wir reden ein bisschen, aber er wurde weggerufen."

Ich verengte die Augen. „Zu einem Hinterzimmer-Meeting?"

Gavin lachte leise. „Es war eher eine heiße Tussi mit Titten, die ihr aus dem Top quellen, die ihn zum Tanzen aufgefordert hat."

Ich schnaubte und verdrehte die Augen. „Männer. Denkt ihr eigentlich auch mal mit etwas anderem als mit euren Schwänzen?"

„Nee." Gavin zwinkerte mir zu.

Ich richtete meinen Blick auf die Tanzfläche. Nach nur einer Sekunde hatte ich Bishop unter den Bikern erkannt. Gavin hatte die Frau bei ihm korrekt beschrieben. Momentan rieben sie sich aneinander, als ob sie auch gleich Sex auf der Tanzfläche hätten haben können. Plötzlich, wie aus dem Nichts, überkam mich Hitze, als Bishops Hände über den Körper der Frau glitten. Mir schien noch heißer zu werden, als ich zusah, wie seine Hüften expertenhaft an ihre stießen.

Ich beugte mich auf dem Stuhl vor und studierte meine Zielperson. Die Fotos der Agency wurden Bishop nicht ganz gerecht. Obwohl es das Letzte sein sollte, woran ich dachte, fiel mir doch auf, dass er in Wirklichkeit noch besser aussah. Jedenfalls wirkte er viel stattlicher, seine Muskeln hervorstechender, sein Brustkorb breiter und seine Schenkel dicker. Sein Körper strahlte Kraft und Stärke aus. Zwei Eigenschaften, die er als Boxer und Sergeant at Arms gut gebrauchen konnte.

Ich konnte ein Schnauben über mich selbst nicht verhindern, denn ich kam mir vor wie ein kopfloser Teenager bei diesen lustvollen Gedanken.

„Er sieht absolut gut fickbar aus, oder?", fragte Gavin leise.

Verdammte Hölle, und wie. Enorm fickbar. Ich

unterdrückte den Drang, mich auf dem Stuhl zu winden. Ich musste meine unangebrachten Gedanken vor Gavin verbergen. „Wie kommst du denn darauf?"

Gavin wackelte mit den Augenbrauen. „Na, ich sehe doch, wie du ihn anstarrst."

„Ich studiere nur mein Zielobjekt, Schlaumeier."

„Blödsinn. Du hast ein feuchtes Höschen, weil du daran denkst, wie es wäre, anstelle dieser Frau zu sein."

Welche Frau würde das nicht?

„Du hast ja den Verstand verloren", widersprach ich.

Gavin lehnte sich dicht an mein Ohr. „Ich spiele zwar im anderen Team, aber ich erkenne trotzdem, wenn eine Frau auf einen Mann scharf ist."

Ich verdrehte die Augen und schob ihn von mir. „Er ist die Zielperson in unserem Fall. Ganz zu schweigen davon, dass er der Feind ist."

„Ja, und Sex aus Hass kann so was von geil sein."

„Du bist unmöglich."

Gavin grinste unverschämt. „Auch wenn das als verpönt gilt, finde ich nichts Verwerfliches daran, einen guten Fick von ihm zu ergattern, um an Informationen zu kommen."

„Wenn wir nicht wie ein Liebespaar wirken müssten, würde ich dir jetzt eine runterhauen."

Gavin küsste meine Wange und zwinkerte. „Nichts macht mir so viel Freude, wie dich zu ärgern."

„Arschloch", antwortete ich, obwohl ich lächeln

musste.

Er nickte Richtung Bishop. „Wenn er damit fertig ist, die Tussi trockenzuvögeln, soll ich dann den Ball ins Rollen bringen und dich ihm vorstellen?" Ich hob eine Augenbraue. „Ich meinte, den Ball des Falls ins Rollen zu bringen, nicht, dass du ihn anbaggern sollst. Gott, Vargas, ich kann auch mal ernst sein, wenn es sein muss."

„Klar, aber die Doppeldeutigkeit hat dir auch irre viel Spaß gemacht."

Gavin grinste. „Kann sein." Das Lied der Band kam zum Ende. „Also, wollen wir anfangen?"

Ich blickte wieder zu Bishop. „Nein. Noch nicht."

„Hast du eine andere Idee?"

Ich riss den Blick von Bishop los und sah Gavin an. „Ich will ihn erst ein bisschen irritieren, ehe ich mich an ihn ranmache."

„Klingt nach einem guten Plan."

„Ich würde es nicht unbedingt einen Plan nennen." Ich sah zu Bishop und lächelte. „Es ist mehr ein Spiel. Eins, das ich gut genug kenne, um es zu gewinnen."

Gavin zwinkerte mir erneut zu. „Du kennst dein Spiel, Vargas. Geh und wirf die Würfel."

Kapitel 4

Bishop

Zum verfluchten hundertsten Mal spürte ich einen Blick auf mir, der jede meiner Bewegungen beobachtete. So abgecheckt zu werden, ließ meine feinen Härchen zu Berge stehen. Wäre ich nicht in der Sicherheit des Clubhauses und bei meinen Brüdern, hätte ich bei dem unheimlichen Gefühl eine Hand auf meine Waffe in der Kutte gelegt. Doch in diesem Fall wusste ich, dass ich in keiner echten Gefahr schwebte.

Unauffällig blickte ich mich in der Menge um. Für einen Samstagabend war die Kapazität des Clubhauses voll ausgeschöpft. Die Band spielte und in der Mitte rieben sich Paare aneinander. Rev befand sich auf Hochzeitsreise und Deacon war mit seiner Tochter Willow beim Kindercamping, sodass ich der einzige anwesende Malloy war. Dass unser Präsident und der Vize nicht da waren, hielt uns Raiders jedoch nicht von unserer Wochenendparty ab.

Selbst ohne direkt hinzusehen, konnte ich erraten, wer mich anstarrte. Vor einem Monat hatte ein neuer Mechaniker in der Werkstatt angefangen, in der ich eine Lehre machte. Er hieß Marley und war früher in der Army gewesen. Allein dafür hatte er schon meinen Respekt, doch dann aßen wir eines Tages zusammen zu Mittag und alberten herum. Ich fand heraus, dass er Motorräder liebte und dass sein Wissen das von so manchem Raider in den Schatten stellte. Und vor einer Woche erarbeitete er sich endgültig meinen Respekt, als er mir den Arsch rettete.

Ich machte einen Ölwechsel an einem Dodge Challenger, als ein Kerl zu mir kam. Er kam mir vage bekannt vor, als wäre er schon mal in der Werkstatt gewesen. „Kann ich Ihnen helfen?"

„Ja, du bist der Arsch, der mein Auto kaputt gemacht hat."

„Wie bitte?"

„Das Getriebe ist im Eimer. Mir ist klar, dass du hier neu bist und so, aber ich habe keine Ahnung, wie du das geschafft hast."

„Sir, Ihr Auto war völlig in Ordnung, als Sie vom Hof gefahren sind. Ich weiß nicht, wie Sie darauf kommen, dass ich etwas falsch gemacht hätte."

Der Mann blickte düster. „Ist mir scheißegal, was du denkst. Hol mir den Boss. Sofort."

Ich biss mir auf die Zunge, um dem Kerl nicht zu sagen, er solle sich ins Knie ficken, wie ich es normalerweise in so einer Situation tat. Doch da ich eine neue Seite aufschlagen wollte, knurrte ich: „Einen Moment bitte."

Ich ging an Marley vorbei, der unter dem Wagen hervorkam, an dem er arbeitete.

Ich klopfte an die Tür des Bosses. „Rick?"

Er hob den Blick von einem Stapel Rechnungen. „Ja?"

„Da ist einer, der dich sprechen will." Rick hob fragend die Augenbrauen. Ich seufzte. „Er glaubt, ich hätte seinen Wagen kaputt gemacht."

„Stimmt das?"

„Himmel, nein. Es war nur ein Ölwechsel und Reifen von vorn nach hinten tauschen. Ich hatte ihm gesagt, dass die Motorleuchte an war, aber er meinte, das sei nur wegen des Öls."

Rick knurrte genervt und stand auf. Ich folgte ihm in die Werkstatt. Kaum erblickte ihn der Kunde, fing dieser an zu schimpfen und zu lamentieren, wie ich angeblich beim Ölwechsel sein Getriebe geschrottet hätte.

Er war noch mitten am Fluchen, als Marley vortrat. „Das ist alles gelogen."

Dem Mann klappte der Mund auf. „Wie bitte?"

Marley verschränkte die Arme vor der Brust. „Es ist völlig unmöglich, dass Bishop den Schaden angerichtet hat, von dem Sie reden."

„Ach ja?"

Marley nickte und sah Rick an. „Als er hier ankam, hat sein Auto geröchelt wie ein Kettenraucher. Also war der Schaden da schon vorhanden."

Rick sah von Marley zu mir. „Hast du das Geräusch auch gehört?"

Ich verzog das Gesicht. „Nein."

„Zu Bishops Verteidigung wäre zu sagen, dass er zu dem Zeitpunkt hinten war. Da konnte er das gar nicht hören", erklärte Marley.

Jetzt klappte mir der Mund auf, weil Marley für mich die Wahrheit etwas dehnte. Ja, ich war mit der Inventur beschäftigt gewesen, aber ich hätte das Geräusch trotzdem hören müssen, als der Kerl wegfuhr. Keine Ahnung, wo mir an dem Tag der Kopf stand, dass ich nicht darauf geachtet hatte.

Ich sah Marley an, und sein Blick warnte mich, seiner Version zu widersprechen. Also nickte ich nur.

Der Mann war aufgebracht. „Das bedeutet gar nichts. Er hat trotzdem meinen Wagen kaputt gemacht!"

Rick verengte die Augen. „Sie müssen mich für einen Idioten halten, wenn Sie mir weismachen wollen, dass man mit einem simplen Ölwechsel einen Motor beschädigen kann. Verschwinden Sie und lassen Sie sich nie mehr hier blicken in dem Versuch, mich noch mal übers Ohr hauen zu wollen."

Nachdem der Mann gegangen und Rick in seinem Büro war, waren Marley und ich allein. Er wollte wieder an die Arbeit gehen, doch ich hielt ihn zurück. „Warum hast du für mich gelogen?"

„Ich würde es nicht lügen nennen. Es war mehr die Wahrheit etwas umformen."

„Und warum hast du das für mich gemacht?"

Marley hatte gelächelt. „Irgendwann waren wir alle mal der Neue. Ja, wahrscheinlich hättest du das Geräusch hören sollen, als er weggefahren ist, aber vielleicht hattest du einen schlechten Tag.

Vielleicht waren deine Gedanken woanders. Oder du warst auf dem Klo und konntest an nichts anderes denken."

„Hey!" Ich lachte.

Marley lachte in sich hinein. „Das eine Mal heißt ja nicht, dass du nicht ein verdammt guter Mechaniker bist, der sich auskennt."

„Bei einem Motorrad hätte ich nie so einen Mist gebaut", knurrte ich.

„Das stimmt wahrscheinlich, wenn man bedenkt, was für einen Steifen du bei Bikes kriegst, aber ich garantiere dir, dass dir ab jetzt jeder Motorschaden sofort auffallen wird."

„Verdammt, ja." Ich reichte ihm meine Hand. „Danke, Mann. Ich schulde dir was."

Er schüttelte meine Hand. „Gern geschehen."

Dann machte er sich wieder an die Arbeit an dem Wagen.

Ich betrachtete seinen Rücken und dachte über ihn nach und darüber, dass er bestimmt eines Tages ein tolles Mitglied der Raiders sein könnte. Nach der Sache mit Mendoza suchten wir aktiv nach neuen Männern, um die Dinge zu stabilisieren, während sich die Lage abkühlte. Wir arbeiteten immer noch langsam, aber sicher daran, legal zu bleiben. Marleys Persönlichkeit würde da gut reinpassen.

In meiner nächsten Pause brauchte es nur einen Anruf bei meinem Bruder. Rev ging beim dritten Klingeln ran.

„Was gibt's, B?", fragte er.

„Ich will was mit dir besprechen."

„Schieß los."

„Ich glaube, ich habe jemanden gefunden, der interessiert ist, sich uns anzuschließen."

„Wirklich?"

„Ja." Dann erzählte ich Rev alles über Marley. „Kann ich ihn zu einer Party einladen, um ihn besser kennenzulernen?"

„Klar. Warum nicht? Wir setzen Archer gleich auf ihn an. Du weißt ja, dass er glaubt, Ratten erschnüffeln zu können."

Ich lachte. „Okay. Klingt gut."

Nach dem Gespräch steckte ich das Handy ein und ging wieder rein. Marley stand unter einem hochgebockten Wagen.

„Hey, hast du schon mal drüber nachgedacht, einem Motorradclub beizutreten?"

„Kann schon sein. Warum?"

„Zufällig bin ich in einem. Eigentlich bin ich sogar etwas mehr als nur ein Mitglied in einem. Ich bin ein Officer bei den Hells Raiders."

„Von denen habe ich, glaube ich, schon mal was gehört."

„Wahrscheinlich nichts allzu Gutes."

Er drehte sich um. „Nur ein bisschen was."

Ich hob die Augenbrauen. „Vielleicht ist nicht alles, was du gehört hast, wahr."

„Ich bin ganz Ohr."

Ich trat näher, sodass ich leiser sprechen konnte. „Die Aufnahme ist ein langer Prozess. Man fängt ganz unten als Besucher an. Wenn alle zustimmen, steigt man zum Anwärter auf. Das ist der schwerste Teil, denn als solcher ist man jedermanns Sklave."

Marley lächelte und zuckte mit den Schultern. „Ja, ich habe schon von der Anwärterzeit gehört. Ehrlich gesagt habe ich nie über die Clubszene nachgedacht. Ich liebe einfach nur das Motorradfahren."

„Und darum geht es im Club auch vor allem."

Marley wirkte eine Weile nachdenklich. „Ich könnte es ja mal ausprobieren."

„Das freut mich." Ich achtete darauf, dass wir wirklich allein waren, ehe ich noch mehr sagte. „Am Samstag steigt eine Party. Magst du kommen und dich mal umsehen?"

Marley überdachte die Einladung kurz. „Okay. Klingt gut."

Jetzt, im Clubhaus, trank Marley sein Bier. Ich hatte ihm einen Tisch organisiert und ein Bier ausgegeben. Zumindest das schuldete ich ihm dafür, dass er mir den Arsch gerettet hatte. Ich hatte ihn ein paar Jungs vorgestellt und er schien sich zu amüsieren. Eigentlich hatte ich mich zu ihm setzen wollen, aber meine neueste Eroberung hatte mich auf die Tanzfläche gezerrt. Mein Schwanz war nicht in der Lage gewesen, Nein zu sagen.

Doch die Blicke, die mich beobachteten, kamen nicht von Marley. Tatsächlich hatte er nicht ein Mal in meine Richtung geschaut. Nein, es war die superklasse Frau neben ihm, die mich mit den Augen fickte.

Heute hatte ich zum ersten Mal das Vergnügen und die Qual, seine Freundin zu sehen. Er hatte sie in unseren Mittagspausen öfter erwähnt. Ich hatte nicht so genau zugehört und wusste nicht mehr, ob sie Sandy oder Samantha hieß. Da sie in seinem Alter war, war sie mindestens fünf Jahre älter als ich, und ich hätte mich gern freiwillig als ihr jugendliches Spielzeug zur Verfügung gestellt.

Wenn man sie mit einem Wort beschreiben wollte, wäre es exotisch. Sie war eine ethnische Mischung, aber eine sehr attraktive. Am meisten wirkte sie spanisch, doch ihre mandelförmigen Augen gaben ihr einen asiatischen Touch. Mir war nicht entgangen, dass sich einige der Brüder den Hals nach ihr verrenkt hatten. Ich hoffte, dass das Marley nicht auf die Palme brachte.

Als sie merkte, dass ich sie ansah, erschien ein katzenhaftes Lächeln auf ihren rubinroten Lippen. Sie warf sich das seidige, rabenschwarze Haar über die Schulter. Marley neben ihr schien nicht zu bemerken, was sie da tat.

Auch wenn er kein Patch tragender Bruder war, hätte ich sie nicht so ansehen sollen. Man machte nicht mit einer Frau herum, die einem Bruder gehörte. Das führte immer zu Ärger der fäustefliegenden Art.

Obwohl es hier mehr als genug willige und ungebundene Frauen gab, konnte ich nicht verhindern, dass meine Gedanken über diese Frau in Bereiche wanderten, wo sie nichts zu suchen hatten.

Meine Ohren nahmen den Schrei eines Babys wahr. Ich kannte ihn, denn er kam von meinem Neffen Wyatt. Ich ging durch den Raum Richtung Küche, wo Alexandra in der Tür stand und sich gleich darauf wieder in Bewegung setzte, herumlief, um das quengelige Kind zu beruhigen.

„Was hat denn der kleine Mann?", fragte ich.

Alexandra schnaubte entnervt. „Keine Ahnung. Er hat zu essen bekommen und eine frische Windel. Aber er will unbedingt weiterjammern." Sie küsste den dunkelhaarigen Kopf ihres Sohnes. „Wahrscheinlich hat er die Nase voll von mir. Da Willow und Deacon beim Camping sind, hatte er die letzten drei Tage nur mich zur Unterhaltung."

„Gib ihn mir mal."

Alexandra hob erstaunt die Brauen. „Wirklich?" Als ich nickte, gab sie ihn mir in die Arme. Sofort verstummte er und sah mich an. „Wer hätte gedacht, dass du so gut mit Babys umgehen kannst?", sinnierte Alexandra.

Ich zwinkerte ihr zu. „Nee, das ist nur, weil er zu viele Möpse gesehen hat. Er muss mal eine Weile bei einem Mann sein."

„Du bist unmöglich." Sie schlug mir gegen den Arm.

„Du magst mich aber trotzdem", neckte ich sie.

Alexandra gab mir einen Kuss auf die Wange. „Das stimmt. Sehr sogar." Sie tätschelte Wyatts Rücken. „Bring ihn mir wieder, wenn du keine Lust mehr auf ihn hast oder er auf dich."

„Mach ich."

Ich wanderte mit Wyatt durch den Raum, und ein paar Brüder hielten an und plauderten mit mir, und ihre Old Ladys oder Freundinnen schäkerten mit Wyatt. Obwohl er äußerlich ganz die Mama war, konnte er wie sein alter Herr Menschen bezaubern. Er grinste, winkte und entlockte jedem ein Lächeln.

„Was für ein süßer kleiner Kerl", sagte eine Stimme hinter mir.

Ich drehte mich um und fand meine Bewunderin vor. Verdammt, aus der Nähe war sie noch heißer. „Danke."

„Ist das deiner?", fragte sie.

„Oh Gott, nein. Er gehört meinem Bruder."

Sie lächelte und streichelte Wyatts Pausbäckchen. „Du hast keine Kinder?"

„Da muss ich schon wieder ‚Oh Gott, nein', sagen."

„Aber du kommst echt gut mit ihm zurecht."

„Ich mag Kinder, solange sie anderen Leuten gehören", antwortete ich ehrlich. Als sich Wyatt nach ihr streckte, sah sie mich fragend an. „Klar. Du kannst ihn ruhig mal halten."

Wyatt warf sich willig in ihre Arme.

„Du bist ja ein richtiger Charmeur."

Wyatt quietschte fröhlich.

„Wir haben uns noch gar nicht vorgestellt", sagte ich, während sie mit Wyatt Süßholz raspelte.

„Ich bin Samantha."

Ich hielt ihr meine Hand hin. „Ich bin Bishop."

„Schön, dich kennenzulernen." Sie balancierte

Wyatt auf einem Arm, um mir ihre noch freie Hand reichen zu können.

An ihrer Art, sich vorzustellen, erkannte ich, dass ihr der MC-Lebensstil genauso neu war wie Marley. Die meisten Frauen, mit denen wir zu tun hatten, wussten, dass sie dazusagen mussten, zu welchem Mann sie gehörten und zu welchem Chapter, je nach Art der Party. „Du bist Marleys Freundin."

Sie nickte. „Genau."

„Ich habe schon viel von dir gehört."

Sie zog die Augenbrauen zusammen. „Ach ja?"

Ich zwinkerte. „Nur Gutes, versprochen."

Samantha lächelte. „Das freut mich zu hören."

„Das ist also deine erste MC-Party?"

„Ja."

„Und wie gefällt es dir?"

Sie sah sich um. „Ich finde es interessant."

Ich lachte. „Diese Party ist recht lahm. Warte erst, bis du zu einer Versammlung kommst."

„Was ist dann anders?"

„Nun ja, es ist mehr ein Freie-Drinks-für-alle-Fest mit jeder Menge halb nackter Leute, die es ganz offen miteinander treiben." Sie weitete die Augen. „Das muss man gesehen haben, um es zu glauben."

Sie rümpfte die Nase. „Irgendwie weiß ich nicht, ob mir das gefällt."

„Du gewöhnst dich dran. Besonders, wenn Marley ein Anwärter wird."

Sie nickte. „Versteh mich nicht falsch. Ich liebe

gute Partys. Ich weiß nur nicht, ob ich zusehen will, wie es eine Horde Fremder miteinander treibt." Sie grinste. „Pornos sehe ich mir lieber zu Hause an."

Ich lachte. „Deine Denke gefällt mir."

Marley erschien neben uns. „Hey, B, wie ich sehe, hast du endlich mein Mädchen kennengelernt."

„Du bist ein Glückspilz, Mann."

Marley grinste mich an und setzte dann einen fetten Kuss auf Samanthas Lippen, wobei sie leicht zurückzuckte. Eine seltsame Reaktion. Doch dann lächelte sie ihn strahlend an.

„Ich gebe dir den Süßen jetzt besser wieder", sagte sie. Ich nahm Wyatt auf den Arm. „Danke, dass ich ihn halten durfte."

„Jederzeit."

Sie legte den Arm um Marleys Taille und die beiden schlenderten davon. Nach ein paar Metern sah sie mich über die Schulter hinweg an und lächelte wieder katzenhaft. Ich nickte ihr kurz zu.

Sie sah wieder nach vorn und ich stöhnte auf. Wyatt sah mich überrascht an. Ich lächelte. „Kleiner Mann, dein Onkel steckt schwer in der Scheiße."

Den Rest des Abends versuchte ich, weder an Samantha zu denken noch über sie zu fantasieren. Doch ich verlor den Kampf. Sogar als ich versuchte, mich abzulenken, meine Runde drehte und mit Clubmitgliedern plauderte, konnte ich nicht aufhören, an sie zu denken. Die meisten Gedanken drehten sich darum, sie auf den Rücken zu legen und um den Verstand zu vögeln.

Nach einer Stunde der Versuche, ihr und meinen wild gewordenen sexuellen Gedanken aus dem Weg zu gehen, fand ich mich plötzlich am selben Poolbillard-Tisch wieder, an dem sie und Marley spielten. Ich dachte gerade darüber nach, mich schnell aus dem Staub zu machen, da drückte mir Marley einen Queue in die Hand.

„Spielst du eine Runde mit? Mir wird gerade in den Arsch getreten und mein Geldbeutel wird geleert."

Ich lachte und deutete auf unser neuestes Clubmitglied Crazy Ace. „Er ist ein echter Abzocker."

Marley stöhnte. „Das merke ich gerade."

Ich zeigte auf den Pool-Tisch. „Stell die Kugeln auf. Mal sehen, ob du gegen mich besser bist."

Samantha schüttelte den Kopf. „Er wird sich nur blamieren, wenn er sich von mir Geld leihen muss."

„Hey!", rief Marley mit einem Lächeln.

„Die Wahrheit tut weh, Babe", sagte Samantha, beugte sich vor und gab Marley einen Kuss.

Ich unterdrückte den Drang, den Queue auf den Tisch zu werfen und zu gehen. Stattdessen rieb ich die Spitze mit Kreide ein.

Jemand tippte mir auf die Schulter, woraufhin ich mich umdrehte. Es war Joe Casterini, oder auch Jolting Joe, unser neuester Anwärter. Auf Partys war er auch unser Barkeeper.

„Hey, B, das Fassbier ist gleich leer."

Ich nickte. „Schnapp dir zwei Anwärter und geht ins Lagerhaus. Da sollten noch ein paar Fässer stehen."

„Guter Plan, außer dass ich heute der einzige Anwärter bin, der da ist."

„Scheiße, stimmt ja."

Joe hielt eine Hand hoch. „Aber ich schaffe das auch allein."

Auch wenn er es allein unmöglich mit einem Stahlfass den Berg hoch schaffen würde, wusste er, dass er als Anwärter keine Schwäche zeigen durfte. Ich sah zu Marley. „Hey, Mann, würdest du kurz aushelfen?"

Er stellte sein Bier auf den Rand des Pool-Tisches und grinste. „Ich bin für alles zu haben, was mehr Bier garantiert."

Ich lachte. „Freut mich, dass du dich so darum reißt."

„Ernsthaft, Mann. Ich habe drüber nachgedacht, was du über das Mitgliedwerden gesagt hast. Ich nehme an, aushelfen und einspringen ist Teil davon, richtig?", fragte Marley.

„Ganz genau."

„Dafür stehe ich immer bereit."

Ich schlug ihm auf den Rücken. „Das merke ich."

Joe winkte ihn zu sich. „Komm schon, Mann. Lass uns das erledigen, bevor die Eingeborenen unruhig werden."

„Okay", sagte Marley. Er folgte Joe.

Als ich mich umdrehte, standen da nicht mehr nur Crazy Ace und Samantha. Eine der neuesten

Clubhuren klebte an Crazy Ace' Seite. Sie flüsterte ihm etwas ins Ohr, sein Blick wurde glasig, und mir war klar, dass Billardspielen gerade das Letzte war, woran er dachte.

„Bis später, B", sagte er und ließ sich von der Frau zu einem der Hinterzimmer führen.

Jetzt war ich mit Samantha allein. Eine Weile standen wir in peinlicher Stille zusammen. Dann reichte ich ihr einen Queue. „Kannst du spielen?"

Sie zuckte mit den Schultern. „Ein bisschen."

„Dann versuchen wir es."

Samantha nahm den Queue. „Mach es mir aber nicht so schwer."

„Ich versuche es."

„Gut."

Ich richtete die Kugeln aus. „Marley hat mir nicht allzu viel über dich verraten."

„Gut zu wissen, dass er meine Geheimnisse nicht ausplaudert."

Ich neigte den Kopf zur Seite. „Du hast Geheimnisse?"

Sie zuckte die Achseln. „Vielleicht, vielleicht auch nicht." Sie warf ihr langes Haar über die Schulter und sah mich an. „Haben wir nicht alle welche?"

„Kann sein."

„Nach meiner Erfahrung hat jeder persönliche Geheimnisse. Manchmal sogar berufliche."

„Ein interessanter Gedanke." Ich stützte mich am Tischrand auf. „Magst du ein paar davon austauschen?"

„Woran denkst du dabei?"

Ich deutete mit dem Kinn auf den Tisch. „Für jeden Ball, den der Gewinner versenkt, muss der Verlierer etwas von sich preisgeben."

„Klingt spannend."

„Dachte ich auch."

Samantha stützte sich auf ihren Queue und spitzte kurz die Lippen. „Wie kann ich sicher sein, dass die Chancen nicht gegen mich stehen? Schließlich bin ich nicht geübt in dem Spiel und so."

„Ich habe doch gesagt, dass ich es dir nicht so schwer machen werde."

Sie sah mich skeptisch an. „Okay, wir werden sehen."

„Wie wäre es damit? Ich demonstriere meine guten Absichten, indem ich dich anfangen lasse."

„Na, wenn das mal nicht reizend von dir ist", sagte sie neckend.

„Ich gebe mir Mühe."

„Gestreift oder einfarbig?"

„Was?"

Samantha grinste. „Welche Kugeln willst du spielen? Die gestreiften oder die einfarbigen?"

„Wenn ich wirklich nett sein will, sollte die Lady die Wahl haben, oder?"

„Mannomann, du bist echt voll der Gentleman", sinnierte sie und schob sich an mir vorbei.

Mir entging nicht, wie ihre Brüste an meiner Brust entlang rieben. Ich dachte immer noch an ihre tollen Möpse, als sie sagte: „Dann nehme ich die einfarbigen."

Ich räusperte mich und versuchte, meinen Kopf

ebenfalls klar zu kriegen. „Klingt gut."

Als ich ein Spiel vorgeschlagen hatte, hatte ich nicht darüber nachgedacht, wie sie aussehen würde, wenn sie sich über den Pool-Tisch beugte. Hätte ich auch nur den Hauch einer Vorstellung gehabt, dass sie ein Abbild von purem Sex darstellte, hätte ich den Schwanz eingekniffen und wäre geflüchtet. Ihre saumäßig enge Hose ermöglichte mir eine gute Aussicht auf ihren perfekten runden Hintern von der Art, die man in der Doggy-Stellung gern so lange mit der Hand bearbeitete, bis er rote Abdrücke hatte. Wenn ich mich leicht vorbeugte, sah ich, dass ihre großen Titten fast aus dem Top quollen. Ohne Zweifel würde ich den Abend mit Eiern beenden, die genauso blau waren wie einige der Billardkugeln.

„Blaue Zehn in die linke Ecke", kündigte Samantha an.

Mir entging die Ironie nicht. Und als der Ball problemlos über den Tisch rollte und direkt in diese Ecke fiel, klappte mir der Mund auf. „Wieso habe ich den Verdacht, dass das kein Anfängerglück war und du mich verarschst?"

Unschuldig klimperte sie mit den Wimpern. „Ich weiß nicht, was du meinst."

„Ich glaube, ich nenne dich Fast Eddie."

„Aha, nach Edward Felson?"

Wieder klappte mir der Mund auf. „Du kennst Fast Eddie, den Pool-Gangster?"

Samantha lachte. „Eigentlich kenne ich nur Paul Newman, und da der Fast Eddie in Haie der Großstadt gespielt hat und in Die Farbe des Geldes, kenne ich die Figur."

„Verstehe." Ich trat näher an sie heran. „Wo hast du Poolbillard gelernt?"

„Oh, oh, ich glaube, nach den Spielregeln darf ich die erste Frage stellen."

Ich knurrte frustriert. „Na gut. Frag."

Samantha trommelte mit ihren blutroten Fingernägeln auf dem Rand des Tisches. „Hm, das ist schwerer, als ich dachte. Ich spüre den Druck, keine saublöde Frage zu stellen."

„Du kannst jederzeit verzichten und mich vorlassen."

„Oh nein, so leicht kommst du mir nicht davon."

„Verdammt. Zumindest habe ich es versucht."

Sie schloss kurz die Augen. „Okay, ich habe eine."

„Ich kann es kaum erwarten."

„Worin bist du gut, was ich nicht erraten könnte?"

Ich grinste. „Ich glaube nicht, dass du wirklich willst, dass ich das beantworte."

Ich rechnete damit, dass sie entsetzt die Augen verdrehen würde, sobald sie mich verstanden hatte, doch sie überraschte mich.

Sie spitzte kurz die Lippen. „Also, ich dachte, dass du gut fickst, steht eh außer Frage, oder?"

Ich lachte. „Ganz genau."

„Was gibt es sonst noch? Etwas, das dich von deinen MC-Brüdern unterscheidet?"

Ich dachte kurz nach. „Boxen."

„Interessant."

„Würde ich auch sagen."

„Als Amateur oder professionell?"

„Professionell. Zumindest früher."

„Und warum nicht mehr?"

„Moment, abgemacht war ein Ball, eine Frage."

Samantha hüpfte mit dem Hintern auf den Rand des Tisches, als ob sie sich für eine längere Geschichte bereit machte. Sie schwang ihre Beine vor und zurück. „Ich habe noch nie einen echten Boxer getroffen. Du kannst mir nicht vorwerfen, dass ich fasziniert bin."

Ich tippte mit dem Queue auf den Boden. Noch nie hatte ich mit jemandem außerhalb des Clubs oder des Studios über das Boxen geredet. Die Frauen, mit denen ich ausgegangen war – oder sollte ich besser sagen, mit denen ich gefickt hatte –, interessierten sich einen Dreck dafür. Mama Beth wollte auch nichts davon wissen, weil es ein blutiger Sport war, der ihren kleinen Jungen verletzte. Doch aus Gründen, die ich mir absolut nicht vorstellen konnte, schien Samantha ernsthaft interessiert zu sein.

„Hauptsächlich tue ich es deswegen nicht mehr so oft, weil ich für was Neues bereit bin. Es begeistert mich nicht mehr so wie früher. Man könnte vielleicht sagen, dass ich mehr mit meinem Leben anfangen will, als die Scheiße aus irgendwelchen Kerlen zu prügeln."

„Ich finde, neben dem Boxen noch etwas anderes machen zu wollen, ist völlig verständlich, wenn nicht sogar ratsam. Ich weiß nur nicht, wie du das bei deinem Lebensstil erreichen willst."

„Was meinst du damit?"

„Gehört mit den Fäusten umzugehen nicht zum MC-Leben dazu?"

„Ah, ich merke, dass du das falsche Image übernommen hast, das die meisten Leute von Bikern haben."

„Entschuldige bitte, wenn es so klingt, als ob ich dich in ein Klischee presse. Ich habe einfach keine Erfahrungen mit echten MC-Männern."

Ich lehnte mich dichter an sie. „Jetzt, wo Marley darüber nachdenkt, dem MC beizutreten, wäre es nicht schlecht, wenn du dir die Zeit nehmen würdest, zu prüfen, wovon du sprichst. Nicht alle von uns sind waffenschwingende Höllenhunde, die Kleinstädte terrorisieren."

„Nicht?"

An ihrem Ton und Ausdruck erkannte ich nicht, ob sie es spaßig oder ernst meinte. „Bisher sind wir immer super mit den Leuten in der Stadt ausgekommen, also ... mit den gesetzestreuen."

„Bishop ..."

„Und was die Waffen angeht ... ich würde dich bitten, mich abzutasten, aber das wäre wohl eher nicht angemessen."

„Würde ich auch nicht tun."

„Zumindest habe ich es angeboten."

Samantha wirkte aufrichtig bereit, sich zu entschuldigen. „Es tut mir leid, falls ich dich und deinen Club beleidigt habe."

Ich zuckte mit den Schultern. „Schon gut. Inzwischen bin ich daran gewöhnt. Schon bevor ich selbst eingetreten bin, habe ich gesehen, wie manche Leute meinen Dad behandelt haben. Und sobald sie wussten, dass ich John Malloys Sohn war, haben sie mich auch anders behandelt. Dieser Scheiß passierte mir während der ganzen Schulzeit."

„Ganz schön schäbig, einem Kind so was anzutun."

Ich blickte zu Boden. „Ja. Als ich jung war, war ich ziemlich leicht verletzbar. Als ich ein Teenager war, habe ich ihnen wahrscheinlich auch Gründe gegeben, meine leichte Reizbarkeit zu verurteilen." Als ich Samantha wieder ansah, lag Respekt in ihrem Blick.

„Und wie bist du darüber hinweggekommen?"

„Irgendwann entschied ich, dass es mir scheißegal ist, was die Leute denken, denn tief in mir wusste ich, wie wir wirklich sind." Samantha und ich sahen uns eine Weile nur an. Dann schüttelte ich den Kopf. „Verflucht, fünf Minuten allein mit dir und schon plaudere ich all meine Geheimnisse aus."

Samantha kicherte. „Man kann nicht sagen, dass du etwas wirklich Enthüllendes aufdeckst, wie irgendwelche Clubgeheimnisse."

„Stimmt. Aber normalerweise rede ich nicht so mit Frauen."

„Lass mich raten. Wenn du mit einer Frau zusammen bist, wird generell wenig geredet."

„So ungefähr."

„Das überrascht mich wenig." Sie sprang von der Tischkante. „Da du gesagt hast, dass du die Scheiße aus Kerlen geprügelt hast, nehme ich an, dass du ein echt guter Boxer bist, oder?"

„Ich habe eine Menge Titel gewonnen."

„Warst du so gut wie José Legrá?"

Erstaunt weitete ich die Augen. „Woher weißt du denn, wer das ist?"

„Kennen nicht alle Frauen ihre kubanischen Boxer?"

„Fuck, nein."

„Die Wahrheit ist, dass ich sie nur wegen meinem Vater kenne. Er hat sich immer die Freitagskämpfe angesehen. Und wenn er arbeiten musste, hat er sie aufgezeichnet. Er war ein großer Fan von Legrá und Luis Manuel Rodríguez, Kid Gavilán, Sugar Ramos ..."

„Der viertgrößte Boxer, Sugar genannt, nach Robinson, Leonard und Mosley."

Samantha lächelte. „Ich bin nicht sicher, ob mein Vater dir da zustimmen würde."

„Lass es mich versuchen und ich stimme ihn um."

Samanthas Ausdruck wurde ernst. „Er ist gestorben."

Fuck.

Ich hatte ein besonderes Talent, ein unsensibles Arschloch zu sein.

„Das tut mir leid."

„Schon gut. Das konntest du ja nicht wissen."

„Ich weiß aber, wie es ist, seinen alten Herrn zu verlieren." Sie sah mich erwartungsvoll an. „Vor sechs Jahren wurde mein Vater umgebracht."

Sie überraschte mich total, indem sie sich den üblichen Mein-Beileid-Mist sparte. Stattdessen sah sie mir in die Augen und sagte etwas, das nur sehr wenige je zu mir gesagt hatten.

„Du musst ihn sehr vermissen."

Ich nickte und die vertraute Trauer schnürte mir den Brustkorb zusammen. Egal, wie alt man ist oder für was für einen starken Mann man sich hält, es gibt nichts Vergleichbares, wie den Vater zu verlieren. „Ich vermisse ihn jeden Tag. Die Jahre vergehen, aber es wird nicht leichter, auch wenn die Leute immer diesen Mist behaupten, dass die Zeit alle Wunden heilt."

„Ich weiß, was du meinst", murmelte Samantha.

Es wurde Zeit, das Thema zu wechseln. „Wenn du keine weiteren Boxer-Fragen mehr hast, bin ich jetzt dran."

„Nein, ich glaube, das war's. Aber solltest du je wieder im Ring stehen, würde ich dich natürlich liebend gern in Aktion sehen."

„Ernsthaft?"

Sie neigte den Kopf seitlich. „Was denn? Sehe ich nicht wie eine Frau aus, die einen guten Kampf zu schätzen weiß?"

Ich grinste. „Nicht wirklich."

Samantha hob den Zeigefinger. „Jetzt bist du derjenige, der Klischees benutzt."

Ich schnaubte. „Kann sein. Aber die meisten Mädels muss man zu den Kämpfen schleifen."

„Glaub mir, wenn du da wärst, müsste mich niemand hinschleifen."

Bei der Überzeugung in ihrer Stimme leckte ich mir über die Lippen. „Ich werde es mir merken."

Dann holte sie mich auf den Boden der Tatsachen zurück. „Ich bin sicher, dass Marley dich auch gern sehen würde."

Irgendwann bei den Gesprächen und der Flirterei hatte ich ihn völlig vergessen. Einerseits kam ich mir wie ein Schwein vor, weil ich ihn aus dem Weg haben wollte, um Samantha für mich selbst haben zu können, andererseits nahm ich ihm übel, ihr Freund zu sein. Gern hätte ich geglaubt, dass er nicht gut für sie war, sie betrog und schlecht behandelte. Doch wie ich Marley kannte, konnte ich mir nicht vorstellen, dass er das tun würde. Er mochte zwar große Reden schwingen, aber in Wahrheit war er eher ein braver Pfadfinder im Erwachsenenalter.

Um meine Gedanken von Marley und der Begierde nach seiner Freundin abzulenken, beugte ich mich über den Tisch und positionierte meinen Queue. Ich musste mich jetzt beweisen. „Die Fünf orange, linke Ecke."

„Gleich mal auf etwas Schweres gehen?", fragte sie unschuldig.

„Ganz genau."

Nachdem ich die Kugel spielend leicht versenkt hatte, richtete ich mich auf und begegnete Samanthas erwartungsvollem Blick. Ich musste eine

Frage finden, die absolut nicht nach Anmache klang. „Also, wie bist du genetisch zusammengesetzt?"

Sie weitete die Augen, als ob die Frage sie unvorbereitet getroffen hätte. „Wie bitte?"

„Ich meine, ich bin zum Beispiel ein bisschen englisch und schottisch, mit ein wenig deutsch irgendwo weit zurück. Du siehst eher nach exotischeren Vorfahren aus."

„Ach so meinst du das. Ich bin im Grunde mehr Mischling als alles andere."

„Witzig, das dachte ich mir, aber ich hätte dich natürlich nie so genannt."

Samantha lachte. „Sehr weise." Sie nahm den Queue in die andere Hand. „Von Dads Seite aus bin ich ziemlich rein kubanisch. Und die Familie meiner Mom ist hauptsächlich irisch-katholisch."

„Dann bist du gar nicht so gemischt, wie ich dachte."

„Kann sein." Sie zwinkerte. „Danke für das Kompliment, dass ich exotisch aussehe."

„So sehe ich dich jedenfalls."

„Nun, das gefällt mir. Mich hat noch nie jemand exotisch genannt."

Elektrische Spannung schien um uns herum Funken zu schlagen. Ich fragte mich, ob es daran lag, dass ich wirklich Samantha wollte oder mehr das, was ich nicht haben konnte.

Ich winkte Samantha mit dem Queue zu. „Du bist dran."

Erneut versenkte sie kinderleicht die Kugel. Dann

richtete sie nachdenklich den Blick an die Decke. „Wenn einer deiner Träume in Erfüllung gehen könnte, welchen würdest du nehmen?"

Ich schnaubte. „Das ist die kitschigste Frage, die ich je gehört habe."

Sie pikste mir mit dem Queue in die Schulter. „Du darfst die Fragen nicht bewerten. Die Regeln sagen, dass du einfach nur antworten musst."

„Na gut. Dann beantworte ich eben deine alberne Frage."

„Ich warte." Sie tippte mit der Stiefelspitze auf den Boden.

Verdammt, wenn das mal nicht süß und gleichzeitig sexy war.

Ich unterdrückte ein unwilliges Knurren und entschied mich für eine ehrliche Antwort. „Mein größter Traum ist, ein eigenes Motorradgeschäft zu eröffnen."

Sie blinzelte erstaunt. „Wirklich?"

„Ja, wirklich. Was hast du denn erwartet? Dass ich einen Dreier mit zwei Playboy-Models haben will oder mir einen fünfundzwanzig Zentimeter langen Schwanz wünsche?"

„Du kannst mir meine Reaktion nicht verübeln nach deiner Antwort auf meine erste Frage."

„Das stimmt."

„Soll das heißen, dass du keinen fünfundzwanzig Zentimeter langen Schwanz hast?"

Ich lachte. „Das würdest du wohl gern wissen?"

Sie grinste. „Ich muss zugeben, dass meine Neugier angestachelt ist."

„Sagen wir mal so: Die Größe meines Schwanzes bleibt für den Moment geheim."

„Wie schade", sagte sie und zwinkerte mir zu.

Mir war klar, dass ich unbedingt das Thema von meinem Schwanz ablenken musste. Ich beugte mich über den Tisch. „Ich bin wieder dran."

„Warte kurz."

Ich sah sie an. „Warum?"

„Ich würde gern mehr über den Motorradladen wissen, den du eröffnen möchtest."

Ich schüttelte den Kopf. „Ich habe gesagt, dass wir ein Geheimnis verraten müssen, nicht, dass wir sinnlos darüber diskutieren werden."

„Aber du hast meine Fragen übers Boxen auch beantwortet, warum nicht diese?" Sie trat näher an mich heran. „Hat der große böse Biker Angst, das mit mir zu teilen?"

„Ich teile mich liebend gern", antwortete ich mit einem Grinsen.

„Körperlich ganz bestimmt, aber ich meine emotional. Würde es dich wirklich umbringen, mir zu erzählen, warum du dein eigenes Geschäft aufmachen willst?"

Ich verengte die Augen. „Du verarschst mich doch, oder?"

„Ich weiß nicht, wie du darauf kommst, aber ich würde wirklich gern mehr über diesen Laden hören."

Mit der freien Hand kratzte ich mir erstaunt das Kinn. Dass eine Frau an etwas anderem von mir interessiert war als ficken, war auf jeden Fall etwas

Neues. Von Beginn der Unterhaltung an hatte Sam den Eindruck gemacht, ehrlich an meinem Leben interessiert zu sein. Ich konnte mir nicht vorstellen, dass das nur gespielt war. „Du meinst das ernst?"

Samantha grinste. „Aber ja."

Ich holte tief Luft. „Okay. Ich liebe es, alte Bikes zu restaurieren. Es macht mir Spaß, einen Haufen Schrott in etwas Wunderbares zu verwandeln. Also würde ich gern einen Laden aufmachen, in dem ich die restaurierten Bikes verkaufen kann. Ich will etwas Eigenes, das nichts mit meinen Brüdern oder dem Club zu tun hat." Es fiel mir schwer, ihr in die Augen zu sehen. Als sie eine Hand auf meine Schulter legte, wäre ich beinahe zusammengezuckt. Als ich mich traute, sie anzusehen, lächelte sie mich aufrichtig an.

„Ich weiß nicht, warum du mir das nicht erzählen wolltest. Das ist doch eine super Idee. Damit würdest du dein Hobby zum Beruf machen."

Ich biss mir auf die Zunge, um sie nicht noch mal zu fragen, ob sie mich verarschen wollte. Stattdessen erwiderte ich das Lächeln. „Vielen Dank. Es bedeutet mir viel, wenn ich ernst genommen werde. Meine Familie hat das in den letzten Jahren nicht so oft getan. Allerdings habe ich ihnen wohl auch nicht so viele Gründe geliefert, mich ernst zu nehmen."

„Als Jüngster kriegt man ganz schön was ab, was?"

„Woher weißt du, dass ich der Jüngste bin?"

Samantha winkte ab. „Ach, Marley hat mir von

deinen Brüdern Deacon und Rev erzählt, als er vom Club geredet hat. Er ist wirklich sehr daran interessiert und möchte vielleicht eines Tages eintreten. Er spricht oft davon."

„Das freut mich. In der Anwärterphase muss er aber zusehen, dass er die Laune behält."

„Das ist eine echt beschissene Zeit, oder?"

„Oh ja, die schlimmste. Besonders, wenn dein Vater der Präsident ist und deine beiden Brüder Officers. Man tendiert dazu, sich noch mehr reinzuhängen, um sich zu beweisen."

„Armes Familienbaby."

„Bist du auch die Jüngste?"

Sie schüttelte den Kopf. „Diese Frage sollte ich erst beantworten, wenn du eine Kugel versenkt hast. Ich bin ungern eine Regelbrecherin."

Ich stöhnte auf. „Langsam bereue ich, das Spiel vorgeschlagen zu haben." Ich beugte mich über den Tisch. „Elf, rot." Als die Kugel versenkt war, drehte ich mich zu Sam um. „Und jetzt die Antwort, bitte."

„Ich kann mich in dich hineinversetzen, weil ich auch die Jüngste der Familie bin."

„Und weiter?"

Sie warf ihr Haar über die Schulter nach hinten. „Na gut. Ich habe einen älteren Bruder und eine ältere Schwester. Als ich groß wurde, haben sie mich nie ernst genommen. Immer wenn ich ihnen erzählt habe, was ich mal mit meinem Leben anfangen wollte, haben sie behauptet, dass ich das eh nicht schaffen würde."

„Warum denn?"

„Weil ich ein Mädchen war."

„Was wolltest du denn machen, dass es eine Rolle gespielt hat, ein Mädchen zu sein?"

Samanthas Gesicht errötete plötzlich und sie zog den Kopf ein. Als wäre es ihr peinlich, mir so viel erzählt zu haben. Was gar nicht zu ihrem direkten Charakter passen wollte.

Doch dann lächelte sie mich an. „Ich bin dran."

„Oh nein. Nicht, bevor du mir erzählt hast, was du mit deinem Leben anstellen wolltest. Glaub bloß nicht, dass du dich vor dem emotionalen Teil drücken kannst."

Sie drehte den Queue in ihren Fingern und kaute gleichzeitig auf ihrer Unterlippe. „Ich wollte mehr als alles in der Welt wie mein Dad sein."

Das war recht vage. Ich bohrte weiter. „Und was hat er gemacht?"

Sie sah mir in die Augen. „Er hat böse Jungs gefangen."

„Also wolltest du Polizistin werden?" Als sie nickte, sagte ich: „Ich nehme an, du bist keine geworden?"

„Nein. Ich sitze in der Buchhaltung einer Baufirma."

Ihre Antwort klang fast wie einstudiert. Ich merkte ihr an, dass sie nicht dieselbe Leidenschaft für ihren Job empfand wie für die Strafverfolgung.

„Eine Sekretärin zu sein, klingt aber nach einem guten Job. Vielleicht nicht so nobel wie ein Cop, aber trotzdem wichtig."

„Interessant, dass du das sagst."

„Weil ich ein Gesetzloser sein sollte, der die Bullen hasst?"

„Das habe ich nicht gesagt."

„Eigentlich sollte ich sauer auf dich sein wegen deiner beschränkten Sicht auf Biker, aber ich werde dich davonkommen lassen."

Sie hob erstaunt die Brauen. „Wirklich?"

„Ja. Stattdessen werde ich mir den Arsch aufreißen, um dir zu beweisen, wie unrecht du hast."

„Ist das so?"

„Und wie."

Samantha sah mich kurz skeptisch an. „Okay. Ich nehme die Herausforderung an und lasse dich versuchen, meine Meinung zu ändern."

„Hand drauf?"

Sie nahm den Queue in die andere Hand und bot mir ihre rechte an. Als wir uns die Hände schüttelten, lief es mir heiß den Rücken hinunter bei der Berührung ihrer zarten Haut.

Dann sagte Sam: „Ich glaube, ich bin dran."

„Das Spiel ist blöd."

Samantha schnaubte. „Tja, du hast es selbst erfunden."

Ich warf den Queue auf den Tisch und verschränkte die Arme vor der Brust. „Als Erfinder des Spiels erkläre ich es hiermit für bescheuert, und wir sollten uns Fragen stellen, ohne sie uns vorher verdienen zu müssen."

Samantha lachte. „Ich hätte dich nie für einen gehalten, der so schnell aufgibt."

„Ich gebe nicht auf. Ich bin nur neugierig."

Sie neigte den Kopf seitlich. „Warum?"

„Weil ich dich interessant finde."

„Du findest mich interessant oder meine Titten und meinen Hintern?"

Bei ihrer Direktheit klappte mir der Mund auf. Ich wollte ihr nicht die Oberhand lassen. „Ehrlich gesagt ist es eine Mischung aus deiner Persönlichkeit und deinen Vorzügen."

„Ein ehrlicher Mann. Wie erfrischend."

„Gib's zu, es hat dir Spaß gemacht, mich und meinen emotionalen Scheiß kennenzulernen."

Samantha grinste. „Das stimmt. Aber da könnte noch mehr unter der Oberfläche lauern. Zum Beispiel, dass du so zu deiner emotionalen Seite stehst, dass du bei traurigen Filmen weinst."

Ich hob den Zeigefinger. „Eigentlich ist es diese Werbung des Tierschutzvereins mit den traurig guckenden Hunden und Katzen, die mich zum Heulen bringt."

Himmel noch mal, hatte ich das eben wirklich zugegeben? Diese Frau könnte mich wie einen Kanarienvogel singen lassen, wenn sie wollte.

Samantha weitete die dunklen Augen. „Wirklich? Bei der muss ich auch immer weinen. Ich muss sofort umschalten, wenn ich diese depressive Klaviermusik höre."

„Dann kann man wohl behaupten, dass unsere Gemeinsamkeit die Tierliebe ist."

„Das stimmt."

„Wenn du das nächste Mal herkommst, muss ich

dir unbedingt Poe zeigen."

„Wer ist Poe?", fragte sie interessiert.

„Er ist ein Rehbock, den Rev und seine Frau Annabel großgezogen haben, nachdem das Kitz seine Mutter verloren hatte."

„Das ist ja irre."

„Ja. Er ist jetzt erwachsen, aber so verwöhnt, dass er immer noch herkommt, um Aufmerksamkeit zu bekommen. Und Maiskörner."

Samantha lachte. „Ich würde ihn liebend gern sehen."

„Dann haben wir ein Date."

Samantha starrte mich überrascht an.

„Was für ein Date?", fragte Marley.

Ich wirbelte herum und sah, dass er vom Bierholen mit Joe zurückgekehrt war. „Ach, Samantha möchte gern das zahme Reh von meinem Bruder sehen."

Marley grinste. „Kann ich mir vorstellen. Ein zahmes Reh? Echt?"

„Ja, echt."

„Das würde ich auch gern sehen."

„Dann ist es ein Doppel-Date." Ein Doppel-Date? Was hast du denn für Ideen, du Idiot?

„Das wäre dann eher ein Dreier, oder?", fragte Samantha.

Ich sah sie an und ein verlockender Blick funkelte in ihren Augen. Es war die Art Blick, die mir das Gefühl gab, ein unbeholfener Teenager zu sein statt eines erfahrenen Mannes.

Ich räusperte mich. „Wahrscheinlich."

Marley lachte in sich hinein. „Typisch Sam, etwas Peinliches zu sagen." Er legte einen Arm um ihre Taille und zog sie an sich. „Mein Mädchen ist schon eine, oder?"

Ich spürte die Hitze von Samanthas Blick auf mir. „Ja, das ist sie."

„Freut mich. Ich hatte gehofft, dass ihr zwei euch versteht."

Samantha lächelte zu ihm auf. „Da musst du dir keine Sorgen machen, denn Bishop und ich kommen sehr gut miteinander aus." Sie nagelte mich mit ihrem dunklen Blick fest. „Nicht wahr?"

„Ja, das stimmt." Ich litt unter plötzlicher Mundtrockenheit. „Wir sollten das neue Fass probieren."

„Klar", antwortete Marley.

Wir wanderten zur Bar, und Joe schenkte uns drei schaumige Biere ein.

Marley hob sein Glas. „Trinken wir auf neue Freundschaften."

Samantha kicherte. „Du kannst manchmal so ein lahmer Arsch sein."

„Aber du magst mich trotzdem", gab Marley zurück.

Das Wort mag wunderte mich. Warum hatte er nicht gesagt: Du liebst mich trotzdem? Vielleicht war ihre Beziehung gar nicht so ernst, wie ich gedacht hatte. Natürlich gab mir das trotzdem nicht das Recht, Samantha anzuschmachten.

„Stimmt", sagte sie und hob ihr Glas.

Als ich mein Bierglas hob und gegen ihre stieß, kribbelte ein ungutes Gefühl über meine Haut. Tief innen wusste ich, dass diese Freundschaft nichts als Ärger und Herzschmerz bringen würde. Doch trotzdem stieß ich auf sie an.

Kapitel 5

Samantha

D ie Fahrt von den Raiders nach Hause war auf völlig andere Weise angsteinflößend als die Hinfahrt.

Teil meines Jobs war es, stets auf das Unerwartete vorbereitet zu sein, einen Plan B und C zu haben, falls Plan A schiefging. Doch selbst nach aller Recherche und dem Profiling war Bishop Malloy der Inbegriff von unerwartet, und das brachte mich völlig aus dem Konzept.

Während ich Gavins gut definierte Bauchmuskeln umklammerte, stellte ich mir Bishops Muskeln vor, die sich bewegten, als er am Pool-Tisch eine Kugel versenkte. Obwohl er durchaus ein sehenswerter Anblick war, hatten mich weniger seine körperlichen Attribute verwirrt. Es war mehr die Entdeckung, dass er innerlich total fürsorglich war.

Ich wusste, dass er als Sergeant at Arms der Raiders dafür zuständig war, Leute zu bestrafen. Sein Körper war der eines Henkers, doch in seinen Augen lag so viel Güte. Und das hatte ich überhaupt nicht erwartet oder war darauf vorbereitet.

Ihn mit seinem Neffen zu sehen, hatte mich kurz

aus meiner Rolle geworfen. Doch jeder würde einen harten Biker, der mit einem Baby schäkerte, verstörend finden. Zusammen mit der Tatsache, dass für die meisten Frauen ein Mann mit einem Baby wie emotionales Kryptonit wirkte, war es kein Wunder, dass ich durcheinander kam.

Als ich Bishops väterliche Seite sah, war es vermutlich das erste Mal, dass ich ihn als Person gesehen hatte. Eine, die für die Liebe zu ihrer Familie und zu ihren Freunden so manche illegale und unmoralische Dinge tat.

Irgendwie hatte ich es geschafft, die Maske meiner Rolle wieder aufzusetzen. Als ich mit ihm wie mit einer Marionette gespielt hatte, indem ich ihn übertrieben anmachte, hatte er den Köder geschluckt. Doch er schien einen inneren Konflikt zu haben. Ich hatte ihn als einen Mann eingeschätzt, dem es scheißegal war, ob eine Frau bereits mit einem anderen zusammen war. Dass er nichts Falsches daran sah, mich Marley wegzunehmen. Immerhin war Bishop ein Officer im Club, und für die Raiders war Marley ein Niemand.

Ich hatte sogar widerliche Artikel darüber gelesen, wie manche Clubs ihren Anwärtern befahlen, deren Frauen oder Freundinnen einreiten zu lassen. Waren sie nicht einverstanden, wurden sie kurzerhand hinausgeworfen. Ein solch abscheuliches Bild hatte ich von Bishop im Hinterkopf gehabt.

Doch er hatte mich damit überrascht, sich immer wieder zurückzuziehen. Schon nach fünf Minuten mit ihm wusste ich, dass er niemals so schrecklich sein könnte, wie ich ihn mir vorgestellt hatte. Letztendlich war er viel schwerer zu knacken, denn er besaß moralische Werte, mit denen ich nicht gerechnet hatte.

Genau diese moralischen Werte nervten mich jetzt. Zum ersten Mal in meiner beruflichen Laufbahn spürte ich ein ungutes Gefühl im Bauch, mit einem Fall weiterzumachen. Normalerweise scharrte ich bereits nach ein paar Stunden undercover mit den Hufen, den Bösen zu schnappen. Doch heute waren die Grenzen sehr verschwommen, und ich wusste, dass ich mich schleunigst zusammenreißen musste. Ich durfte nicht vergessen, dass Bishop zwar durch Bewährung das Gefängnis hatte umgehen können, doch er war trotzdem ein Krimineller, und Kriminelle gehörten bestraft.

Gavin bog von der Hauptstraße auf den fast leeren Parkplatz des Waffelrestaurants ab. Durch das Fen¬ster sah ich Peterson in einer Sitzecke. Nach dem langen Arbeitstag waren sein Hemd und die Krawatte leicht aus der Form geraten. Da wir nicht verkabelt waren, hatte Peterson dieses späte Treffen einberufen, um sicherzugehen, dass wir auch nicht das kleinste Detail unanalysiert ließen.

Nachdem ich vom Bike gestiegen und den Helm ausgezogen hatte, sah Gavin mich erwartungsvoll an.

„Was ist los?", wollte ich wissen.

„Seit wir aus dem Clubhaus sind, bist du seltsam

still."

„Entschuldige bitte, dass ich nicht gemerkt habe, dass ich mit dir hätte plaudern sollen. Verdammt noch mal, ich habe auf einem Motorrad gesessen, das mit hundert Sachen über eine Landstraße gebrettert ist. Hätte ich den Mund aufgemacht, hätte ich jetzt tonnenweise Insekten zwischen den Zähnen."

Als ich auf das Restaurant zuging, folgte Gavin mir nicht. Ich wirbelte herum. „Langsam machst du mich echt sauer, McTavish!"

„Ich möchte es nur von dir hören, bevor wir reingehen."

Ich verschränkte die Arme vor der Brust. „Was willst du denn hören? Soll ich mich für heute Abend bedanken? Dann meinetwegen. Danke, dass du mir Zeit gegeben hast, mich zu beruhigen, und mich nicht an Peterson verpetzen wirst."

Gavin verringerte den Abstand zwischen uns. „Nein. Darum geht es nicht."

„Um was dann?" Ich sah ihn skeptisch an. „Haben sie dir was ins Bier getan, dass du dich so komisch anstellst?"

Seine Mundwinkel zuckten, als ob er ein Grinsen zurückhielt. „Gib's zu. Du magst Bishop."

Mein Herz schlug so laut, dass ich sicher war, Gavin konnte es hören. Wie war er nur in der Lage gewesen, mein Dilemma zu spüren? Ich spielte die Coole. „Wie bitte?"

„Du hast mich verstanden."

„Ja, aber ich versuche zu kapieren, wieso zur Hölle du das auf einmal sagst."

„Der Grund, warum du so schweigsam bist, ist, dass dein Verstand auf Hochtouren arbeitet. Ich sehe immer, wenn du zu viel nachdenkst."

Ich verdrehte die Augen. „So ein Quatsch."

„Du hast festgestellt, dass Bishop Malloy ganz anders ist, als du gedacht hast. Und obwohl es nur ein Auftrag ist, hat es dir heute Abend viel Spaß gemacht."

Fassungslos schüttelte ich den Kopf. Meine Befürchtungen jagten einen kalten Schauder über meinen Rücken, doch ich tarnte meinen inneren Kampf mit einem neutralen Gesichtsausdruck. Zwar kannten Gavin und ich uns in- und auswendig, aber ich war trotzdem entsetzt, wie leicht es ihm fiel, zu erraten, was ich fühlte. Ich hoffte, dass ich nicht für alle so leicht zu durchschauen war, denn Petersons Kritik war das Letzte, was ich jetzt brauchen konnte.

„Das ist schon wieder totaler Blödsinn", behauptete ich.

Er hielt die Hände hoch. „Sieh mal, es ist doch okay, ihn zu mögen. Er ist ein sympathischer Kerl mit viel Humor. Das habe ich schon lange gemerkt."

„Aber bei dir ist es ein anderer Fall."

Gavin runzelte die Stirn. „Inwiefern?"

Ich seufzte und kickte einen Kieselstein mit meinem Stiefel. „Wenn ich ihn mag, bringt das andere Probleme mit sich als bei dir."

„Weil er hetero ist und du ihn anbaggern musst,

um den Auftrag zu erledigen?"

„Yep. Das bringt es ziemlich auf den Punkt."

Gavin grinste. „Ich hab doch nur gesagt, dass du ihn magst, Vargas. Nicht, dass du bereit bist, seine Kinder zu bekommen."

Darüber musste ich lachen. „Die Situation wäre schnell eskaliert, wenn ich bereit wäre, seine Kinder zu bekommen."

„Du weißt, was ich meine." Er stieß mich mit der Schulter an. „Also mach dir keine Sorgen, okay?"

„Es ist nur so, dass ich zugelassen habe, dass ich mich bei dem Gespräch mit ihm zu wohlgefühlt habe."

Gavins Lächeln verblasste. „Wie meinst du das?"

Ich stöhnte auf und legte kurz die Hände vor die Augen. „Wir haben ein albernes Kennenlernspiel gespielt. Und in dem Versuch, eine Verbindung zu ihm herzustellen, weil wir beide die Jüngsten in unseren Familien sind, ist mir rausgerutscht, dass meine Geschwister mir nicht geglaubt haben, was ich mal arbeiten wollte. Ich konnte nur noch zugeben, dass ich ein Cop werden wollte."

Als ich mich traute, ihn anzusehen, grinste er wieder. „Himmel, Sam. Du bist viel zu streng mit dir. Kurz habe ich gedacht, du hast ihm deine Dienstnummer gesagt oder so was. Das war doch nur ein Ausrutscher."

„Was mich betrifft, bist du immer viel zu nachsichtig."

„Okay. Du willst die Wahrheit?"

„Ja, ich kann die Wahrheit vertragen."

„Bei meinem ersten Undercover-Fall ist mir rausgerutscht, wo ich wohne, und das ganze Ding wäre mir fast um die Ohren geflogen."

Ungläubig weitete ich die Augen. „Das hast du mir nie erzählt."

„Vielleicht wollte ich vor meiner neuen Partnerin nicht schlecht dastehen." Er zwinkerte.

„Danke, dass du es mir jetzt erzählt hast."

„Gern geschehen. Gehen wir lieber rein, bevor sich Peterson fragt, was wir hier machen."

Gavin ging zur Tür und mir platzte heraus: „Er ist kein Monster."

Gavin sah mich über die Schulter hinweg irritiert an. „Wer? Peterson?"

„Nein, Bishop."

„Ich bin froh, dass du das gemerkt hast."

„Ich nicht. Du weißt, dass es den Fall nur schwerer macht, wenn er wirklich ein anständiger Kerl ist."

„Das stimmt. Aber letztendlich sorgt unsere Arbeit ja nicht dafür, dass er weggesperrt und der Schlüssel weggeworfen wird. Es gibt eine Menge Parameter in diesem Fall. Und wenn er und seine Brüder ihre Karten richtig ausspielen, werden sie nicht für immer eingesperrt."

Ich nickte, erzählte Gavin aber nicht, was ich wirklich fühlte. In Wahrheit konnte ich mir nur schwer vorstellen, dass Bishop überhaupt bestraft werden sollte. Ich hoffte, dass er einen Deal machen und einer Strafe entgehen konnte. Sollten sie wirklich das Waffengeschäft dem Kartell übergeben, wäre die Agency viel interessierter daran, das Kartell hochzunehmen, wenn die Raiders dabei helfen würden.

„Hör auf, so viel nachzudenken, Vargas. Ich brauche jetzt dringend ein paar Waffeln", sagte Gavin und holte mich aus den inneren Selbstgesprächen.

Ich lachte und ließ mich von ihm ins Restaurant führen. Als Peterson uns sah, winkte er uns zu sich. Der Laden war recht leer, außer ein paar schläfrig blickenden Truckern und ein paar Stammgästen.

Als wir bei Peterson ankamen, betrachtete er mein starkes Make-up und die hautenge Kleidung. „Wir müssen echt aufhören, uns auf diese Weise heimlich zu treffen, Vargas."

Ich schnaubte und setzte mich auf die Sitzbank ihm gegenüber. „Ich habe das Gefühl, dass auch ein Kartoffelsack dich nicht davon abhalten würde, mich anzustarren, du alter Perversling."

Peterson warf den Kopf zurück und lachte. „Ich werde dich nie verbal schlagen können."

„Nein, nie." Ich griff nach einer der fettigen Speisekarten.

„Also, wie war eure erste MC-Party?", fragte Peterson.

In meinem Kopf wirbelten noch sämtliche Gedanken herum, und ich versuchte, alles, was ich erlebt hatte, zu verarbeiten. Apathisch zuckte ich mit den Schultern. „Es ging so."

Petersons buschige graue Augenbrauen schossen

nach oben. „Das ist alles?"

„Eigentlich war alles ziemlich harmlos. Anscheinend passiert all der Sex und die Nackten nur bei den Versammlungen, nicht auf den Partys", antwortete ich.

„Hast du das von einer der Old Ladys erfahren?"

„Nein, Bishop hat mir dieses kleine Geheimnis verraten."

„Aha, du hast mit dem Zielobjekt geplaudert. Was hältst du von ihm?"

Bei der Andeutung, Bishop näher kennengelernt zu haben, blickte ich Peterson direkt an. Er wirkte nicht skeptisch. „Ja, habe ich. Ich fand, er war ganz schön gesprächig, was bestimmte Sachen anging." Ich sah Gavin lieber nicht an.

„Hast du sonst noch etwas rausgefunden, außer das mit den Partygepflogenheiten?"

„Nichts, was uns in dem Fall nützlich wäre, aber ich konnte ihn ganz schön aus der Fassung bringen. Wir waren längere Zeit allein zusammen, als Gavin einem Anwärter geholfen hat, ein Bierfass aus dem Lager zu holen."

Bei der Erwähnung des Lagers vergaß mich Peterson sofort. Er richtete seine hellen Augen auf Gavin.

„Ich hätte nicht damit gerechnet, dass du so schnell da reinkommst. Hast du etwas Nützliches gesehen?"

Gavin schüttelte den Kopf. „Nein. Es war eine totale Enttäuschung, was Beweise angeht. Keine auffälligen Kisten, keine leeren Bereiche, wo man Lieferungen hinstellen könnte. Falls die Raiders noch mit Waffen handeln, dann bestimmt nicht über dieses Lager. Vielleicht haben sie noch ein anderes außerhalb des Geländes."

Peterson gab einen frustrierten Laut von sich und Gavin hob eine Hand.

„Ich habe zwar gesagt, dass ich keine physischen Beweise gefunden habe, aber die Aussagen des Anwärters namens Joe waren interessant."

„Also hat sich die alte Weisheit, dass ein frustrierter Anwärter die beste Quelle für Insiderinformationen ist, als wahr erwiesen?" Peterson grinste.

„Ja, er war auf jeden Fall hilfreich." Er beugte sich vor und senkte die Stimme. „Anscheinend steht ein großes Treffen der südöstlichen Chapter der Raiders bevor. Von Louisiana bis Carolina treffen sich alle im Hauptquartier in Virginia."

„Wann?"

„Ende des Monats. Der Anwärter hat sich nicht genau über den Termin ausgelassen."

„Du musst da hin. Meinst du, du kriegst Bishop in den nächsten Wochen dazu, dich einzuladen?"

Gavin nickte. „Joe hat gesagt, mit dem anderen Anwärter, der noch da ist, klappt es nicht so richtig. Wenn der noch einmal Mist baut, fliegt er raus. Und wenn das vor Virginia passiert, ist Joe sauer, weil er dann der einzige Anwärter wäre, der sich für alle den Arsch aufreißen muss. Sie werden jemand Zuverlässigen brauchen, der noch mitkommt. Das könnte ja ich sein."

„Gut. Arbeite weiter daran." Peterson sah mich

an. „Und du wirst auch mitfahren, Vargas."

„Dachte ich mir schon."

„Du musst immer in Bishops Nähe sein. Wenn wir ihn am Haken haben, ist es wahrscheinlicher, noch mehr Infos über das Treffen zu bekommen."

„Also weiterhin halb nackt herumlaufen und mich wie eine Hure benehmen?", fragte ich humorlos.

„Nicht nur."

Interessiert hakte ich nach. „Was genau soll ich tun?"

Peterson leerte erst seinen Kaffee und winkte der Kellnerin. Als wir wieder allein waren, sprach er endlich. „Idealerweise sollst du zu seinem Schatten werden. Vor allem brauchen wir dich bei ihm auf dem Bike. Als Besucher darf Gavin nicht in den inneren Kreis für Briefings vor und nach dem Treffen. Wenn wir dich da drin haben, kriegst du alles mit. Von den Pinkelpausen bis zu den Treffen mit den anderen Raiders."

„Gott, Peterson, das klingt, als ob ich auch neben ihm am Urinal stehen soll."

„Da wäre ich voll dafür", sagte Peterson mit einem Zwinkern.

„Ich werde mein Bestes geben, aber du kannst vergessen, dass ich mich bazillenverseuchten Urinalen auch nur nähere."

Gavin sah zwischen uns beiden hin und her. „Theoretisch klingt das gut, aber wie zum Geier sollen wir Sam auf Bishops Bike kriegen? Ich meine, täusche ich ein plötzliches Soziusproblem auf meinem vor, oder was?"

Ich schüttelte den Kopf. „Als Besucher nimmst du nicht das Bike."

„Was?"

Ich beugte mich vor. „Besucher und Anwärter dürfen auf Reisen nicht ihre Bikes fahren. Weil sie noch nicht alle Privilegien erreicht haben, müssen sie Autos oder Lastwagen fahren, was sie noch auffälliger gegenüber den anderen macht." Gavin und Peterson sahen mich erstaunt an. Ich verdrehte die Augen. „Sagt nicht, dass ihr das überlesen habt."

„Ich hab's bestimmt gelesen. Nur wieder vergessen", knurrte Gavin.

„Heißt das, der große McTavish hat etwas vergessen?", neckte ich ihn.

Er warf ganz reif und erwachsen eine zerknüllte Serviette nach mir.

„Also wenn Gavin mit Joe mitfahren muss, dann müssen wir dich irgendwie auf dieses Bike bekommen", sagte Peterson.

„Keine Sorge, das schaffe ich schon."

„Wie denn?", wollte Gavin wissen.

„Das weiß ich jetzt noch nicht, aber ich werde mir etwas einfallen lassen."

„Tja, also ich glaube nicht, dass dieses zufällige Vorgehen gut ist. Wir brauchen einen Plan."

„Der Plan ist simpel. Ich setze meine Vorzüge und unsere frische Freundschaft ein. Das muss spontan geschehen. Alles sorgfältig Geplante erregt sonst Verdacht."

„Da hast du wohl recht."

Ich grinste. „Ich weiß." Ich wandte mich an Peterson. „Wie wär's, wenn uns die Agency jetzt ein paar Waffeln spendieren würde? Die Femme fatale zu spielen, regt meinen Appetit an."

Peterson lachte leise und sah Gavin an. „Ich glaube, um Vargas brauchen wir uns keine Sorgen zu machen."

„Stimmt genau", murmelte ich.

Kapitel 6

Bishop

E s gab einige Dinge, die mir Freude machten. Sex, boxen, meine Familie ... aber nichts davon war mit dem Motorradfahren auf offener Straße zu vergleichen.

Der Wind in den Klamotten, wie die Umgebung zu einem bunten Strich verschwamm und das befreiende Gefühl, dass nichts weiter existierte als ich und die Straße. Das waren die Gründe, warum das Motorradfahren so viele Männertypen ansprach. Vom Sonntagsfahrer mit seinem täglichen Bürojob bis zum Emporkömmling, der es allen zeigen wollte. Preacher Man hatte es Balsam für die Seele genannt, und dem könnte ich nicht deutlicher zustimmen.

Ohne auf die Uhr zu schauen, wusste ich, dass wir gut in der Zeit lagen. Da wir diesen Trip jährlich machten, kannte ich den Weg nach Virginia zum Hauptquartier der Raiders auswendig. Jedes südöstliche Chapter wurde einmal im Jahr zu diesem Treffen einberufen, um wichtige Clubangelegenheiten zu besprechen. Das eigentliche Treffen dauerte höchstens eine Stunde. Den größten Teil des Wochenendes wurde gefeiert, gesoffen und geplaudert. Und gefickt. Jede Menge Frischfleisch war anwesend.

Doch der diesjährige Trip fühlte sich anders an. Wegen des Themas, das unser Chapter diesmal besprechen wollte. Zwar hatten wir inoffiziell bereits den legalen Weg eingeschlagen, wir brauchten aber die Erlaubnis des Vorstands, um es offiziell zu machen. Und das war wie Neuland zu betreten, und wir hatten keine Ahnung, wie unsere Brüder es aufnehmen würden.

Als wir heute Früh die Bikes packten, lag auf jeden Fall eine gewisse Anspannung in der Luft. Blendender Chrom glänzte in der Sonne, als ich auf den gefüllten Parkplatz trat. Raiders aus ganz Nord-Georgia waren gekommen. Ich plauderte mit ein paar Jungs von außerhalb und ging zu meinem Bike.

Da ich zu der Sorte weniger ist mehr gehörte, hatte ich meinen Rucksack als Erster gepackt und festgeschnürt. Ich lehnte mich an den Sitz meines Bikes und sah den Brüdern mit ihren Frauen zu.

Mir gegenüber saß Deacon vor Willow in der Hocke. Sie zog einen Schmollmund. „Musst du wirklich weg, Daddy?"

„Ja, leider." Er umfasste ihr Kinn. „Nicht traurig sein. Du wirst kaum Zeit haben, mich zu vermissen, weil ich am Ende des Wochenendes schon wieder da bin."

„Versprochen?"

Deacon lächelte und zog Willow an sich. „Versprochen."

„Und du bringst mir was mit, ja, Daddy?"

Ich lachte in mich hinein. Alle wussten, dass Willow ein Geschenk erwartete, wenn wir länger als einen Tag fort waren. Und keinem würde es auch nur im Traum einfallen, sie zu enttäuschen, also brachten wir ihr immer etwas mit.

Deacon streckte die Arme aus und sah Willow an. „Du bist eine verwöhnte kleine Göre, weißt du das?"

„Deacon!", mahnte Alexandra hinter ihnen. Sie hatte Wyatt auf der Hüfte sitzen und sah Deacon strafend an.

„Sorry, Babe", sagte dieser grinsend.

Zwar handelte es sich um ein Business-Meeting, aber Frauen waren nicht ausdrücklich ausgeschlossen. Doch wegen des Babys blieb Alexandra lieber hier, zusammen mit Annabel, die für ihr Veterinärstudium lernen musste. Momentan befand sie sich in Revs Armen und lächelte zu ihm auf. Ich unterdrückte das Bedürfnis, die Augen zu verdrehen beim Anblick meiner beiden Brüder, die derart weichei-mäßige ‚Pantoffeltierchen' geworden waren.

Doch etwas in mir – das ich ungern zugab – beneidete sie darum. In unserer Welt, die sich stets so schnell veränderte, wäre es schön, jemanden zu haben, auf den man sich verlassen konnte, der kein Bruder war. Da ich vor jeder Beziehung fluchtartig davonrannte, bestand wenig Hoffnung, einmal das zu haben, was meine Brüder hatten. Es wurde auch nicht dadurch besser, dass die eine Frau, die mein Blut zum Kochen brachte, verdammt unerreichbar war.

Ich überflog die Menge und fand sofort Samanthas rabenschwarzes Haar, das in der Morgensonne glänzte. Heute sah ich sie das erste Mal wieder nach dem gemeinsamen Abend. Trotzdem war sie die ganze Zeit Teil meiner Gedanken gewesen. Sie sah genauso gut aus wie in meinen Fantasien. Unauffällig justierte ich meinen Schwanz bei ihrem Anblick in der hautengen Jeans, dem eng anliegenden schwarzen AC/DC-T-Shirt und den kniehohen Stiefeln. Mit einem Becher Kaffee in der Hand sah sie zu, wie Joe und Marley den Van noch einmal überprüften. Als ob sie meinen Blick spürte, drehte sie plötzlich den Kopf und sah mich an. Ich hob winkend die Hand, und sie schenkte mir ein Lächeln und winkte zurück.

Ich wünschte sie mir aus den Gedanken, stieß mich vom Bike ab und ging hinüber zu meinen Brüdern.

„Alles fertig?", fragte ich Rev.

Ohne den Blick von Annabel zu nehmen, antwortete er: „Archer checkt gerade noch mal alles durch. Wenn er das Okay gibt, sind wir bereit."

Ich nickte. Ehe ich Sergeant at Arms war, war ich der Road-Captain gewesen, was jetzt Archers Amt war. Große Trips wie dieser waren sauschwer zu koordinieren. Man musste die Stopps planen, denn mit so einer großen Gruppe konnte man nicht einfach irgendwo einfallen, und es war nicht leicht,

Biker-freundliche Rastplätze zu finden.

Ein paar Minuten später schlenderte Archer zu uns herüber. „Fertig. Alle kennen die Route und die Rastplätze."

Rev löste sich bedauernd von Annabel, um Archer auf den Rücken zu klopfen. „Gute Arbeit, Mann." Er drehte sich zur wartenden Gruppe um und hob die Hand hoch. „Alles klar, Jungs, es geht los!"

Die Menge jubelte und dann starteten die Bikes. Ich winkte meinen Schwägerinnen zu, umarmte Willow und Mama Beth und setzte mich auf mein Motorrad. Nachdem Rev und Deacon auf die Straße gebogen waren, folgten ihnen unser Sekretär und unser Schatzmeister, Mac und Boone. Dann war ich dran, gefolgt vom nächstniedrigeren Mitglied, das Breakneck war wegen seines Alters und seiner Jahre im Club.

Obwohl es ein paar Jahre her war, seit Breakneck auf eine Tour mitgekommen war, hatte er diesmal das Gefühl, dabei sein zu müssen. Falls nötig, wäre er bereit, vor den Officers auszusagen, was mit seiner Tochter Sarah passiert war, durch die wir Annabel gefunden hatten, und was zu dem Deal mit dem Rodriguez-Kartell geführt hatte. Ich freute mich, dass Kim ihn begleitete. Äußerlich betrachtet hatten die beiden nicht viel gemeinsam. Der Arzt und die ehemalige Stripperin. Doch sie waren durch das MC-Leben und ihr tragisches Schicksal miteinander verbunden. Zwar waren sie noch nicht lange zusammen, aber er dachte wahrscheinlich, dass sie eine gute moralische Unterstützung wäre, ganz zu schweigen von dem Spaßfaktor, denn Kim war sehr unterhaltsam.

Das Schlusslicht bildete Archer, der als Road-Captain hinter allen sein musste, zusammen mit dem Van, in dem Jolting Joe, Marley und Samantha fuhren.

Kurz vor zehn fuhren wir bei Stuckey's vor, einem unserer Lieblingsrastplätze in Tennessee. Das Truck-Stop-Diner war beliebt bei Truckern und Bikern. Nachdem sich jeder ein schnelles Frühstück gekauft und die Toiletten aufgesucht hatte, versammelten wir uns draußen wieder.

Als ich bei meinem Bike ankam, stand dort Samantha mit einem strahlenden Lächeln. „Hi, du."

„Hi."

„Schön, dich wiederzusehen. Marley und ich hatten viel Spaß neulich Abend."

„Ich auch."

Sie fuhr mit den Händen über den Lenker meines Bikes. „Das ist wirklich eine schöne Maschine."

Ich konnte nicht verhindern, mich über das Lob zu freuen. „Danke. Ich habe sie restauriert."

Ihre Augen weiteten sich. „Nee, oder?"

„Doch, wirklich."

Sie schüttelte langsam den Kopf. „Du hast echt Talent."

„Danke, dass du das sagst." Ich grinste. „Aber ich bin echt überrascht, dass du dich so gut auskennst."

Sie lachte. „Daran ist Marley schuld. Manchmal

langweilt er mich zu Tode, wenn er über Bikes redet." Sie blickte zu ihm hinüber. „Ich bin sicher, er hätte jetzt auch gern sein Bike dabei. Es ist doof, die Gegend nur aus dem Van genießen zu können."

„Du bist diese Strecke noch nie auf dem Bike gefahren?"

„Nein. Ich war noch nie lange auf einem Bike. Wir fahren immer nur in der Stadt herum."

„Das heißt, du warst noch nie auf offener Straße mit dem Bike?"

„Nein. Dahin gehend bin ich noch Jungfrau." Sie zwinkerte mir zu.

Ich lachte in mich hinein. „Zu schade." Als sie weiterhin sehnsüchtig das Bike betrachtete, kam mir eine Idee. Ich sprach sie aus, ehe ich darüber nachdenken konnte. „Magst du den Rest der Strecke mit mir fahren?"

Ihre Augen leuchteten auf. „Wirklich?"

„Klar. Warum nicht?" Wieder fiel mir ein, dass sie einen festen Freund hatte. Marley sauer zu machen, war das Letzte, was ich wollte. „Aber nur, wenn Marley nichts dagegen hat."

„Das glaube ich nicht, aber ich werde ihn fragen." Sie winkte Marley herbei und fragte ihn.

Er blickte zwischen uns hin und her und grinste dann. „Natürlich habe ich nichts dagegen. Dann muss ich mir nicht mehr ständig die Frage anhören, wann wir endlich da sind. Ich sage dir, sie kann richtig nerven auf langen Reisen." Er schlug mir auf den Rücken. „Jetzt ist sie dein Problem,

Kumpel."

„Arsch", murmelte Samantha, beugte sich vor und gab Marley einen Kuss auf die Wange.

„Marley, auf geht's!", rief Joe vom Van aus.

„Nun, mein Typ wird verlangt. Bis zum nächsten Halt."

„Bis später, Mann", sagte ich.

Wir machten uns bereit und ich reichte Samantha meinen Helm. Sie zog ihn an und lächelte.

„Danke, dass ich mitfahren darf."

„Gern geschehen. Aber vielleicht verfluchst du mich noch, wenn ich die Kurven in den Bergen mit hundertfünfzig Sachen nehme."

Sie wurde bleich. „Im Ernst?"

Ich neigte den Kopf zur Seite. „Bereust du es schon?"

Sie schluckte schwer. „Nein. Ist schon okay."

Ich lachte und stieg auf. „Keine Angst, Süße, ich passe auf dich auf."

„Das wäre auch besser für dich. Sollte ich zermatscht auf der Straße enden, werde ich einen Weg finden, dich als Geist heimzusuchen." Sie setzte sich hinter mich.

„Autsch, das ist eine echte Drohung." Ich sah nach hinten und lächelte sie ermutigend an. „Glaub mir, wenn ich sage, dass dir nichts passieren wird."

„Okay. Ich glaube dir."

„Gut. Festhalten."

Ich gab Gas und Samantha schlang die Arme um meine Mitte. Als ich beschleunigte und auf die

Straße bog, packte sie mich wie mit einem Todesgriff. Erst nach ein paar Minuten Fahrt entspannte sie sich etwas. Als sie schließlich ihr Kinn auf meine Schulter legte, wusste ich, dass sie es sich endlich bequem gemacht hatte. Zum ersten Mal hatte ich eine Frau auf dem Bike, die genauso groß war wie ich.

„Echt schön, oder?", rief ich ihr zu.

„Ja, wirklich", rief sie zurück.

Nach zwei Stunden hielten wir zum Tanken an.

Ich nahm an, dass sich Samantha unter uns immer noch nicht ganz sicher fühlte, denn sie hing die ganze Zeit wie Klebstoff an mir. Nur als ich auf die Toilette ging, verließ sie meine Seite. Als ich rauskam, wartete sie auf mich. „Bereit für den Rest der Strecke?"

„Ja, wenn du es bist."

Klar war ich das. Ich grinste. „Yep."

„Gut. Freut mich, zu hören."

Der Rest der Fahrt war recht ereignislos. Zumindest soweit man die Beine einer heißen Frau um seine Schenkel als ereignislos bezeichnen konnte. Angestrengt versuchte ich, nicht daran zu denken. Natürlich war es nicht gerade hilfreich, eine Welle ihres Parfüms abzubekommen oder ihre Titten am Rücken zu spüren. Ich hoffte, heute Abend wären neue Mädels zur Unterhaltung anwesend. Zwar hatte ich noch nie Probleme gehabt, eine abzuschleppen, doch ich hatte es auch noch nie so nötig gehabt.

Kurz vor fünf kamen wir in Remington an. Es lag

außerhalb von Richmond und war genau wie bei uns eine Kleinstadt. Weil das Virginia-Chapter im Südosten das Original war, hatten sie es ausgesucht. Das Hauptquartier befand sich in einem heruntergekommen wirkenden Motel. Der Besitzer war einer der Virginia-Brüder, sodass man sich keine Sorgen darum machen musste, dass es vom FBI oder der Drogenbehörde abgehört wurde. Auch ohne diese Befürchtung musste man ständig damit rechnen, abgetastet zu werden. Immer wenn Officers ins Besprechungszimmer gingen, wurden ihnen die Handys weggenommen und sie wurden nach Abhörgeräten abgetastet. Die Raiders nahmen Sicherheit sehr ernst.

Den Officers und ihren Familienmitgliedern wurden die wenigen vorhandenen Zimmer angeboten. Alle anderen mussten unterhalb des Motels auf einer Wiese campen. Die Mahlzeiten wurden im Speisesaal serviert.

Als ich den Motor abstellte, sprang Samantha ab. „Ich gehe am besten mal nach Marley sehen."

„Wahrscheinlich wurde er schon von jemandem als Sklave auserkoren."

Samantha lachte. „Denke ich auch." Sie reichte mir meinen Helm. „Noch mal danke fürs Mitnehmen."

„Gern geschehen. Wir sehen uns beim Essen."

„Du machst kein Camping?", fragte Sam.

Ich lachte in mich hinein. „Nur wenn du auf dem Fußboden bei Rev und Deacon pennen so bezeichnen willst."

Sie rümpfte die Nase. „Das gilt nicht, wenn man eine eigene Toilette und ein Bad hat."

„Tja, sorry. Das ist einer der Vorteile, ein Officer zu sein oder der Bruder von einem."

„Aber bitte sag mir, dass es wenigstens ein Gemeinschaftsbadezimmer mit Dusche gibt."

Kim erschien neben uns. Sie tätschelte Sam den Rücken. „Glaubst du etwa, ich würde irgendwo hingehen, wo es keine Dusche gibt?"

„Hoffentlich nicht", antwortete Samantha.

Kim grinste. „Halte dich einfach an mich. Ich zeig dir, wo's langgeht."

„Danke, das freut mich. Besonders, weil ich glaube, Marley dieses Wochenende recht wenig zu Gesicht zu bekommen."

„Yep, sie werden deinen Kerl so richtig rannehmen. Am meisten hilfst du ihm, indem du ihm aus dem Weg gehst, ihm was zu essen und zu trinken bringst, wenn er Zeit dazu hat, und ihm zur moralischen Unterstützung einen bläst."

Samantha stieß ein nervöses Lachen aus, doch ich fand die passenden Bilder in meinem Kopf nicht sehr witzig. Ich brauchte Abstand von den Frauen. „Bis später, Ladys."

Kim drückte mir einen Kuss auf die Wange. „Bye, mein Süßer. Sollte ich einen freien Knackarsch sehen, schicke ich ihn zu dir."

„Danke, Kim. Du kennst mich einfach zu gut." Ich sah zu Samantha, die zu Boden blickte. Es schien, als ob die Vorstellung von mir mit einer anderen Frau ihr etwas ausmachte. Kaum hatte ich das zu Ende gedacht, wollte ich mir selbst in den Arsch treten, so ein Drecksack zu sein. Innerlich stöhnte ich auf, denn ich wusste, dass dies ein verdammt langes Wochenende werden würde.

Kapitel 7

Bishop

B ei der Party auf der Wiese schaffte ich es, nicht mit Samantha allein sein zu müssen. Obwohl sie ohne Marley war, der für die Jungs hin und her rennen musste, hielt sie sich dicht bei Kim und den anderen Frauen auf. Sie schien sich gut mit ihnen zu verstehen, was für Marley von Vorteil war, sollte er Mitglied werden. Kein Mann wollte eine Frau, die mit den anderen Krach bekam, denn das bedeutete viel zu viel Ärger.

Ich alberte mit den Jungs herum und trank zu viel, doch ich suchte mir keinen Knackarsch. Stattdessen schlief ich um fünf Uhr morgens auf dem Fußboden ein.

Am nächsten Morgen mussten wir wegen des Meetings früh raus. Keine Ahnung, wer die brillante Idee gehabt hatte, um zehn Uhr morgens nach einer Partynacht ein Meeting anzusetzen.

Zwar waren wir generell still, wenn wir einen Kater hatten, doch heute Morgen waren wir besonders schweigsam. Wahrscheinlich spürten alle den

Ernst der Lage. Also schlürften wir alle schwarzen Kaffee und versuchten, etwas vom Frühstücksbüfett in den Magen zu bekommen. Kurz vor zehn wanderten wir ins Sitzungszimmer. Da nur Präsidenten und Vizepräsidenten in dem Meeting erlaubt waren, gingen Rev und Deacon hinein und der Rest von uns wartete draußen, bis wir zu einer Anhörung reingerufen wurden.

Vor der Tür des Sitzungszimmers umgab uns eine knisternde, nervöse Energie. Natürlich hätte das keiner von uns zugegeben. Das wäre, wie einzugestehen, dass wir alle eine Bande Weicheier waren. Raiders würden lieber sterben, als Angst zu zeigen. Jeder von uns versuchte auf seine Weise, seine Unruhe zu tarnen. Boone spielte mit dem Kleingeld in seiner Hosentasche und es klang wie das Intro von Bonanza. Mac rauchte Kette und steckte sich eine Kippe nach der anderen an. Und ich lief im engen Flur auf und ab.

„Hörst du bitte auf, herumzurennen?", knurrte Mac.

Boone lachte. „Kannste vergessen. B wandert immer herum vor einem Kampf."

Ich grinste ertappt. „Das ist mir noch nie aufgefallen."

Mac drückte seine Kippe aus. „Ich wünschte, es ginge nur um einen Faustkampf. Irgendwie glaube ich, dass wir dann bessere Chancen hätten, als auf einen Plausch zu warten."

„Bei deinem Rauchen wie ein Schlot wärst du nach der ersten Runde k. o.", tadelte ihn Boone.

„Halt's Maul, du Arsch." Mac nahm einen langen Zug von seiner nächsten Zigarette.

Ich lachte und spürte, wie etwas von meiner Anspannung verflog. Unglücklicherweise hielt das nicht lange an, denn einer der Virginia-Raiders steckte den Kopf durch die Tür.

„Okay, Jungs, ihr seid dran."

Mac fluchte leise und warf seine halbe Zigarette auf den Boden. Er trat sie aus und bekreuzigte sich. „Amen."

Boone tauschte einen überraschten Blick mit mir aus und hielt Mac kurz vor der Tür auf. „Ernsthaft?"

„Ehrlich gesagt, wir brauchen jede Hilfe, die wir kriegen können", sagte Mac ungerührt.

„Gut, dass wir so einen guten Katholiken bei uns haben", sinnierte Boone.

Wir betraten den Raum und hinter uns wurde die Tür abgeschlossen. Rauch und der Gestank von schalem Alkohol und Männerschweiß hingen schwer in der Luft. Um den massiven Mahagonitisch herum saßen die Präsidenten und Vizes der südöstlichen Staaten. Wir repräsentierten das Nord-Georgia-Chapter und es waren auch Chapter aus Zentral- und Süd-Georgia anwesend. Boone, Mac und ich stellten uns hinter die Stühle von Rev und Deacon.

Am Kopf des Tisches saß der Präsident des Südostens, Rory Rambo Smithwick. Mit seinem langen weißen Haar und Bart hätte er auch als der Weihnachtsmann durchgehen können, wären da nicht die bunten Tattoos auf Hals, Armen und Brust gewesen. Wir hatten noch nie Ärger mit Rambo gehabt. Damals hatte er sich auch mit Preacher Man gut verstanden. Ihre Verbindung war dadurch zementiert worden, dass sie beide in Vietnam waren. Auch wenn sie in verschiedenen Einheiten waren, verband sie das Erlebnis des Kriegseinsatzes. Das konnte Fremde zu Brüdern machen.

Rambo blickte um den Tisch und räusperte sich. „Der nächste Punkt ist ein Antrag des Nord-Georgia-Chapters." Er machte eine fast schon dramatische Pause. „Es geht um den Wunsch, legal zu werden."

Nach dem Wort legal hätte man eine Stecknadel fallen hören können. Ich hatte mit entsetzten Rufen gerechnet, und die unheimliche Stille überraschte mich.

Rambo blickte erneut in die Runde. „Das ist nicht das erste Mal, dass ein Chapter diesen Antrag stellt."

„Aber das erste Mal im Südosten, nicht wahr?", fragte Rev mit einem Lächeln.

Rambo nickte. „Es gibt noch zwei Chapter in Nord-Kalifornien, eins in Utah und eins in Oklahoma." Er betrachtete die Männer erneut. „Es ist auf keinen Fall etwas Neues."

Als Sergeant at Arms war ich nicht oft in Meetings anwesend, daher kannte ich die Officers nicht gut. Ich konnte sie nur anhand ihrer Patches vorn auf den Kutten und dem gebogenen Streifen auf dem Rücken identifizieren.

Der Präsident von Nord-Carolina hob einen Finger, um zu sprechen. Nachdem Rambo ihm zugenickt hatte, fragte er: „Ich nehme an, ihr werdet weiterhin das Raiders-Patch tragen und an Events teilnehmen?"

„Natürlich. Wir wollen nicht austreten. Und glaub mir, wir werden auf keinen Fall unsere Patches aufgeben", antwortete Rev.

„Ihr wollt also weiterhin an Events teilnehmen, bei denen Waffen- und Drogendeals stattfinden?", fragte der Präsident von Tennessee.

Rev lehnte sich vor. „Wir werden niemals über unsere Brüder urteilen. Was die Chapter tun, ist ihre Sache. Für uns ist der Gegenwind, den wir bekommen, nicht mehr das Risiko wert. Wir haben zu viele gute Männer verloren, um so weiterzumachen. Wir lieben die Raiders-Bruderschaft und werden das Patch immer verteidigen. Wir wollen nur unseren Lebensunterhalt auf andere Art verdienen."

Deacon klopfte mit den Knöcheln auf den Tisch. „Ich bin sicher, dass viele von euch uns für eine Bande Weicheier halten. Aber auch wenn sich unsere Geschäftspolitik ändert, wird sich nichts daran ändern, wer wir sind. Nur weil wir keine Waffen mehr verschieben, werden wir den anderen Clubs gegenüber nicht schwach werden."

„Und ihr behaltet eure Anteile am Fitnessstudio?", fragte Rambo.

„Ja", antwortete Rev.

„Findet da noch Glücksspiel statt?"

Rev und Deacon tauschten einen Blick aus. Das Thema war ein wunder Punkt zwischen ihnen und einigen anderen Jungs. Da Waffen den meisten Ärger mit den Feds einbrachten, war es logisch, das Geschäft aufzugeben. Das Studio flog allerdings unter dem Radar. Deacon hatte eingewendet, dass wir das Glücksspiel weiterlaufen lassen sollten, um die Konten zu füllen, falls wir einmal Schutzgeld auftreiben müssten. Rev wollte allerdings komplett sauber werden. Es war ein Thema, bei dem man sich noch einigen musste, doch wenn ich Geld darauf setzen sollte, würde ich auf Deacon tippen. Man konnte nicht über Nacht komplett legal werden. Es brauchte Zeit und vor allem Geld.

„Für den Moment behalten wir das Studio", sagte Rev.

„Dann wärt ihr aber nicht völlig legal", sagte der Präsident von Süd-Georgia.

Er klang, als freute es ihn, dass wir wenigstens noch etwas Illegales tun würden. Ich war sicher, dass unser Vorhaben einige der alten Garde schockierte. Diejenigen, die keine Ahnung hatten, wie man Geld verdiente, wenn nicht auf illegale Art.

„Das stimmt. Aber wo es drauf ankommt, nämlich bei den Waffen, wollen wir legal werden."

Die meisten Männer nickten verstehend, doch eine einzelne Stimme widersprach.

„Ich habe ein Problem damit, wie ihr die Waffenschiebung losgeworden seid."

Alles drehte sich zu dem zotteligen Mann mit

dem drahtigen silberdurchzogenen Bart um. Ich hatte ihn noch nie getroffen, wusste aber, wer er war. Easy Eddy Catcherside war der Präsident von Ost-Louisiana. Über die Jahre hatte er mehr Zeit im Gefängnis verbracht als außerhalb. Seinen Club konnte man bestenfalls als zusammengewürfelt bezeichnen, und viele waren zu den Diablos gewechselt, als diese im Südosten auf gewaltsamer Mitgliedssuche waren.

Rev trank einen Schluck Wasser und fragte dann ruhig: „Was ist dein Problem, Eddy?"

„Bevor ihr gemütlich in euren legalen Sonnenuntergang reitet, habt ihr erst mal einen netten Deal mit dem Rodriguez-Kartell gemacht."

Ich hielt den Atem an und betrachtete Revs Profil. Er mahlte mit dem Kiefer, ehe er antwortete. Mit Sicherheit dachte er an die Gründe, weshalb wir mit dem mexikanischen Drogenkartell zusammengearbeitet hatten. Es hatte Annabels Schutz gesichert vor Mendoza, dem Psychopathen, der sie als Sexsklavin gehalten hatte.

Rev sammelte sich einen Moment und starrte Eddy nieder. „Ja, Rodriguez und ich haben einen Deal gemacht. Aber wenn man die Bedingungen betrachtet, würde ich ihn nicht als einen netten bezeichnen. Wir haben daran nichts verdient."

„Kannst du uns erklären, warum du die Waffen nicht zuerst deinen Brüdern angeboten hast?"

„Ich glaube nicht, dass unsere Geschäfte euch etwas angehen", knurrte Deacon, ehe Rev antworten konnte.

Eddy grinste Deacon herablassend an. „Ich habe nicht mit dir gesprochen."

„Ich bin ein Patch tragendes Mitglied und Officer, du Schwanzlutscher, und wenn du die Entscheidungen meines Chapters infrage stellst, habe ich das Recht, zu antworten."

Rev legte die Hand auf Deacons Schulter, um ihn zu beruhigen und zum Schweigen zu bringen. Dann wandte er sich an Eddy. „Ich habe nicht versucht, meine Gründe dafür zu verschleiern. Und ich glaube auch nicht, dass mir das jemand vorwerfen kann." Rev verengte die Augen. „Wenn du dich weniger bei den Diablos einschleimen und dich mehr für die Angelegenheiten deiner Brüder interessieren würdest, wüsstest du das vielleicht."

Eddys Gesicht wurde lila und die Adern an seinem Hals standen hervor. Er hämmerte seine Faust auf den Tisch, was durch den ganzen Raum hallte. „Wage es nicht, mich zu beschuldigen, illoyal gegenüber den Raiders zu sein! Ich war schon Mitglied, da warst du noch nicht mal geboren!"

Revs Blick blieb ruhig. „Das mag sein, aber ich glaube nicht, dass hier auch nur ein Bruder am Tisch ist, der nichts von deiner Freundschaft mit denen weiß."

Eddy sprang so schnell von seinem Stuhl auf, dass dieser umfiel und gegen die Wand knallte. „Hier geht es nicht um mich und die Diablos. Sondern darum, dass du Waffen mit den Mexikanern durch mein Gebiet verschiebst, ohne uns eine Entschädigung zu zahlen."

„Wir verschieben keine Waffen. Das macht das Rodriguez-Kartell", sagte Deacon mit einem Grinsen.

„Aber ihr lasst es geschehen."

Rambo schlug mit seinem Hammer auf den Tisch. „Genug! Reg dich verfickt noch mal ab, Eddy."

„Aber ich …"

Rambo erhob einen drohenden Finger. „Es ist mir scheißegal, was du noch zu sagen hast! Setz dich wieder hin und respektiere die Mitglieder dieser Runde, oder du gehst ohne deinen Patch nach Hause!"

Eddys Knopfaugen weiteten sich bei der Drohung, seine Kutte zu verlieren. Nach ein paar frustrierten tiefen Atemzügen und Todesblicken auf uns setzte er sich endlich wieder hin.

Rambo holte Zigaretten aus seiner Tasche. Er zündete sich eine an. „Ich rate euch allen, daran zu denken, dass alles, was ihr in euren Gebieten macht, eure eigene Angelegenheit ist. Wenn es das Gebiet der anderen Brüder betrifft, wird es zu einem Problem. Aber momentan sehe ich kein Problem darin, wenn das Rodriguez-Kartell Waffen durch Louisiana verschiebt. Immerhin werden dann andere Clubs denken, dass alle Raiders eine Allianz mit dem Kartell haben, was uns mächtiger aussehen lässt."

Rev und Deacon tauschten einen Blick aus. Keiner von uns hatte gedacht, dass der Rodriguez-Deal am Ende ein Vorteil für alle Raiders sein könnte.

Der Präsident von Mississippi nickte. „Ich stimme Rambo zu. Ich sehe auch nicht, dass Rev Eddy irgendwas schuldet. Wir liegen auf derselben Strecke und mir schuldet er auch nichts."

Rev grinste, während die anderen alle zustimmten. „Vielen Dank für eure Meinung, Jungs."

„Totaler Blödsinn", murmelte Eddy.

Falls Rambo ihn gehört hatte, ignorierte er ihn. „Da wir uns alle einig sind, stelle ich jetzt den Antrag auf Legalität des Chapters von Nord-Georgia zur Abstimmung."

Ich beugte mich leicht vor und hielt gespannt den Atem an. Einer nach dem anderen stimmten die Männer am Tisch ab. Als die Ja-Rufe losgingen, atmete ich wieder ein.

Nicht überraschenderweise kam das einzige Nein von Eddy und seinem Vize.

Rambo sagte: „Der Antrag ist angenommen. Das nächste Treffen ist in einem Jahr." Fest schlug er mit dem Hammer auf den Tisch, um die Sache offiziell zu machen.

Die Männer erhoben sich, wir schüttelten Hände und es gab Rückenklopfer. Als wir unter uns waren, umarmten wir uns gegenseitig.

„Nach all den Befürchtungen ist es kaum zu glauben, wie glatt das ging", sagte Deacon und zündete sich eine Zigarette an.

„Na ja, wenn man an Eddy denkt, war es doch nicht ganz so einfach", widersprach Rev.

Deacon verdrehte die Augen. „Vergiss Eddy. Nach der Nummer sind seine Tage als Raider gezählt."

Boone nickte. „Deacon hat recht. Man stellt sich nicht gegen Brüder oder spricht schlecht von ihnen wie ein Idiot, schon gar nicht in einem geschlossenen Meeting, wo alle Chapter anwesend sind. Da könnte man gleich sein eigenes Todesurteil verkünden."

„Ich weiß nicht, wie es euch geht, Jungs, aber ich bin am Verhungern. Gehen wir nach unten und essen was", schlug Deacon vor.

„Gute Idee", sagte ich.

Rev nickte und wir folgten ihm durch den Flur. Als wir um die Ecke zum Speisesaal bogen, stand Eddy plötzlich vor uns.

Er sah Rev drohend an. „Es ist noch nicht vorbei."

Rev hielt eine Hand hoch. „Hör zu, Eddy, ich will keinen Ärger …"

„Dafür ist es zu spät. Ich werde nicht still sitzen und zusehen. Es ist mir egal, was Rambo und die anderen denken."

Sie standen sich direkt gegenüber, doch Rev überragte ihn. „Soll das eine Drohung sein?"

Eddy grinste fies. „Und was, wenn ja? Willst du mir deine Kartell-Freunde auf den Hals hetzen?"

„Nimm deine Drohungen und geh mir aus den Augen, bevor ich Rambo hole und der dir deinen Patch abnimmt."

„Weichei."

Rev schüttelte den Kopf. „Ich werde nicht mit dir kämpfen, alter Mann. Egal was für einen Scheiß du nach mir wirfst." Er gab Eddy einen letzten Fickdich-Blick, trat an ihm vorbei und ging weiter.

„Was für ein Arsch", murmelte Deacon, als wir im Speisesaal ankamen.

„War der schon immer so bei Meetings?", fragte ich und nahm mir ein Tablett.

Rev zuckte mit den Schultern. „Keine Ahnung, da ich als Präsident erst bei zweien dabei war. Ich weiß nicht mehr, ob Preacher Man oder Case ihn je erwähnt haben."

„Wahrscheinlich hat er einen Vertreter geschickt, wenn er im Knast war", vermutete Deacon.

„Man hätte ihn schon lange rauswählen sollen", sagte Mac.

Deacon grinste. „Amen."

Rev atmete tief und irgendwie genervt durch. „Okay, genug von dem Wichser. Konzentrieren wir uns lieber auf Positives."

„Jawoll, Sir", salutierte Deacon.

„Blödmann", brummte Rev.

Nach dem Mittagessen gesellten wir uns zu der Party, die um ein großes Lagerfeuer herum Fahrt aufnahm. Nachdem der geschäftliche Teil erledigt war, war der restliche Tag noch einmal eine Freibierveranstaltung bis in die Morgenstunden. Nach dem Frühstück am Sonntag würden wir dann alle packen und nach Hause fahren.

Ich hoffte, dass Eddy und seine Arschlöcher früh verschwinden würden, damit sie die Party nicht versauten. Obwohl Rev versucht hatte, davon abzulenken, war es doch das Thema beim Essen gewesen. Offenbar hatten alle von Eddys Drohung gehört, und niemand nahm sie auf die leichte Schulter, so wie wir es zunächst getan hatten. Von einem der älteren Männer hatten wir gehört, dass Eddy seine Drohungen immer wahr machte. Das sorgte für eine dunkle Wolke über unserem ansonsten so erfolgreichen Tag.

Nachdem ich Samantha fast das ganze Wochenende aus dem Weg gegangen war, konnte ich nicht anders, als mich jetzt nach ihr umzusehen. Sie stand mit Kim am Bierausschank und versorgte eine lange Schlange durstiger Raiders. Als sie hochsah und mich erblickte, winkte sie mir zu. Ich winkte zurück und sie nahm ein Bier und kam auf mich zu.

„Magst du ein Bier?", fragte sie.

„Ein Jack oder Patrón wäre mir zwar lieber, aber das muss reichen."

Sie lächelte und gab mir den Becher. „Ist das Meeting nicht so gut gelaufen?"

„Das Meeting lief prima. Nur der Mist hinterher war Scheiße." Ich trank etwas von der schaumigen Flüssigkeit.

„Diese Stimmung scheint ansteckend zu sein, denn die anderen Jungs sind etwas gereizt."

„Das könnte man so sagen." Ich sah von meinem Becher hoch und sie blickte ernst. „Aber das ist nichts, worüber du dir Sorgen machen müsstest."

„Das mag stimmen, aber wenn es dich belastet, brauchst du jemanden zum Reden. Besonders weil es nicht so aussieht, als ob du das mit deinen Brüdern tun könntest. Weil die ja genauso fühlen wie du."

Ich trank mein Bier aus und schüttelte den Kopf. „Das ist ein nettes Angebot, aber ich muss es leider ablehnen."

„Immer noch Probleme mit dem emotionalen Kram?", fragte sie mit einem Lächeln.

„Nein. Es ist eher so, dass es in dem Meeting um Clubangelegenheiten ging, und dass du, Süße, kein Mitglied bist."

„Ah. Es ist also alles Teil der Geheimgesellschaft?"

„So ungefähr."

„Na gut. Behalte deine Geheimnisse."

„Schade, dass es hier keinen Billardtisch gibt, damit du Antworten aus mir rausholen kannst, was?"

Samantha lachte. „Yep. Wo ist nur ein Billardtisch, wenn man einen braucht?"

Ich streckte den Nacken nach dem Lagerfeuer. „Wie geht's Marley?"

„Der arbeitet sich den Arsch ab. Gestern war er, glaube ich, keine zwei Stunden im Zelt, da ging sein Handy mit Anfragen los."

Ich lachte. „Nichts ist so blöd wie die Anwärterzeit."

„Ja, aber Marley arbeitet sich zu Tode, und er ist nur ein Besucher."

„Darüber würde ich mir keine Sorgen machen. Wenn er so weitermacht wie dieses Wochenende, sehe ich keinen Grund, warum er nicht schneller durch seine Anwartschaft kommen könnte."

Samantha war erstaunt. „Wirklich?"

Ich zuckte mit den Schultern. „Ja, warum nicht? Er zeigt sich ganz offensichtlich als wahrer Gewinn, und ich bin nicht der Einzige, der so denkt."

„Das ist ja toll. Da wird er sich freuen."

„Aber damit wir die Sache nicht verhexen, behalten wir das doch lieber für uns."

Sam sah mich misstrauisch an. „Ich hoffe, das heißt nicht, wenn ich es ihm nicht erzähle, hast du es leichter, mich zu verarschen."

Ich hielt eine Hand hoch. „Hey, ich versuche nicht, dich über den Tisch zu ziehen. Ich will nur nicht, dass Marley überheblich wird und sich weniger Mühe gibt. Du weißt schon, dass er sich zu siegessicher fühlt."

Samanthas ernstes Gesicht hellte sich auf. „Ach so, verstehe."

„Warum habe ich das Gefühl, dass du nicht zögern würdest, deine Klauen auszufahren?"

Sie lachte. „Das beurteilst du wahrscheinlich korrekt. Aber nur, wenn ich glaube, dass ich, oder jemand, der mir etwas bedeutet, ausgenutzt wird."

„Ich kann dir versichern, dass ich nicht vorhabe, dich oder Marley auszunutzen. Und meine Brüder auch nicht."

Sie nickte langsam, doch ich spürte, dass sie mir nicht hundertprozentig glaubte. „Okay."

„Hey, Sam!", rief Kim.

„Ja?", rief sie zurück.

„Hör auf, mit Bishop zu flirten, schaff deinen

Hintern her und hilf mir!"

Statt sich für Kims Anschuldigung zu schämen, grinste sie. „Ja, Captain. Komme sofort." Sie wandte sich wieder mir zu. „Da ich abberufen wurde, mache ich mich besser wieder an die Arbeit."

„Du bist eine gute Frau, dass du mithilfst. Dass Marley dich als Old Lady haben wird, kann nur zu seinem Vorteil sein."

Ihr Lächeln schien einzufrieren. „Ja, mal sehen."

Sie eilte zu Kim und dem Bierfass zurück.

Ich wollte nicht weiter über Sams Reaktion nachdenken und trieb mich um das Feuer herum, plauderte mit Mitgliedern aus verschiedenen Chaptern. Als die Nachmittagshitze langsam nachließ, setzte ich mich auf einen Klappstuhl neben Rev und Deacon. Beide hatten ihre Handys in der Hand und tippten Nachrichten.

„Pussys", murmelte ich.

„Ja, wenn ich je wieder eine Pussy sehen will, weiß ich, dass ich mich bei Alex melden muss und fragen, wie es ihr geht." Deacon sah von seinem Handy hoch und mich an. „Das ganze Wochenende mit den Kids allein zu sein ist hart, besonders, weil Mama Beth auch nicht zu Hause ist."

Ich schüttelte langsam den Kopf. „Himmel, du bist nicht nur ein ‚Pantoffeltier', dir ist auch noch eine Vagina gewachsen."

„Leck mich", murmelte er und schrieb weiter.

Als ich darüber nachdachte, mir ein Bier zu holen oder mir von Joe oder Marley eins bringen zu lassen, spürte ich so etwas wie Elektrizität in der Luft.

Die Nackenhaare standen mir zu Berge. Es war ein Gefühl wie der sechste Sinn, den ich manchmal hatte, wenn gleich etwas passierte. Da in meinem Umfeld oft die Kacke am Dampfen war, hatte ich gelernt, darauf zu hören. Das letzte Mal, als ich es gefühlt hatte, war ich auf dem Weg nach Hause von einem Meeting mit den Rodriguez-Männern gewesen. Ich wurde angeschossen und Rev von Mendoza entführt.

Ich schluckte schwer und erhob mich vom Stuhl. Mein Blick suchte sofort die Wiese nach einer Bedrohung ab. Mein Herz klopfte, als wollte es mir aus der Brust springen, doch ich konnte nichts Ungewöhnliches entdecken. Nur lachende Leute, Geplauder, trinken und essen. Niemand stritt oder prügelte sich und niemand hatte eine Waffe gezogen.

Ich stellte fest, dass alles okay zu sein schien, und atmete tief aus. Mit der Hand rieb ich mir die Brust über dem rasenden Herzschlag. Wohl nur falscher Alarm. Vielleicht hatte mich das mit Eddy paranoid gemacht, was das Letzte war, was ich brauchen konnte.

„Alles okay?", fragte Rev.

Ich sah ihn an und sein Ausdruck war ernst. Er wusste, wie es aussah, wenn ich meine unheimlichen Anfälle bekam, wie er und Deacon es nannten. „Wohl nur falscher Alarm."

Doch als ich mich wieder hinsetzen wollte, ließ mich das Geräusch von quietschenden Reifen innehalten. Ich wandte den Blick von den Leuten ab und zur Bergseite hin. Ein schwarzer Van raste hinauf und mein Magen machte einen Satz bis in meine Kehle. „In Deckung! Alles in Deckung!", schrie ich.

Die Worte hatten kaum meine Lippen verlassen, da hallte Maschinengewehrfeuer durch die Luft. Ich sah nicht nach Deacon oder Rev, denn die konnten selbst auf sich aufpassen.

Ich suchte in der Menge nach ihr.

Doch ich konnte kaum glauben, was ich sah.

Anstatt sich auf den Boden zu werfen, wie die meisten anderen um mich herum, dirigierte sie Kinder unter die Büfetttische. Ich schrie auf, als ein Mann, der ihr dabei half, getroffen auf den Boden fiel.

Ich rannte los und war schnell bei ihr. Ich hatte keinen anderen Gedanken mehr, als sie in Sicherheit zu bringen, egal ob ich dabei mein eigenes Leben riskierte. Ich warf mich auf sie und begrub sie unter mir. Während das Maschinengewehrfeuer und die Schreie um mich weitergingen, schützte ich sie mit meinem Körper.

Doch wieder überraschte sie mich, indem sie auf meine Brust einschlug. „Lass mich aufstehen! Wir brauchen Krankenwagen hier, sofort!"

Ich nahm an, dass sie sich in einem Schockzustand befand, so wie sie redete. Ich hoffte und betete, dass sie nicht getroffen war und der Blutverlust dazu geführt hatte. Ich hatte sie so schnell umgeworfen, dass ich keine Zeit gehabt hatte, nach Wunden zu suchen.

Als das Maschinengewehrfeuer endlich aufhörte und der Van davonraste, erhob ich mich langsam und sah sie an. „Alles in Ordnung?"

„Ja, aber ich brauche …"

Ehe ich darüber nachdenken konnte, gab ich ihr schnell einen Kuss auf die Stirn. Als ich sie wieder ansah, starrte sie mich entsetzt an. „Entschuldige. Ich bin nur so froh, dass du nicht angeschossen wurdest."

Ohne zu blinzeln, starrte sie mich weiter an. „Du hast mich beschützt."

„Ja."

Sam wollte noch etwas sagen, aber dann riss sie die Augen auf. „Marley!"

Sie drückte mich zur Seite und sprang auf die Füße. Ehe ich nach ihr greifen konnte, verschwand sie in dem Chaos.

Ich stand wie angewurzelt da und kam mir vor, wie mitten in ein Kriegsgebiet abgeseilt worden zu sein. Nie wieder würde ich diese Schreie vergessen. Die nächsten Jahre würden sie mich garantiert im Schlaf verfolgen. Schreie der furchtbaren Qualen, der panischen Angst und der lebensverändernden Trauer.

In all den Jahren hatte ich eine Menge Kämpfe erlebt und viele Schlachten geschlagen, doch nichts kam diesem Massaker gleich. Ich glaubte nicht, dass ein Chapter dabei war, das niemanden verloren hatte.

Neben mir stand Deacon und sprach per Handy mit der Notrufzentrale. Rev ging an uns vorbei zu einer hysterischen Frau, deren Mann in einer Blut-lache lag. Ich wusste nicht, wie lange ich wie er-starrt dort gestanden hatte und den Horror be-trachtete.

Langsam löste ich mich aus der Starre.

Ich setzte einen Fuß vor den anderen. Es fühlte sich an, wie durch zähen Schlamm zu waten. Ich hätte nach meinen Raider-Brüdern sehen sollen, doch ich konnte nur an Samantha denken. Ich ging weiter, und Erleichterung durchflutete mich, als ich meine Leute sah.

Breakneck brüllte Anweisungen an alle, die ihm mit den Verwundeten halfen. Kim und andere Frauen sammelten die Kinder ein, um sie ins Motel zu bringen. Boone humpelte und hatte den Arm um Macs Schulter gelegt. Er nickte mir zu, um mir zu sagen, dass er zwar getroffen, aber okay war.

Einen Bruder nach dem anderen sah ich und seufzte erleichtert, als ich feststellte, dass wir von uns, außer ein paar Verletzten, niemanden für immer verloren hatten.

Zumindest dachte ich das.

Ganz hinten auf der Wiese fand ich schließlich Samantha auf dem Boden sitzend.

Ich rannte los.

Hielt an.

Sie war nicht allein. Sie beugte sich über Marleys blutverschmierten Körper. So, wie er dalag, musste er mitten im Kugelhagel, der vom Hügel gekom-men war, gestanden haben.

„Sam?"

Sie hörte auf zu weinen. Sie hob den Kopf von Marleys Brust und wirbelte herum. So, wie ich niemals die Schreie vergessen würde, würde ich auch niemals den Blick von eisigem Hass vergessen, der in ihren Augen flackerte. Ich musste nicht erst fragen, wie es Marley ging. Ich wusste sofort, dass er tot war, und in Samanthas Augen hätte ich ihn genauso gut selbst umgebracht haben können.

Kapitel 8

Samantha

Das Leben ändert sich in einem Augenblick. In einer Minute trägt man die Welt auf Händen und im nächsten Moment muss man die Scherben zusammensuchen. Zwar hatte ich das bereits mit acht Jahren gelernt, ich war jedoch nicht darauf vorbereitet, als es erneut geschah. Die Wunde, die der Verlust von Gavin hinterließ, traf auf meine bereits vernarbte Seele. Allerdings half das nicht dabei, diesen unglaublichen Schmerz zu lindern, den ich verspürte. Es war genauso neu wie beim ersten Mal, als ich jemanden verloren hatte, der mir alles bedeutete.

Egal wie sehr ich versuchte, die Erinnerungen zu verdrängen, die Szene spielte sich wie in einer makabren Endlosschleife immer wieder in meinem Kopf ab.

„Gavin!", schrie ich durch den Lärm der Menschenmenge. Als die Schüsse ertönt waren, war sofort das Chaos ausgebrochen. Ich stieß und schob Fremde aus dem Weg, interessierte mich nicht für ihren Zustand. Ich befand mich nicht mehr im Helden-Modus wie am Anfang, als ich die Kinder in Sicherheit brachte. Ich wollte nur zu Gavin gelangen und alle anderen waren mir egal. Je länger ich ihn nicht finden konnte, desto mehr wuchs die Panik in mir. Sie wurde so intensiv, dass ich keuchte, weil ich kaum noch Luft bekam.

Normalerweise waren wir in Situationen wie diesen verkabelt und ich wusste innerhalb von Sekunden, wo er sich befand und wie es ihm ging. Aber ich hatte keine der technischen Hilfsmittel an mir, an die ich mich bei der Arbeit gewöhnt hatte.

Und dann sah ich ihn in all dem Chaos. Ich hätte ihn überall erkannt. Beim Anblick, wie er im Gras lag, brannten Tränen in meinen Augen. Ich schubste die Leute noch fester aus dem Weg, um zu ihm zu gelangen.

Ich kniete mich neben ihn. „Gavin? Hörst du mich?" Schnell betrachtete ich seinen Körper und seine Wunden. Ich kniff kurz die Augen zu, als ich sah, dass er in die Brust und den Bauch getroffen worden war. Normalerweise wäre das kein Thema gewesen, denn er hätte eine kugelsichere Weste getragen.

Tränen rollten über meine Wangen und tropften auf Gavins blutverschmiertes Gesicht. Ich zog mein Handy aus der Hosentasche und tippte Petersons Notfallnummer. Dann rüttelte ich Gavins Schulter. „Stirb mir bloß nicht!" Egal, wer um mich war und mich hören konnte, rief ich: „Das ist ein Befehl, verdammt!"

Seine Augenlider flatterten und mein Herz machte einen Satz. „Gavin? Gavin, sieh mich an!"

Langsam öffnete er die Augen.

„Da bist du ja. Bleib bei mir, okay?"

„Hallo? Vargas, bist du das?", fragte Peterson im Telefon.

Schnell berichtete ich ihm, was passiert war. Ehe er etwas sagen konnte, legte ich auf. Ich hatte keine Zeit, mit ihm zu reden. Ich musste mich um Gavin kümmern.

„Peterson weiß Bescheid. Sobald der Krankenwagen da ist, bringen sie uns ins beste Krankenhaus, das es hier gibt. Sie fliegen dich sogar aus, wenn nötig."

Gavin hauchte einen gequälten Atemzug. „Liebe dich. Schon immer … und für immer."

Heftige Schluchzer erschütterten mich. „Ich liebe dich auch. So verdammt sehr. Deshalb musst du bei mir bleiben. Bitte, bitte bleib bei mir."

Ein wunderschönes Lächeln erschien auf seinem Gesicht. Ohne ein weiteres Wort schloss er die Augen.

Als er in meinen Armen erschlaffte, schrie ich. „Nein! Oh Gott, nein!" Ich legte den Kopf auf seine Brust und schluchzte genauso sehr wie damals, als mir mein Dad genommen worden war. Und wieder geschah es durch die Hände eines Bikers.

In meiner eigenen seltsam verdrehten Erinnerung schien es, als hätte ich mich schon im nächsten Moment in einer Notaufnahme irgendwo in Virginia wiedergefunden. Eine kratzige Decke von einem Sanitäter lag um meine Schultern, um den Schüttelfrost einzudämmen, der mich gepackt hatte. Ich musste mehrmals blinzeln, um das geschwollene Gefühl vom Weinen aus den Augen zu bekommen.

Jemand hatte einen Becher schwarzen Kaffee vor mir auf den Tisch gestellt. Dampf waberte daraus hervor. Ich nahm den Becher in meine zitternden Hände. Als ich ihn an die Lippen hob, fielen mir meine blutverschmierten Hände auf.

Gavins Blut.

Meine Kehle zog sich zusammen und ich konnte nichts trinken. Mir war übel. Mit bebenden Fingern stellte ich den Becher wieder ab. Erneut starrte ich meine Hände an.

Vor zweiundzwanzig Jahren hatte ich dasselbe getan, als ich in einem Zimmer auf der Polizeistation saß. Egal, wie viele Beamte mir Limo und Süßigkeiten anboten, ich starrte nur auf meine Hände, an denen das Blut meines Vaters klebte. Die einzige Person, die ich nicht ignorierte, war meine Mutter, als sie schließlich hereinstürmte. Sie warf einen Blick auf mich, auf meine blutigen Hände und Kleider, und sank hysterisch schluchzend vor mir auf die Knie. Zunächst musste ich sie trösten, ehe sie sich zusammenreißen konnte. Für eine Achtjährige war das alles ganz schön viel gewesen.

So wie damals schien die Zeit quälend stillzustehen. Ich wusste nicht, wie lange ich in der Welt meiner eigenen Gedanken verloren dort gesessen hatte. Ich glitt hinein und heraus aus einem seltsamen Zustand, fast wie Schlaf, doch ich war vollkommen wach. Ich achtete nicht auf die Zeiger der

Uhr an der Wand. Zeit hatte keine Bedeutung mehr für mich. Wie bei meinem Vater würde ich sie ab sofort in vor und nach Gavins Tod messen.

Als die Tür aufging, blickte ich zu Peterson hoch. Sein Gesicht war aschfahl. Er kam herein und schloss die Tür hinter sich. Peterson setzte sich nicht auf einen Stuhl mir gegenüber, sondern neben mich. Er betrachtete den Kaffeebecher vor mir, griff in seine Jackentasche und holte einen silbernen Flachmann heraus. Dann schüttete er eine bernsteinfarbene Flüssigkeit in den Becher.

Nachdem er mich einige Sekunden angesehen hatte, nahm er einen Schluck aus seinem Flachmann. Ich schlängelte einen Arm unter der Decke hervor und griff nach dem Becher. Zwar hätte ich besser langsam getrunken, doch ich kippte ihn in einem langen, feurigen, bitteren Zug ab. Der Alkohol traf brennend auf meinen Magen. Ich schüttelte mich.

„Ich habe keine Ahnung, was zur Hölle ich jetzt zu dir sagen soll", sagte Peterson mit heiserer Stimme. Ich nickte. Er lehnte sich auf dem Stuhl zurück. „Ich würde dich ja fragen, wie es dir geht, aber das scheint ziemlich offensichtlich. Bestimmt brauchst du mein Psychologengesabbel nicht, dass du unter Schock stehst und was für ein guter Agent Gavin war und dass die Zeit alle Wunden heilt, bla, bla, bla."

Ich lächelte ihn schwach an. „Ich danke dir, dass du dir den ganzen Schwachsinn des angeblichen Trosts sparst." Ich hielt meinen Becher hoch, damit er mir noch eine Ladung Alkohol einschenkte. Was er gern tat. Ich nahm einen Schluck. „Wo zum Geier sind wir hier?"

„Wir haben euch südlich von Richmond geortet."

Ich nickte. „Was passiert jetzt mit Gavin?"

„Die Agency hat seine Eltern kontaktiert und wir fliegen sie mit der nächsten Maschine aus Concord ein. Als seine nächsten Verwandten werden sie ihn dann übernehmen."

Ich starrte in meinen erneut leeren Becher und konnte mir kaum vorstellen, wie die McTavishs trauern mussten. Ich hatte meinen Partner und besten Freund verloren, doch Gavin war ihr einziger Sohn nach zwei Töchtern. Sie hatten ihn immer unterstützt, als er ein Agent wurde und als er sein Coming-out hatte.

Ich wollte nicht mehr an sie oder an meine Trauer denken und sah Peterson an. „Wir sollten überlegen, welche Geschichte wir Bishop und den anderen Raiders auftischen."

Peterson lehnte sich vor und nahm meine Hand in seine. „Samantha, es gibt keinen einfachen Weg und auch keinen richtigen Zeitpunkt, dir das sagen zu müssen …."

Ich wusste, dass es ernst wurde, wenn er mich nicht Vargas nannte. Ich sah ihn an. „Was ist los?"

Er seufzte gequält. „Also, ich werde einfach direkt zur Sache kommen. Wir brauchen uns keine Geschichte für die Raiders auszudenken, denn ohne Gavin gibt es keinen Undercover-Fall mehr."

Ich blinzelte und versuchte, seine Worte zu verarbeiten. „Du brichst die Mission ab?"

„Nur den Undercover-Aspekt davon. Wir observieren die Raiders weiter und arbeiten mit dem, was wir haben, und dem, was ihr zwei bisher rausgefunden habt."

Ich entzog ihm meine Hand. „Willst du mich verarschen? Gavin ist nicht mal vierundzwanzig Stunden tot und ihr schließt schon den Fall ab!"

„Das hat nichts mit Gavin persönlich zu tun. So läuft das nun mal. Undercover-Operationen kosten jede Sekunde Geld, und das Geld hat die Macht." Er verschränkte die Arme vor der Brust. „Und das weißt du auch."

Obwohl Peterson recht hatte, kochte die Wut in mir. Da die Agency keine normalen Arbeitszeiten hatte, wurde über Fälle auch mitten in der Nacht entschieden, genau wie am Tag. Wenn man allerdings einen Agenten im Einsatz verlor, bedeutete das oft, dass die Dinge beschleunigt wurden.

„Es gibt immer noch viel Arbeit innerhalb der Raiders, besonders nach dem, was passiert ist", konterte ich.

„Da stimme ich dir zu, aber wir können unmöglich einen neuen Agenten vorbereiten und einschleusen und erst recht keinen finden, der sich deren Vertrauen so erarbeiten könnte wie Gavin."

„Ich bin da drin."

Peterson weitete die Augen und fuhr sich über seinen Bartschatten. „Du hast ein schlimmes Trauma erlebt. Wir müssen das jetzt nicht besprechen. Nimm dir eine oder zwei Wochen frei. Geh mit Gavins Eltern nach Massachusetts zur Beerdigung."

Verärgert schüttelte ich den Kopf. „Sag nicht, dass ich nicht allein in der Lage bin, die Raiders hochzunehmen, nur weil ich keinen Schwanz habe."

Peterson knurrte. „Du musst Abstand gewinnen und mal wirklich darüber nachdenken."

„Ich denke darüber nach. Ich frage mich, wieso ihr Gavins harte Arbeit der letzten zwei Monate verschwenden wollt, obwohl ich weitermachen könnte."

„Entschuldige bitte, wenn ich sage, dass nicht wir es sind, die dich abziehen, weil du keinen Schwanz hast. Das erledigen schon die Raiders. Du wirst gar nichts von denen bekommen, nicht mal von Bishop. Du warst keine Old Lady eines Mitglieds, sondern nur die Freundin eines Besuchers. Das ist ein himmelweiter Unterschied." Ich wollte etwas einwenden, doch er hob die Hand. „Glaub ja nicht, dass wir dein Leben aufs Spiel setzen, nur um eventuell noch etwas zu erfahren. Besonders nicht, nachdem wir Gavin verloren haben."

Ich beherrschte meine Wut, indem ich ein paarmal tief durchatmete. Peterson sah mich an, als ob er wüsste, dass ich mich zusammenreißen musste, um nicht zu explodieren. Als ich endlich wieder sprechen konnte, ohne auszurasten, sagte ich: „Ich kenne Bishop besser als ihr. Mit mir wird er reden. Es kann immer noch funktionieren."

Peterson schüttelte den Kopf. „Das spielt keine

Rolle, Vargas. Der Fall ist abgeschlossen."

„Du bist der Leiter, du könntest ihn wieder eröffnen."

„Du vergisst schnell, dass wir alle einen Vorgesetzten haben. Es würde mich den Arsch kosten, wenn ich den Fall wieder eröffnen und dich da reinschicken würde."

Meine Wut stieg erneut, und ich stieß den leeren Styroporbecher mit der Hand fort, sodass er über den Tisch segelte und hinunterfiel. Als er auf dem Boden landete, sah ich Peterson an. „Ich werde nicht aufgeben. Ich kann einfach nicht. Ich muss für Gavin für Gerechtigkeit sorgen." Als Peterson etwas sagen wollte, schüttelte ich den Kopf. „Es geht nicht nur um Gavin. Dieser Fall ist nicht mehr nur schwarz oder weiß. Heute wurden die Raiders nach einem wichtigen Meeting angegriffen. Ich muss die Wahrheit herausfinden."

Peterson kreuzte erneut die Arme vor der Brust und seufzte. „Du bist eine erwachsene Frau mit einem eigenen Kopf, und durch meine Frau und zwei Töchter weiß ich, dass ich dir nichts vorschreiben kann. Aber hör mir bitte zu, wenn ich dir sage: Was auch immer du dir für eine Verrücktheit ausgedacht hast, es wird nicht funktionieren. Und wie sehr du auch Gavins Leben ehren willst, du wirst es nicht schaffen, wenn du dabei deine Karriere aufs Spiel setzt oder, noch schlimmer, am Ende tot bist."

„Was ich inoffiziell mache, geht die Agency nichts an."

„Doch, wenn es der Mission in die Quere kommt."

„Der Fall ist geschlossen. Hast du selbst gesagt."

„Nein, nur der Undercover-Teil. Wir beobachten die Raiders und sammeln weiter Beweise." Er legte eine Hand auf meine Schulter. „Noch mal. Ich muss dich bitten, alles zu vergessen, was du gerade planst. Du hast in der ATF eine strahlende Zukunft vor dir, Vargas. In ein oder zwei Jahren würde ich dich gern befördern. Auf keinen Fall will ich zusehen müssen, wie du deinen Schreibtisch ausräumst, weil du gefeuert wurdest." Er verzog das Gesicht. „Oder noch schlimmer, neben deinem Sarg stehen müssen."

Ich verdrehte die Augen. „Wie oft willst du mir noch die Tot-oder-gefeuert-Predigt halten?"

„So lange, bis sie in deinen Dickschädel eingedrungen ist."

Ich wollte etwas erwidern, da ging die Tür auf. Ein Agent, den ich noch nie gesehen hatte, schaute herein. „Der McTavish-Flug landet in einer halben Stunde. Ein Wagen wartet auf Sie, um sie zu treffen."

„Danke, Agent Sunderland."

Agent Sunderland nickte und schloss die Tür.

„Willst du mitkommen?"

Gavins trauernde Eltern zu sehen, war das Letzte, was ich wollte. Auf der anderen Seite hatte ich sonst nichts zu tun, als hier allein mit meinen Gedanken zu sitzen. Ich lächelte freudlos. „Hast du noch was in dem Flachmann, um mich dafür zu stärken?"

„Wenn nicht, dann halten wir irgendwo an."

Erstaunt hob ich die Brauen. „Was würde die Agency davon halten?"

Peterson erhob sich und hielt mir seine Hand hin. „Ausnahmsweise würde ich ihnen sagen, sie sollen mich am Arsch lecken."

Überraschenderweise musste ich lachen. „Ich habe nicht gewusst, dass ein Rebell in dir steckt."

„Verzweifelte Situationen erfordern verzweifelte Maßnahmen."

Ich dachte kurz darüber nach und ergriff seine Hand. „Ja, ich glaube, da ist was dran."

Kapitel 9

Bishop

S tunden wurden zu Tagen und Tage zu einer Woche. Es war, als ob alle Informationen über Marley mit seinem Tod verschwunden wären. Sämtliche Kontaktnummern, die die Werkstatt hatte, waren abgeschaltet. In dem Apartmenthaus, in dem er angeblich wohnte, kannte man ihn nicht. Es erschien keine Todesanzeige in einer Zeitung und er war auch in keinem Beerdigungsinstitut gelistet. Ich hatte Samanthas Nummer nicht, sonst hätte ich sie angerufen. Es war der merkwürdigste Scheiß, den ich je erlebt hatte.

Es gefiel mir nicht, nicht zu seiner Beerdigung gehen zu können. Zwar hatte er als Besucher kein Anrecht auf eine Beerdigungsfeier nach den Riten der Raiders, aber ich hätte mich gern von ihm verabschiedet. Vor allem hätte ich ihm gern gesagt, wie leid es mir tat.

Ehrlich gesagt stahl mir das Gefühl des Bedauerns den Schlaf. Es tat mir wirklich verdammt leid. Dass ich ihn eingeladen hatte, obwohl mir bewusst gewesen war, dass es gefährlich werden konnte. Es tat mir leid, dass ich nicht in der Lage gewesen war, ihn zu beschützen. Und mehr als alles andere bedauerte ich, ihm überhaupt von den Raiders erzählt zu haben. Marley wäre nicht nur besser dran gewesen, wenn er mich nie getroffen hätte, sondern er wäre auch noch am Leben.

Neben der Suche nach Marleys Angehörigen war die erste Woche von der Trauer um die gefallenen Raiders erfüllt. Die Beerdigungen wurden so verteilt, dass alle Chapter teilnehmen konnten. Ost-Tennessee hatte zwei Männer verloren. Nord-Carolina hatte einen Mann und eine Old Lady verloren. Die Beerdigung des zwölfjährigen Sohnes eines Mitglieds aus Alabama war die schlimmste und sorgte dafür, dass ich mich sinnlos betrank.

Neben der Trauer und den Schuldgefühlen plagte uns der Gedanke an Rache. Rev wollte alle Beweise zusammentragen und die Mörder regulär anklagen, damit sie im Knast verrotteten, doch die anderen Chapter wollten nichts davon wissen. Sie waren auf die gute alte Selbstjustiz aus, an die wir einst auch geglaubt hatten. Ein Teil von mir wollte gern mitmachen. Hätte ich das Blut der Killer an den Händen, könnte ich so vielleicht Marley sühnen.

Ich fühlte mich rund um die Uhr schuldig und es fraß mich von innen heraus auf. Zusätzlich halfen die alten Methoden, um damit fertig zu werden, gar nichts. Ich vögelte zwei neue Frauen im Club, was Marley auch nicht aus meinen Gedanken vertrieb. Der übliche Freitagabendkampf, bei dem ich meinen Gegner in der dritten Runde k. o. schlug, half mir auch nicht weiter. Schließlich konzentrierte ich mich rund um die Uhr auf die Arbeit. Indem ich mich mit Motoren und Vergasern beschäftigte, schaffte ich es irgendwie, nicht den Verstand zu verlieren.

Ich lag auf dem Rollbrett unter einem alten Impala, als jemand mein Bein anstieß. Ich glitt hervor und sah meinen Boss mit besorgter Miene vor mir stehen.

„Is was, Rick?"

Er kratzte sich im Genick und schob ein Stück Kautabak in seinem Mund hin und her. „Ich glaube, du machst besser für heute Schluss."

„Ich wollte den hier noch fertig machen."

Rick schüttelte den Kopf. „Normalerweise beschwere ich mich nicht, wenn sich einer den Arsch aufreißt, aber in diesem Fall glaube ich, dass du lieber nach Hause gehen solltest. Trink ein Bier und besorg dir was zum Vögeln."

Ich unterdrückte den Impuls, Rick wütend die Zange an den Kopf zu werfen, und stand auf. „Ich wollte nur helfen. Wir haben einen Mann zu wenig, wegen ..." Ich brachte es nicht übers Herz, Marleys Namen zu sagen.

„Das stimmt, aber wenn du dich überarbeitest, bin ich wirklich richtig am Arsch, falls du dir einen Muskel zerrst oder dir die Grippe einfängst."

Ich wusste, wann ich verloren hatte, also legte ich die Zange in die Werkzeugkiste. „Na gut. Aber ich bin dann trotzdem morgen Früh um sieben da."

Rick grinste. „Sturer Hund."

Ich tätschelte ihm kurz den Rücken und ging dann zum Badezimmer. Meine Arme waren von den Fingern bis zu den Ellbogen voller Schmiere. Ich griff nach der bereits schwarzen Seife und schrubbte mich sauber. Je mehr ich dabei an Marley dachte, desto härter schrubbte ich, bis ich schon fast rote Kratzspuren auf meiner Haut hinterließ.

Ich wirbelte herum, als ich eine Stimme hinter mir hörte. Als ich Sam in der Badezimmertür stehen sah, setzte mir fast das Herz aus. Sofort erschienen die Bilder des schrecklichen Abends vor meinem geistigen Auge. Ich erinnerte mich an ihre Tränen und wie sie Marley in den Armen gehalten hatte, wie sein Blut ihre Kleidung durchdrungen hatte. Vor allem an ihren hasserfüllten Blick. Ich musste blinzeln, um die Erinnerungen loszuwerden.

Es gab so viel zu sagen, doch ich konnte sie nur anstarren.

Ein Teil von mir erwartete, dass sie sich einfach in Luft auflösen würde, so wie Marley. Es war erst eine Woche her, seit ich sie das letzte Mal gesehen hatte, doch sie wirkte völlig verändert. Ihre dunklen Augen, die immer so ausdrucksstark gewesen waren, waren stumpf, leer und von gräulichen Ringen umgeben. Ihre sonst engen Jeans saßen diesmal lockerer. All das zeigte mir, dass der emotionale Kummer ihr auch körperlich zu schaffen machte.

Endlich brach sie die angespannte Stille. „Hi",

sagte sie leise.

„Hi", knurrte ich. Obwohl ich heilfroh war, sie zu sehen, konnte ich die Feindseligkeit nicht ganz verbergen, die in mir brodelte.

Sie trat einen Schritt zurück. „Entschuldige die Störung. Rick hat gesagt, dass ich dich hier finde."

„Wo zur Hölle warst du?", fragte ich fordernd.

Überrascht über meinen Ton und die Frage weitete sie die Augen. „Ja, also was das angeht ... hör zu, es tut mir leid, dass ich nicht angerufen habe. Es war ..."

Ich hob die Hand und unterbrach sie. „Es tut dir leid? Marley ist seit über einer Woche tot und dir ist nicht ein Mal eingefallen, mal was von dir hören zu lassen?"

Ihr Ausdruck wurde ernster. „Was soll der Scheiß, Bishop? Ich habe gerade meinen Freund verloren."

Ich lachte humorlos. „Ich verstehe, dass du auf mich sauer bist wegen dem, was passiert ist, aber es ist doch ziemlich selbstverständlich, dass man sich nach dem Kumpel seines Freundes erkundigt." Ich zuckte mit den Schultern. „Aber ich glaube, das ist zu kompliziertes Denken für eine eiskalte Zicke."

Die Traurigkeit in Sams Augen verwandelte sich in Wut. Sie trat auf mich zu. „Was fällt dir ein, so etwas zu sagen?"

„Ich spreche nur das aus, was ich sehe, Schätzchen."

„Du ignorantes Arschloch! Hast du überhaupt

eine Ahnung, was ich diese Woche durchgemacht habe?"

„Nein, tatsächlich nicht. Aber das wäre sicherlich anders, wenn du mich, verfickt noch mal, angerufen hättest!"

Sie schüttelte so heftig den Kopf, dass sie ein Schleudertrauma bekommen haben musste. „Und wie zum Geier hätte ich das tun sollen, wenn ich deine Nummer nicht hatte? Ich bin hier, um dir die Dinge zu erklären, aber du bist zu stur, um etwas anderes zu sehen als dich selbst. Armer kleiner, bedauernswerter Bishop!"

Als sie sich umdrehte und gehen wollte, packte ich sie am Arm. „Oh nein, du rennst jetzt nicht weg. Erst erzählst du mir, was mit Marley passiert ist, nachdem er vom Krankenwagen abgeholt wurde."

Sie deutete mit dem Kinn auf das Waschbecken. „Mach dich fertig und dann treffen wir uns in der Bar auf der anderen Straßenseite."

Nase an Nase mit ihr stieß ich ein Knurren aus. „Weib, du hast vielleicht Nerven, mich herumzukommandieren."

Sam verdrehte die Augen. „Tu es einfach." Sie warf ihre dunklen Haare über ihre Schulter und verließ das Bad.

„Was zum …?", murmelte ich.

Nachdem ich mich in Rekordgeschwindigkeit zu Ende gewaschen hatte, verließ ich die Werkstatt. Ich setzte mich auf mein Bike und konnte kaum glauben, dass Sam mich im Trucker's treffen wollte. Aber vielleicht hatte Marley ihr erzählt, dass wir dort manchmal ein Feierabendbier zusammen getrunken hatten.

Bevor ich ins Trucker's ging, zog ich die Club-Kutte an. Zwar wollte ich bei der Arbeit keine Bezüge zum Club herstellen, aber ich wusste nicht, wen ich drinnen vorfinden würde. Obwohl ich manchmal mit Marley hier gewesen war, gehörte ich nicht zu den Stammgästen, sodass ich lieber gleich die richtige Ausstrahlung vermitteln wollte.

Ich trat ein und hielt nach Samantha Ausschau. Fast befürchtete ich, dass ich durch die Schuld und Trauer so verrückt geworden war, dass ich sie mir nur eingebildet hatte. Doch dann entdeckte ich sie an einem Tisch, mit einer Karaffe Bier und zwei Gläsern.

Ich setzte mich auf den Stuhl ihr gegenüber. Sie blinzelte kurz beim Anblick meiner Kutte, sagte aber nichts dazu.

„Ich hoffe, Budweiser aus dem Hahn ist okay", sagte sie.

Ich nickte. „Das hatten Marley und ich auch immer, wenn wir hier waren."

Sie wirkte traurig. „Ja, hat er mir erzählt." Sie schob das Bierglas zwischen ihren Händen hin und her. „Es tut mir wirklich leid, dass ich dich nicht kontaktiert habe, Bishop. Meine einzige Ausrede ist, dass es eine sehr schwere Woche für mich war."

Ich war immer noch sauer, doch konnte ihr nicht in die Augen sehen. Ich kam mir zu sehr wie ein

Arsch vor, weil ich sie in der Werkstatt so behandelt hatte. Verdammte Scheiße, für wen hielt ich mich eigentlich? Für mich war Marley nur ein Freund, den ich erst ein paar Monate gekannt hatte. Für sie war er ihr Lebenspartner.

Ich trank etwas Bier. „Nein, ich bin derjenige, der sich entschuldigen sollte. Ich habe mich wie ein Arschloch benommen."

Als ich es wagte, sie anzusehen, lächelte sie. „Da werde ich nicht widersprechen, aber danke für die Entschuldigung."

„Gern geschehen."

Sam trank einen Schluck Bier. „Ich war zwar Marleys Freundin, aber nicht mit ihm verwandt. Das wurde mir im Krankenhaus gleich klargemacht. Ich hatte nichts zu sagen. Am nächsten Morgen kamen seine Eltern und haben ihn nach Hause geholt."

„Und wo ist das?"

„Michigan oder Milwaukee." Sie zuckte die Achseln. „Marley hat nie von ihnen gesprochen. Er hatte kein gutes Verhältnis zu seiner Familie."

Mir fiel auf, dass er mir auch nie erzählt hatte, woher er kam. Er hatte sich dahingehend immer kryptisch und allgemein ausgedrückt. „Du warst nicht bei seiner Beerdigung?"

„Ich wäre zwar gern dabei gewesen, um von ihm Abschied zu nehmen, aber ich konnte mir die Reise nicht leisten und auch nicht so lange der Arbeit fernbleiben." Sie lächelte verlegen. „Außerdem war ich nicht direkt herzlich willkommen. Seine

Eltern mochten mich nicht."

„Das ist scheiße."

„Absolut." Sie trank noch ein paar große Schlucke Bier. „Es spielt nur eine Rolle, was ich für ihn gefühlt habe und er für mich. An seinem Grab zu stehen und Rosen auf seinen Sarg zu werfen, ändert auch nichts, oder?"

Ich nickte, doch ich hätte mich trotzdem gern verabschiedet. Auch wenn er mich nicht mehr hören konnte, wollte ich ihm ein paar Dinge sagen, die mein Gewissen erleichterten. Doch als ich über den Tisch sah, erkannte ich, dass ich immer noch die Möglichkeit hatte. „Ich muss dir was sagen."

„Oh."

Ich nickte und trank erst einmal mein Glas leer. Dann wischte ich mir den Mund ab und sah Sam in die dunklen Augen. Die Schuldgefühle gegenüber Marley kochten in mir empor und ich sprach sie aus. Ich erzählte ihr von dem Mord an Preacher Man und Case. Als ich geendet hatte, kratzte ich mir über die Stoppeln am Kinn. „Himmel, ich kann nicht glauben, dass ich dir das alles erzähle."

„Weil ich nur eine Frau bin, oder weil du es nicht gewöhnt bist, mit jemandem außerhalb des Clubs über deine Gefühle zu sprechen?"

„Eigentlich beides. Als Besucher durfte Marley nichts über die Clubangelegenheiten wissen, und als Frau du erst recht nicht."

„Aber wie sollte ich dich sonst verstehen, wenn du nicht offen zu mir bist?"

Ich hielt eine Hand hoch. „Du brauchst eigentlich

nur zu verstehen, dass es mir verdammt leidtut, was mit Marley passiert ist."

Sie starrte mich an, ohne zu blinzeln oder sich zu bewegen, als ob sie schockiert wäre, so etwas von mir zu hören. „Es war nicht deine Schuld."

„Nach dem Attentat … wie du mich angesehen hast, als du bei Marley gesessen hast … Ich weiß, dass du mir die Schuld gegeben hast."

„Ich stand unter Schock, Bishop. Ich mag den Raiders die Schuld gegeben haben, aber nicht dir. Und das denke ich immer noch."

„Natürlich war es nicht meine Schuld. Ich habe ihn nicht erschossen, aber es war wegen dem Zoff zwischen meinem Club und einem anderen. Wenn er mich nie getroffen hätte, wäre er noch am Leben."

„Bishop, es war ein Unfall. Er war zur falschen Zeit am falschen Ort."

„Jetzt bist du wieder ziemlich naiv."

Wut blitzte in ihren Augen auf. „Dann erklär es mir."

„Bei der Richtung, die mein Club einschlägt, hätte ich wissen sollen, dass es gefährlich werden könnte. Ich hätte euch nicht mitnehmen dürfen."

Sam runzelte die Stirn. „Was meinst du mit: die Richtung, die dein Club einschlägt?"

An dieser Stelle fand ich nichts Schlimmes daran, etwas deutlicher zu werden. „Weißt du, was ein One-Percent-MC ist?"

„Ein bisschen. Aus dem Fernsehen."

Ich lachte über ihre Informationsquelle. „Neunundneunzig Prozent aller Clubs bestehen aus anständigen, gesetzestreuen Bürgern, und ein Prozent nicht." Sie nickte. „Seit der Gründung 1967 sind die Raiders ein Ein-Prozent-Club."

„Dein Club macht illegale Sachen?"

„Kann man so sagen." Ich winkte der Kellnerin für noch einen Krug Bier. „Man kann auch sagen, dass wir wegen einer Menge Mist in den letzten Jahren jetzt legal werden."

Sam machte ein erstauntes Gesicht. „Wirklich?"

Ich nickte. „Während des Meetings in Virginia wurde das vom Originalchapter genehmigt."

Sam wirkte fast sprachlos. „Und wie geht das?"

„Das darf ich dir nicht sagen, Süße. Ich habe jetzt schon meine Befugnisse überschritten."

Sam kaute an ihrer Lippe. „Wusste Marley davon, dass ihr legal werden wolltet?"

Ich schüttelte den Kopf. „Wie ich schon sagte, er war nur ein Besucher. Wenn ich es ihm gesagt hätte, hätten mir meine Brüder die Eier abgeschnitten." Ich sah sie intensiv an. „Dasselbe passiert mir, wenn sie erfahren, dass ich es dir erzählt habe."

Ihr entkam ein nervöses Lachen. „Als ob ich das jemandem erzählen würde."

„Das tust du wirklich lieber nicht. Oder ich müsste dich töten." Sobald ich es ausgesprochen hatte, verzog ich das Gesicht. „Oh Scheiße, das war ein unpassender Witz."

„Schon okay."

Die Kellnerin brachte das Bier. Als wir wieder allein waren, beugte sich Sam vor. „Ich weiß, dass ich das nicht fragen sollte, aber ich muss es wissen. Meinetwegen und wegen Marley. Aus welchem Grund war Marley zur falschen Zeit am falschen Ort?"

Ich atmete tief durch und bohrte dann die Hälfte meines Bierglases ab. „Das darf ich dir wieder nicht sagen. Aber es gibt Leute unter den Raiders, denen es nicht gefällt, dass wir nichts Illegales mehr machen wollen, und dafür haben sie sich gerächt."

„Verstehe", murmelte sie.

Ich griff über den Tisch und nahm ihre Hand in meine. „Ich wünschte, ich dürfte dir alles erzählen, aber das geht leider nicht."

„Ja, das verstehe ich." Ich musste skeptisch ausgesehen haben, denn sie fügte hinzu: „Wirklich, ich schwöre."

„Das freut mich." Ich drückte ihre Hand und ließ sie wieder los. „Und ich freue mich wirklich, dass du zu mir gekommen bist, Sam."

„Ich bin auch froh darüber."

„Weißt du, du musst nicht so allein sein, wie du vielleicht denkst."

Ihre Augen weiteten sich.

„Auch wenn Marley noch kein Mitglied war und nicht einmal ein Anwärter, passen die Raiders aufeinander auf, besonders auf die Frauen und Freundinnen. Du musst die Trauerzeit nicht ganz allein überstehen."

„Woher willst du wissen, dass ich das tue?"

„Das ist nur mein Gefühl."

Sie sah weiterhin misstrauisch aus.

Ich seufzte. „Tief innen glaube ich, dass wir beide uns ähnlich sind. Und ich dachte, wenn du mit solchen Sachen so umgehst wie ich, dann kannst du einen Freund brauchen."

Sie wirkte verwirrt. „Aber warum?"

„Einfach so."

„Du hast recht mit dem Alleinfühlen … vielleicht sogar isoliert." Sam betrachtete den Rand ihres Glases. „Ich bin nur erstaunt, dass du mir eine Schulter zum Ausweinen anbietest, denn ich wusste gar nicht, dass Biker so ehrenhaft sein können."

„Nach dem, was du erlebt hast, kann ich dir nicht verübeln, zu denken, dass wir alle gewissenlose Schweine sind."

Ruckartig sah sie mich an. „Was?"

„Na, weil Marley von Bikern umgebracht wurde."

Sie atmete tief durch. „Stimmt. Ja. Ich glaube, es ist leicht, euch alle als böse zu betrachten."

„In Wahrheit sind wir das aber gar nicht. Besonders nicht die Brüder in unserem Chapter."

„Ich werde es mir merken."

„Gut. Und du machst dich ab jetzt nicht mehr so rar, ja?"

Sie nickte. „Okay."

„Der beste Weg, um das zu vermeiden, ist, wenn

du mir deine Nummer gibst."

Es überraschte mich nicht, dass sie ein bisschen zögerte. Neben ihrer Art, ihre Gefühle zu verbergen, so wie ich es auch tat, besaß Sam die Aura einer Wildkatze. Scheu und misstrauisch. Schließlich holte sie einen Stift aus ihrer Handtasche und griff nach einer Papierserviette. Sie schrieb ihre Nummer auf und gab sie mir.

„Ich hoffe, die endet nicht an irgendeiner MC-Toilettenwand als Nummer für einen guten Quickie", scherzte sie.

Ich lachte in mich hinein und schüttelte den Kopf. „Nein, da kannst du ganz sicher sein."

„Gut zu wissen." Sie stand auf.

Ich glaube, was sie als Nächstes tat, schockierte uns beide. Sie beugte sich zu mir hinunter, ihr langes Haar umhüllte mich wie ein Umhang und ihr süßer Duft erfüllte meine Sinne. Als ihre Lippen meine Wange berührten, zuckte ein Blitz durch mich hindurch.

Sam wich schnell zurück. „Auf Wiedersehen, Bishop."

„Mach's gut, Sam."

Sie floh praktisch aus der Tür und ich saß entgeistert auf meinem Stuhl wegen ihrer Reaktion und meiner auf ihren Kuss. Ich wusste gar nicht mehr, wann mir eine Frau das letzte Mal einen so züchtigen Kuss gegeben hatte. Ich zerbrach mir das Hirn, ohne dass mir jemand außerhalb meiner Familie einfiel.

Eine leise Stimme in mir riet, Sams Nummer sofort in den Müll zu werfen. Sie sagte mir, dass sie etwas an sich hatte, das nach Ärger roch, vielleicht sogar nach Gefahr. Doch wie so oft in meinem Leben ignorierte ich diese Stimme.

Kapitel 10

Samantha

Erst hatte ich gedacht, Bishop verarsche mich, was das Sich-umeinander-Kümmern der Raiders betraf. Ehrlich gesagt wollte ich nichts von ihnen, außer es hatte etwas mit Gerechtigkeit für Gavin zu tun. Doch Bishop überraschte mich andauernd, und ich begriff schnell, dass er ein Mann war, der sein Wort hielt. Die nächste Woche über schrieb er mir täglich Textnachrichten oder rief an. Erst fragte er mich, wie es mir gehe und ob ich etwas brauche. Dann begannen wir, jeden Abend ein oder zwei Stunden zu plaudern. Wir besprachen nichts Wichtiges, denn schließlich hatten wir beide zu viel zu verbergen. Wir redeten über Filme und Musik. Manchmal erzählten wir Geschichten aus unserer Kindheit. Geschichten, die nicht verrieten, wer wir wirklich waren. Wir lachten viel, was ich momentan dringend nötig hatte.

Egal worüber wir redeten, ich fing an, mich mehr auf diese Anrufe zu freuen, als ich sollte. Ich versuchte, mir einzureden, dass es wegen des Falls war, den ich ganz allein durchzog, doch ich wusste, dass ich mir etwas vormachte. Obwohl es jeder Faser meines Seins widersprach, mochte ich die Gespräche mit Bishop. Er war so viel mehr als der Kerl, für den ich ihn am Anfang gehalten hatte. So viel mehr als die Männer, mit denen ich bisher ausgegangen war, doch das wollte ich mir ungern selbst eingestehen.

Nach zwei Wochen voller Textnachrichten, Anrufen und zwei Abendessen, wurde ich langsam zappelig, mehr MC-Informationen zu bekommen. Am meisten faszinierte mich Bishops Aussage, dass der Club legal werden wollte. Ich konnte mir nicht vorstellen, wie ein Deal mit einem Drogenkartell in diesen Plan passen sollte, und wollte es unbedingt herausfinden. Bei der Arbeit hatte ich ohne Ende Zeit, darüber nachzudenken, denn Peterson hatte mich zur Schreibtischarbeit verdonnert. Immer, wenn ich das Thema Außeneinsatz ansprach, schüttelte er traurig den Kopf.

„Nicht, bevor du wieder klar im Kopf bist, Vargas."

Einen Monat nach Gavins Tod befand ich mich auf mir unbekanntem Gebiet, als ich mich auf den Weg zum Fitnessstudio der Raiders machte.

Wir waren am Dienstag zusammen essen gewesen und Bishop hatte mich gefragt: „Weißt du noch, als du gesagt hast, dass du mich gern einmal boxen sehen würdest?"

Sofort erinnerte ich mich an den Abend und unsere erste Unterhaltung. „Klar."

„Am Samstag habe ich einen Kampf, wenn du kommen magst."

Da der Kampf bei den Raiders stattfand, begrüßte ich die Gelegenheit, an mehr Informationen zu kommen. Außerdem konnte ich nicht leugnen, so viel Zeit wie möglich mit Bishop verbringen zu wollen, bevor der Fall zu Ende war. „Sehr gern!"

Bishop schenkte mir sein typisches freches Grinsen. „Wunderbar."

Heute Abend wollte ich versuchen, weitere Puzzleteile der Wahrheit über die Raiders zusammenzusetzen, egal ob positive oder negative. Zumindest redete ich mir das ein.

An der Tür traf ich auf einen Riesen von Mann. Er erinnerte mich an meinen ersten Besuch bei den Raiders. Ehe ich ihm meinen Namen sagen konnte, fragte er schon:

„Samantha?"

„Ja, die bin ich."

Er grinste. „B ist drinnen."

„Danke."

Er hielt mir die Tür auf und ich ging hinein. Im Flur war es relativ ruhig und nur ein paar Männer waren zu sehen. Doch am Ende hinter den Doppeltüren konnte ich Zuschauer grölen hören.

Unsicher, was ich tun oder wohin ich gehen sollte, rief ich zögerlich: „Bishop?"

Sofort kam er aus einem der Zimmer. Als er mich sah, erhellte sich sein Gesicht. „Hi, Sam." Er winkte mir und ich eilte zu ihm.

„Ich freue mich so, dass du gekommen bist", sagte er und umarmte mich freundschaftlich.

Der körperliche Kontakt war nur kurz, doch ich spürte deutlich, wie sich seine starken Arme um mich anfühlten. Seine Umarmung löste ein sehnsüchtiges Verlangen und ein Gefühl von Trost aus. Ich war es nicht gewohnt, dass ein Mann durch eine simple Berührung so etwas bei mir auslöste. Es war sehr verwirrend.

Ich lehnte mich zurück und lächelte ihn an. „Ich auch." Ich sah mich um und stellte fest, dass wir nicht allein waren. Ein Mann stand an einem Massagetisch und las in einem Notizbuch. Das war sicherlich ein Buch über die Wetteinsätze, was mich an Bishops Aussage darüber, dass der Club legal werden wollte, zweifeln ließ. Aus den Akten erkannte ich in dem Mann Boone Michaels, den Schatzmeister des Clubs. Er sah auf und winkte mir kurz zu.

Dann konnte ich kurz nur Bishop bewundern. Er trug die üblichen Boxershorts. Doch die waren nicht wirklich das, was mich faszinierte. Ich sah ihn zum ersten Mal oben ohne und konnte den Blick nicht von den schönen und aufwendig gestalteten Tattoos auf seiner Brust und auf den muskulösen Armen nehmen.

Als ich auf Bishops Blick traf, grinste er mich leicht verlegen an. „Checkst du mich gerade ab?"

Er wollte mich provozieren, also sagte ich lässig: „Kann schon sein. Du stellst dich zur Schau, also kann ich auch die Aussicht genießen."

Bishop legte den Kopf in den Nacken und lachte

herzhaft. „Oh Mann, ich liebe es, wenn du frech wirst."

„Das bin ich auch gern bei dir." Was der Wahrheit entsprach. Es machte mir Spaß, ihn zu necken. Sexuelle Spannung knisterte zwischen uns, und ich entschied mich, lieber das Thema zu wechseln. „Sind deine Brüder heute auch hier?"

Kurz wirkte er überrascht, doch er fing sich schnell. „Ein paar Clubmitglieder vielleicht, aber Deacon und Rev sind beschäftigt."

„Verstehe." Meine Hoffnungen für den Fall sanken.

Ein großer, dunkelhaariger Mann schaute ins Zimmer. „Es wird Zeit, B."

„Danke, Vinnie. Tu mir einen Gefallen und bring Samantha rein."

„Gern."

Bishop zwinkerte mir zu. „Gib ihr den besten Platz, damit sie mich gewinnen sehen kann."

Vinnie nickte. „Mach ich."

Unschlüssig stand ich einen Moment herum. „Wahrscheinlich sollte ich nicht ‚Hals- und Beinbruch' sagen oder so etwas."

Bishop lachte. „‚Viel Glück' würde ausreichen, wenn ich es brauchen würde."

Lächelnd schüttelte ich den Kopf. „Du bist ganz schön eingebildet, oder?"

„Ich weiß nur, was ich kann."

Vinnie hustete hinter uns. Es wurde Zeit.

Aus einem Impuls heraus gab ich Bishop einen Kuss auf die Wange. Er sah mich erstaunt an. „Ein

Glückskuss."

Sein Lächeln schien aufrichtig. „Danke."

„Gern geschehen."

Ich folgte Vinnie den Flur entlang. So kurz vor dem Kampf wurden die Zuschauer jetzt lauter. Als wir in den Raum kamen, war der Jubel ohrenbetäubend. Für das relativ kleine Studio waren sehr viele Leute da und um den Ring versammelt.

Vinnie brachte mich ganz nach vorn, wo ich das Gefühl hatte, mit im Ring zu stehen. Vor vielen Jahren hatte ich einmal einen Kampf mit meinem Dad besucht. Die Arena in Miami war zehnmal so groß gewesen wie dieses Studio und wir hatten nicht annähernd so gute Sitzplätze gehabt.

Die Musik aus den Lautsprechern wurde leiser und ein drahtiger Mann betrat den Ring mit einem Mikrofon. „Guten Abend, meine Damen und Herren. Herzlich willkommen zum Kampf von Alex Fuentes gegen Bishop Malloy."

Bei Bishops Namen brach das Publikum in Jubel aus. Er betrat das Studio mit einem strahlenden Lächeln. Offenbar war er der Publikumsliebling. Einige Jungs traten ihm mit Autogrammbüchern in den Weg. Bishop unterschrieb nicht nur willig, er sprach auch mit ihnen. Mir wurde warm ums Herz bei seiner netten Art, und mir wurde immer klarer, dass er so viel mehr war als nur ein gesetzloser Biker.

Bishop und sein Gegner besetzten entgegengesetzte Ecken des Rings. Boone redete auf Bishop ein, während er ihm die Schultern knetete. Ab und zu nickte Bishop.

Als der Kampf begann, konnte ich den Blick nicht von Bishop nehmen. Mit ihm musste definitiv gerechnet werden. Manche Frauen zogen sicherlich den Kopf ein beim Anblick der Schläge und Hiebe, doch ich sah das bei der Arbeit oft genug und war daran gewöhnt, sie selbst auszuteilen.

In der achten Runde verpasste Bishop Alex einen Schlag an den Kopf, sodass dieser zurücktaumelte. Er brach auf der Matte zusammen. Der Schiedsrichter zählte ihn an, Alex versuchte, aufzustehen, schaffte es jedoch nicht. Der Schiedsrichter ergriff Bishops Arm und streckte ihn über dessen Kopf, woraufhin die jubelnde Menge – einschließlich mir – von den Sitzen sprang.

Bishop blieb nicht allzu lange im Ring, um seinen Sieg zu genießen. Er duckte sich unter den Seilen hindurch und kam zu mir. Obwohl er total verschwitzt war, umarmte ich ihn gern. „Glückwunsch!"

Er grinste mich frech an, was Verlangen durch mich hindurch jagte. Ich erwiderte sein Grinsen. „Was denn, sagst du gar nicht: Ich hab's dir doch gleich gesagt?"

„Nein, ich muss nicht auch noch darauf rumreiten."

Ich boxte ihm scherzhaft gegen den Arm. Wir gingen zu den hinteren Räumen und Bishop legte einen verschwitzten Arm um mich. „Hat es dir gefallen?"

Ich nickte heftig. „Auch wenn mir wohl nicht gefallen sollte, wenn Männer sich schlagen, fand ich es klasse."

Bishop lachte. „Das freut mich. Aber gewöhn dich nicht dran."

„Oh?"

„Ich kämpfe nur noch, um das Geld für meinen Laden zusammenzukriegen. Sonst hätte ich schon lange damit aufgehört."

Mir wurde der Brustkorb eng. „Durch die Wetten?"

„Ja."

„Verstehe."

Er senkte die Stimme. „Wir arbeiten daran, legal zu werden, aber das geht nicht über Nacht. Auf manchen Gebieten braucht es etwas Zeit." Als ich nichts antwortete, drückte er meine Hand. „Du musst mir glauben, Sam. Ich gebe dir mein Wort, dass es die Wahrheit ist."

Ich wollte ihm liebend gern glauben und nickte. Ich musste allerdings noch tiefer bohren, um herauszufinden, in welchen Bereichen sie legal geworden waren, wenn ich die Unschuld der Raiders beweisen wollte.

„Alles okay zwischen uns?", fragte Bishop.

Ich lächelte ihn versichernd an. „Ja, alles okay."

In dem Zimmer von vorhin nahm Boone ein Handtuch und rieb Bishop damit ab. Ich musste den Drang unterdrücken, ihm das Handtuch wegzunehmen und die Arbeit selbst zu machen.

„Dem hast du es mächtig gegeben, B, ganz ohne dass du Nadel und Faden brauchst und ohne aufgeplatzte Lippe." Er zwinkerte Bishop zu. „Nichts, was die Damen von dir fernhalten würde."

„Darüber mache ich mir keine Gedanken."

Boone sah kurz in meine Richtung. „Ja, ich glaube, darüber musst du dir wirklich keine Sorgen machen, weil sie dich so ansieht, egal ob dein Gesicht verbeult ist oder nicht. Genau wie du sie verliebt betrachtest."

Es sah aus, als ob sich Bishops Wangen rosa färbten. „So ist es nicht mit Sam", widersprach er schnell. „Was ist mit meiner anderen Schulter?" Er ließ sich auf den Massagetisch fallen.

Boone verstand den Wink mit dem Zaunpfahl und hielt den Mund. Er arbeitete an Bishops Schulter, bis die Stille von Boones Handy unterbrochen wurde. Er sah aufs Display und verzog das Gesicht. „Scheiße, das ist Annie."

Bishop grinste. „Dann gehst du lieber ran oder du steckst bis zum Hals in der Kacke."

„Halt die Klappe", knurrte Boone und ging in den Flur hinaus.

Bishop rollte mit der Schulter und gab einen leisen Schmerzenslaut von sich.

„Soll ich weitermachen?", fragte ich.

Bishops Augen erhellten sich. „Gern. Wenn es dir nichts ausmacht."

„Das ist das Mindeste, was ich für den Helden der Stunde tun kann", sagte ich und stellte mich neben den Massagetisch.

Meine Finger kribbelten, als sie Bishops warme Haut berührten. Ich knetete seine festen Muskeln.

Bishop stöhnte und legte den Kopf zurück, woraufhin sich zwischen meinen Beinen alles zusammenzog. Allein, ihn zu berühren und seine Verkrampfungen zu lösen, machte mich an.

Ich sah ihn an und er betrachtete mich mit verhangenen Augen.

„Das fühlt sich wunderbar an."

„Freut mich."

Er wollte soeben etwas sagen, da kam Boone zurück.

„Oh, ich wurde durch ein neueres und attraktiveres Model ersetzt", sagte Boone grinsend.

Bishop schnaubte. „Genau."

„Hör zu, ich muss nach Hause. Es gibt eine Krise wegen einem Abflussrohr. Kommst du klar?"

„Natürlich."

„Dann bis später. Bye, Samantha."

„Bye, Boone."

Als er gegangen war, schwiegen wir beide peinlich berührt. „Na, dann geh ich besser auch", sagte ich. In Wahrheit wäre ich lieber geblieben und hätte die Stimmung wieder heraufbeschworen, in der wir waren, bevor wir unterbrochen wurden.

„Ich bringe dich raus", sagte Bishop und sprang vom Tisch.

„Oh, der starke Boxer ist ein echter Gentleman, was?"

Er zwinkerte und zog sich ein T-Shirt über. „Wir alle haben so unsere Geheimnisse."

Als wir aus der Tür gingen, nickte Bishop dem großen Türsteher zu.

„Warte mal, ich möchte dich was fragen", sagte er dann zu mir.

„Ja? Was denn?"

„Nächsten Samstag veranstalten wir eine Geburtstagsparty für meinen Bruder Rev. Da er unser Präsident ist, wird das eine große Party. Sie dauert das ganze Wochenende. Es kommen Mitglieder von überall angereist. Ich dachte, du magst vielleicht gern kommen?"

Ich atmete tief durch und überlegte meine Worte genau. Darauf hatte ich gewartet. Wieder mit allen Raiders zusammen zu sein, um die Ohren offen zu halten. Doch anstatt sofort zuzusagen, war es geschickter, mir Zeit zu lassen. Es könnte ihn misstrauisch machen, wenn ich zu begeistert reagierte.

Doch er deutete mein Schweigen falsch. „Fuck, es tut mir leid. Das war echt dumm von mir."

„Was denn?"

„Nach dem, was Marley passiert ist, möchtest du bestimmt nicht unter Bikern sein."

Wieder einmal war ich sprachlos, doch diesmal wegen Bishops Rücksichtnahme. Ich fühlte mich wie ein unmögliches Miststück, das auszunutzen. „Ich würde lügen, wenn ich sagen würde, dass mich deine Einladung nicht überrascht ... und etwas nervös macht. Andererseits denke ich, es wäre gut für mich, wieder im Club zu sein."

„Wirklich?"

„Ja. Ich meine, du sagst, dass ihr legal seid, also muss ich euch doch eine zweite Chance geben, oder?"

Bishop stöhnte. „Ja, aber denk dran, du weißt von alldem nichts, okay?"

„Ich verspreche es."

„Kann ich dich um sieben abholen?"

Ich wollte soeben zusagen, da erschien mein Haus vor meinem geistigen Auge. Schnell schloss ich den Mund. Bishop durfte auf keinen Fall sehen, wie ich wohnte. Das passte nicht zu der Samantha Vargas, die er kannte. „Können wir uns nicht hier treffen?"

„Bist du sicher?"

„Ja. Da ich nach Marleys Tod tagelang nicht arbeiten war, mache ich Überstunden, damit mein Boss die Schnauze hält", antwortete ich. Ich kam kaum noch hinterher mit all den Lügen, die ich von mir gab.

„Oh, okay. Dann komm einfach direkt hierher." Bishop räusperte sich. „Wenn ich dich von der Arbeit abhole, würde das wohl zu sehr nach einem Date aussehen, was?"

Ich senkte den Blick auf meine Schuhe. Mir wurde klar, dass ich keine Angst haben musste, dass Bishop etwas wegen mir und den Raiders vermutete. Seine Sorge galt dem Übertreten irgendwelcher moralischen Grenzen wegen Gavin. Er würde jedem FBI-Profiler das Fürchten lehren mit seiner Ehre und Rücksicht. Dass er ein Gewissen besaß, war etwas, womit ich nie gerechnet hätte, und es machte die Sache nur komplizierter. Mir wäre lieber gewesen, er benähme sich wie ein Neandertaler, dem es scheißegal war, was Marley davon hielt, wenn er sich an mich heranmachte.

„Ja, ich fürchte, das würde so gedeutet werden",
sagte ich.

„Ich, äh, okay … ich will nur nicht, dass du
denkst, dass ich so ein Schwein bin und dich an-
baggere, so kurz nach Marleys Tod."

Ich wusste, dass ich überlegt antworten musste,
denn ich könnte ihn entweder fortstoßen oder er-
mutigen. „Egal, wie du darüber denkst, jede Frau
wäre geschmeichelt, wenn du sie um ein Date bittest."

„Wirklich?"

„Ja, wirklich."

Bishop hüstelte. „Gut zu wissen."

„Freut mich, wenn ich helfen konnte." Das
stimmte, ich wollte, dass Bishop sah, dass er mehr
war als das, wofür er sich hielt.

„Also sehen wir uns am Samstag."

„Ja, bis dann."

Kapitel 11

Bishop

Ich sah auf die Uhr und verzog das Gesicht. Es war halb sieben und ich hatte nur noch dreißig Minuten Zeit bis zur Verabredung mit Samantha. Momentan war ich bis zu den Ellbogen mit Öl verschmiert und trug die verwahrloseste Jeans, die ich besaß. Den ganzen Tag war ich voller nervöser Energie gewesen bei dem Gedanken, Samantha nah zu sein. Ich wusste nicht, woher zum Geier das kam. Schließlich waren wir vor ein paar Tagen zusammen essen gewesen und hatten gestern Abend noch miteinander telefoniert. Vielleicht hatte es damit zu tun, dass ich sie zu Revs Party eingeladen hatte. Noch nie hatte ich eine Frau ins Clubhaus eingeladen, nicht mal aus Freundschaft, schon gar nicht zu einer Familienfeier. Auch wenn sie mit Marley bei uns gewesen war, war sie für den Club immer noch eine Außenstehende.

Ich kam mir wie ein verfluchtes Weichei vor. Noch nie hatte ich mir einen ganzen Tag wegen einer Frau Gedanken gemacht. Doch Samantha beschäftigte mich rund um die Uhr. Teilweise beunruhigte mich die Vorstellung, was meine Brüder wohl dazu sagen würden, wenn sie mich mit ihr sähen. Gleichzeitig war es mir scheißegal, was irgendwer darüber dachte, dass ich sie eingeladen hatte. Es ging niemanden etwas an. Doch auch wenn ich mir das einredete, wusste ich doch, dass es ein Thema sein würde.

Da ich ein Ventil für meine ruhelose Energie brauchte, hatte ich gedacht, es wäre eine gute Idee, die restlichen Arbeiten an dem Bike zu erledigen, das Deacon und ich Rev zum Geburtstag schenken wollten. Doch ich Idiot hatte nicht auf die Zeit geachtet, und ich wollte nicht, dass Samantha mich in diesem verdreckten Zustand sah.

Zwar hatten wir kein Date, doch ich wollte trotzdem gut aussehen. Samantha war ein wirklich guter Fang, bei dem alle Männer zu Höchstleistungen aufliefen, um sie zu beeindrucken. Seit wir nach Marleys Tod wieder Kontakt zueinander hatten, hatte ich das Gefühl, mir für sie den Arsch aufzureißen. Jeden verdammten Tag dachte ich an sie und konnte es kaum erwarten, mit ihr zu telefonieren. Sie war die erste Frau, mit der ich gern außerhalb des Schlafzimmers zusammen war. Es war so leicht, mit ihr zu reden, und sie schien ehrlich an mir interessiert zu sein, nicht nur an dem Raider. Die meisten Frauen, die ich traf, wollten nur Sex oder eine Old Lady werden.

Doch meine Gefühle für Sam erlösten mich nicht von den Schuldgefühlen, die ich wegen Marley hatte. Egal, wie gut es zwischen uns lief, Marley schien stets als unsichtbarer Geist bei uns zu sein.

Ich wusste nicht, wie ich die Schuldgefühle über-
winden könnte. Und darüber konnte ich mit Samantha nicht reden. Ich hatte Angst, sie damit zu
verschrecken, falls es ihr genauso ging, und das
war das Letzte, was ich wollte. Ich wollte mit ihr
zusammen sein, selbst wenn es bedeutete, dass es
nur Freundschaft zwischen uns geben konnte.

Ich legte das Werkzeug in die Kiste, wischte mir
die Hände ab und machte mich vom Acker. Anstatt mir die Zeit zu nehmen, nach Hause zu gehen, ging ich ins Clubhaus. Dort konnte ich schnell
duschen und mir frische Kleidung aus meinem
Zimmer holen.

Als ich eintrat, wurde ich von der Party empfangen. Girlanden und Ballons hingen an der Decke
und an einer Wand ein gigantisches Banner. Happy Birthday! Brüder von außerhalb begrüßten
mich und hoben ihre Biergläser. Ich grüßte zurück
und ging direkt in mein Zimmer.

Als ich mich gerade ausgezogen hatte, klopfte es
an meiner Tür. „Ja?", fragte ich und stellte das
Wasser in der Dusche an.

„Notfallmeeting in fünf Minuten."

„Willst du mich verarschen?"

Rev knurrte genervt. „Nein, ich verarsche niemanden, obwohl das die allgemeine Meinung zu
diesem Meeting zu sein scheint."

Sehnsüchtig betrachtete ich die Dusche und drehte das Wasser ab. „Na gut. Bin gleich da."

„Okay."

Ohne Zeit zum Duschen zu haben, schrubbte ich

mir, so gut es ging, am Waschbecken die Arme sauber. Ich hoffte, das Meeting würde nicht lange dauern und ich könnte vielleicht doch noch schnell duschen, bevor Samantha hier war. Ich zog mir eine frische Jeans und ein T-Shirt an. Im Hinausgehen zog ich die Kutte über.

Im Flur traf ich Willow, die einen Stapel Handtücher in Deacons Zimmer trug. „Hey, Frechdachs."

Sie warf mir einen Blick zu. „Was ist, Onkel B?"

„Du musst mir einen Gefallen tun."

„Befreit mich das davon, Oma zu helfen, alles für die Übernachtungsgäste vorzubereiten?" Ihre Augen glitzerten hoffnungsvoll.

„Eigentlich nicht."

Ihre Miene verdüsterte sich. „Na gut, was soll ich machen?"

„Um sieben kommt jemand zur Party und will sich mit mir treffen. Aber Onkel Rev hat ein Meeting einberufen. Hältst du bitte nach ihr Ausschau?"

„Ihr?", fragte Willow misstrauisch.

Himmel, dieses Kind verschonte wirklich niemanden mit seiner Direktheit. „Ja, es ist eine Frau. Sie heißt Samantha und hat schwarze Haare."

„Okay. Ich werde sie finden."

Ich gab ihr einen Kuss auf die Wange. „Danke dir, Frechdachs."

Bei dem verhassten Spitznamen schnaubte sie und lief dann in Deacons Zimmer. Ich ging ins Besprechungszimmer. Als ich mich auf meinen angestammten Platz setzte, wusste ich, dass es etwas Wichtiges sein musste, sonst hätte Rev nicht sein Geburtstagswochenende unterbrochen.

Deacon drückte meine Gedanken perfekt aus. „Was ist so beschissen wichtig, dass ich einen Quickie mit Alex unterbrechen musste?"

Boone schnaubte. „Ja, ich hoffe, es ist wichtig, Rev. Du bist noch zu frisch verheiratet, um zu wissen, wie selten es ist, als verheirateter Mann Sex zu kriegen."

„Amen", sagte Mac bestätigend und zündete sich eine Zigarette an.

Rev blickte ernst um den Tisch. „Ich habe Informationen von Rambo bekommen, die ihr auch wissen solltet."

Bei der Erwähnung von Rambo saßen wir alle plötzlich aufrechter auf den Stühlen.

„Hat er was von Eddy gehört?", fragte Mac.

Allein bei dessen Namen spannte ich mich an und ballte automatisch die Fäuste.

Rev nickte. „Rambo hat jetzt die Bestätigung, dass er hinter dem Angriff in Virginia stand." Wir beugten uns vor. „Ungefähr fünf Meilen vom Hauptquartier entfernt hat so ein Typ einen Rastplatz für Trucker. Er versteht sich gut mit den Raiders. Er hat gesagt, dass eine halbe Stunde vor der Schießerei zwei Kerle mit Teufeln auf den Kutten tanken kamen. Da die Typen im Gebiet der Raiders waren, hat er sie im Auge behalten und gesehen, dass sie in einen schwarzen Van gestiegen sind."

„Heilige Scheiße", murmelte Boone.

„Haben seine Sicherheitskameras das aufgezeichnet?", fragte Deacon.

„Na klar. Rambo hat darauf die Kutten der Diablos erkannt."

Deacon hob eine Braue. „Aber Eddy war nicht auf dem Band, oder?"

„Nein", bestätigte Rev.

„Ist er immer noch untergetaucht?", fragte ich.

Nachdem sich der Verdacht gegen ihn erhärtet hatte, war er verschwunden. Niemand hatte ihn bisher befragen können, woher die Diablos von unserem Treffen wussten. Club-Meetings wurden stets geheim gehalten, also konnten sie zwar wissen, wo unser Hauptquartier war, aber nicht, wann wir alle anwesend sein würden. Wenn man Eddys Freundschaft mit ihnen und seine Wut auf uns zusammenzählte, kam eine durchaus wahrscheinliche Erklärung für die Schießerei heraus.

„Er ist endlich aus dem Dreckloch, in das er sich verkrochen hatte, wieder rausgekommen", sagte Rev.

„Und jetzt werden die Raiders formell mit ihm verfahren?", fragte Deacon.

„Leider nicht", antwortete Rev.

„Warum zur Hölle nicht?", wollte Boone wissen.

„Weil er jetzt ein eingepatchtes Mitglied der Diablos ist."

Die Brüder um den Tisch brachen in wütende Ausdrücke und ellenlange Profanität aus. Das war der letzte Beweis, den wir brauchten, um Eddys Schuld zu zementieren.

Rev hielt eine Hand hoch. „Um ehrlich zu sein,

hätten wir so etwas kommen sehen müssen. Er steckt schon viel zu lange mit denen unter einer Decke. Es war vollkommen logisch, dass er eines Tages überwechselt. Und nach der Schießerei gab es für ihn keinen anderen Weg mehr."

Mac drückte seine Zigarette aus. „Ja, aber ich kann mir gar nicht vorstellen, dass es einem Ego-trip-Typen wie Eddy so leichtfällt, einfach sein Präsidenten-Patch abzugeben und ein ordinärer Diablo zu werden."

Deacon nickte. „Sie müssen ihm ein echt geiles Angebot gemacht haben, damit er überläuft."

„Das ist es, was mich nervös macht", sagte Rev ernst. „Wer weiß, was er denen verraten hat?"

„Verflucht. Das kann böse ausgehen", merkte Boone an.

Es wurde still um den Tisch, als wir alle die Neu-igkeiten verdauten. Ich beugte mich vor. „Also, was machen wir jetzt? Sitzen wir nur rum und warten darauf, dass die Diablos zuschlagen?"

Rev seufzte. „Unglücklicherweise ist das alles, was wir machen können. Rambo und die anderen Chapter strecken ihre Fühler aus und sehen zu, was sie herausfinden können. Aber ihr wisst ja selbst, dass Kontakte erwarten, bezahlt zu werden. Und das passiert normalerweise auf Arten, die wir nicht mehr ausführen."

„Also enden wir als bewegungslose Zielschei-ben", brummte Deacon.

„Nicht ganz. Wir haben Schutz von den Raiders und vom Rodriguez-Kartell. Eddy und die Diablos wären bescheuert, gegen uns vorzugehen", sagte Rev.

Deacon bedeutete Mac, ihm eine Zigarette zu geben. „Ja, aber vergessen wir nicht, dass Eddy ein verdammter Idiot und nur auf Rache aus ist." Er zündete die Zigarette an und lächelte grimmig. „Das versetzt deinem Geburtstag einen ganz schönen Dämpfer, Bro."

Rev lachte in sich hinein. „Stimmt. Aber das ist nichts, was wir nicht schon mal erlebt hätten. Wir müssen gewissenhaft vorgehen, wie unsere anderen Brüder. Vielleicht reicht Eddy nach Virginia seine Rache ja schon. Aber wenn ich Wind von dem kleinsten bisschen Gefahr bekomme, riegele ich den Club ab."

Wir nickten alle. Ich sah auf meine Uhr und verzog das Gesicht. Nachdem die Gespräche nichts mehr mit Eddy zu tun hatten und manche Mitglieder aufgestanden waren, fragte ich: „Also sind wir jetzt fertig?"

Rev grinste mich an. „Warum so eilig? Hast du etwa auch eine heiße Braut für einen Quickie in Wartestellung?"

Ehe ich antworten konnte, nahm Deacon mich in den Schwitzkasten. „Wovon redest du? Bei Bishop ist es immer ein Quickie."

„Leck mich", brummte ich, als alle in Gelächter ausbrachen. Ich schob Deacon von mir und stand auf.

„Ehrlich, B, was ist so dringend?", fragte Deacon.

„Nichts. Ich wollte nur noch schnell vor der Party

duschen."

Deacon und Rev tauschten einen Blick aus. „Seit wann ist dir Duschen wichtig?", fragte Rev.

Ich verdrehte die Augen. Mir war klar, wenn sie wüssten, dass ich mich mit Samantha traf, würden sie ewig darauf herumreiten. Doch sie würden es ja sowieso sehen. „Na gut, wenn ihr es unbedingt wissen wollt. Ich habe Samantha zur Party eingeladen."

Deacon runzelte die Stirn. „Wer zum Geier ist Samantha?"

Ehe ich antworten konnte, sprach Rev. „Du datest Marleys Freundin?"

Deacon holte auf. „Der Besucher, der in Virginia umkam?"

Ich machte mit der Hand das Time-out-Zeichen. „Immer mit der Ruhe, ja? Das ist kein Date. Wir haben uns befreundet und ich habe sie eingeladen." Ich wandte mich an Rev. „Ja, es ist Marleys Freundin. Hast du ein Problem damit?"

Rev weitete erstaunt die Augen. „Nein. Aber deinem Ton nach zu urteilen, frage ich mich, ob du eins hast."

Ich stöhnte auf und rieb mir mit der Hand übers Gesicht. „Ich bin so ein verdammtes Arschloch, mich an die Freundin meines toten Freundes ranzuschmeißen."

„Wenn das kein Date ist, schmeißt du dich auch nicht ran. An Freundschaft ist nichts falsch", sagte Rev diplomatisch.

Deacon schnaubte. „Sorry, Mann, aber das kann

gar nicht sein, dass Bishop mit dieser Frau nur befreundet ist."

Ich kreuzte die Arme vor der Brust. „Ach nein?"

Deacon nickte. „Ich bin zwar nicht dein Blutsbruder, aber eins haben wir gemeinsam: Wir sind nicht dazu in der Lage, mit Frauen nur befreundet zu sein."

„Ich bin mit Annabel und Alexandra befreundet", wandte ich ein.

Er verdrehte die Augen. „Das ist was anderes. Die sind beide vom Markt. Sam hat niemanden mehr, oder?"

„Nein."

„Dann willst du mehr von ihr", sagte Deacon.

Rev und die anderen lehnten sich vor, gespannt, was ich antworten würde.

Ich seufzte. „Na gut. Ich will mehr von ihr. Und damit meine ich mehr, als sie nur zu ficken."

Man hätte eine Stecknadel fallen hören können. Ich sah meine Brüder an. „Verdammt noch mal, würdet ihr bitte aufhören, mich anzustarren, und irgendwas sagen?"

Ein breites Grinsen breitete sich auf Deacons Gesicht aus. „Ich werd verrückt. Unser kleiner Bruder ist erwachsen geworden."

Rev nickte zustimmend.

Ich knurrte. „Ernsthaft? Ich bin verdammte fünfundzwanzig."

„Das mag dein biologisches Alter sein, aber solange du dich nicht wirklich einer anderen Person öffnen kannst, bist du noch ein Kind", erklärte

Rev.

„Ihr zwei habt doch 'ne Meise." Ich sah Boone und Mac an. „Was meint ihr dazu?"

Boone schlug mir auf den Rücken. „Ich stimme ihnen zu. Alles zu ficken, was sich bewegt, macht keinen Mann aus dir. Ein echter Mann hat sein Herz mindestens ein Mal einer Frau geöffnet, damit sie es schreddern kann. Manche haben Schwein und die erste Frau, der sie sich öffnen, ist die richtige. Andere wiederum müssen erst durch Liebeskummer gehen." Er zwinkerte. „Und jetzt bist du dran."

Ich dachte darüber nach und rieb mir erneut übers Gesicht. „Ich bin so was von erledigt", brummte ich.

„Yep. Aber mach dir keine Sorgen. Es ist eine gute Art von Erledigtsein", meinte Rev.

Ich nahm die Hände vom Gesicht. „Aber was ist mit Marley?"

„Was soll mit ihm sein?", fragte Deacon.

Ich knurrte. „Du kannst doch unmöglich so ein herzloser Arsch sein, dass du kein Problem damit hättest, die Freundin deines toten Bruders zu daten."

Deacon legte eine Hand auf meine Schulter. „Ich glaube, dir entgeht hier etwas Entscheidendes."

„Und was soll das sein, Mr. Neunmalklug?"

„Dass Marley tot ist."

„Ich glaube, dessen bin ich mir bewusst."

Rev seufzte. „Ich glaube, Deacon will damit sagen, dass Samantha noch lebt, auch wenn Marley tot ist. Und so schwer es auch manchmal ist, geht das Leben weiter. Sieh dir Kim und Breakneck an. Case war Breaknecks Bro, aber er hat kein Problem damit, sich mit dessen Witwe zu treffen. Und die Raiders wissen auch, dass sie nicht schon vorher etwas miteinander hatten, weil Kim viel zu sehr mit Case verbunden war."

Deacon sah mich misstrauisch an. „Ihr zwei habt nicht hinter seinem Rücken rumgemacht, oder?"

„Fuck, nein!"

„Hast du sie angemacht, als er noch am Leben war?"

Ich wich seinem Blick aus. „Nein."

„Du lügst", sagte Deacon mir direkt.

Ich warf die Hände in die Höhe. „Na gut. Bevor Marley erschossen wurde, habe ich schon viel zu oft an sie gedacht. Jeder, der sie genauer betrachtet, will sie ficken, aber ich mag sie einfach auch."

„Hast du mit ihr geflirtet oder sie angebaggert?", fragte Rev.

„Fuck, nein!", sagte ich erneut.

Rev nickte. „Also, ich glaube dir. Und da du Marley gegenüber loyal geblieben bist, glaube ich nicht, dass du etwas falsch gemacht hast."

„Ich auch nicht", meinte Deacon.

„Wirklich?" Die Frage galt mehr Rev als Deacon. Schließlich war er für seine strenge Moral bekannt.

„Na klar! Ich würde sagen, lass es auf einen Versuch ankommen." Er musste meinen skeptischen Blick bemerkt haben. „Wenn du immer noch Schuldgefühle hast, rede mit Breakneck. Er erzählt dir bestimmt, wie er mit der Situation mit Kim umgeht."

„Gute Idee." Ich war nicht sicher, ob mir irgendwas die Schuldgefühle nehmen könnte, aber ich nahm an, ich konnte nicht mehr tun, als es zu versuchen.

Rev grinste. „Komm schon, du Liebhaber, du. Gehen wir jetzt. Du solltest Samantha keine Minute länger mehr warten lassen."

Ich verdrehte die Augen und folgte ihm aus der Tür.

Kapitel 12

Samantha

Um fünf vor sieben fuhr ich auf den Parkplatz des Clubs. Der alte Honda Accord war nicht wirklich mein Wagen. Ich hatte ihn mir von einem Kumpel geliehen, weil er besser zu dem Lebensstil passte, den Bishop von mir erwartete, als mein Mercedes Cabrio, das ich eigentlich fuhr.

Ich machte den Motor aus und blieb sitzen, drehte den Schlüsselring zwischen den Fingern und starrte durch die Scheibe. In meinen Gedanken sah ich die Vergangenheit. Vor allem dachte ich daran, wie ich das letzte Mal mit Gavin hier gewesen war und Bishop Malloy das erste Mal gesehen hatte. Ich musste daran denken, wie viel sich in der kurzen Zeit geändert hatte. Da ich Bishop jetzt besser kannte, hatte sich mein gesamter Eindruck von ihm verändert. Wenn ich an Gavin dachte, stach mir der Kummer ins Herz. Das brachte mich dazu, mich auf das Ziel zu konzentrieren, nämlich die Wahrheit über die Raiders herauszufinden.

Als es an meine Scheibe klopfte, wäre ich vor Schreck fast aus der Haut gefahren. Ich riss mich zusammen und sah ein dunkelhaariges Mädchen neben mir, das mich neugierig betrachtete.

„Samantha?", fragte sie durch die Scheibe.

„Ja", krächzte ich.

Ein Grinsen breitete sich auf ihren Wangen aus. „Onkel B hat mich geschickt, um dich zu holen."

„Willow?" Sie nickte und ich lächelte. Bishop hatte oft von seiner Nichte gesprochen. Daran hatte ich seine Liebe für sie erkannt. Ich griff nach hinten und holte die Tasche mit dem Geburtstagsgeschenk für Rev nach vorn. Dann öffnete ich die Tür. Willow trat zurück und ich stieg aus.

„Ich wollte dich nicht erschrecken, aber Onkel B hat gesagt, ich soll auf dich warten."

„Wo ist er denn?"

„Er musste zu einem Notfallmeeting mit Daddy, Onkel Rev und ein paar anderen."

Mir standen die Härchen im Nacken zu Berge. „Verstehe."

Willow nahm meine Hand und führte mich. „Komm mit."

Ich folgte ihr brav. Diesmal standen zwei Türsteher vor dem Eingang. Bestimmt, weil sie heute mehr Aufpasser brauchten als sonst. Die Männer schenkten mir keinen zweiten Blick, weil ich ja mit Willow zusammen war. Sie winkte ihnen und ging mit mir hinein.

Wie beim letzten Mal empfingen mich laute Musik, Geplauder und Rauchschwaden in der Luft. „Gehst du auf viele Partys hier?", fragte ich sie, weil es mich interessierte.

„Mommy und Daddy lassen mich nur zu ein paar davon mitkommen."

„Verstehe."

„Heute darf ich, weil es Onkel Revs Geburtstag ist." Sie winkte mich mit dem Finger zu sich nach unten und ich beugte mich vor. „Ich glaube, wenn ich im Bett bin, benehmen sich die Leute nicht mehr so anständig. Mommy wird sauer, wenn Daddy zu lange bleibt. Sie sagt immer, wenn er lange bleibt, kommt er bloß in Schwierigkeiten."

Ich unterdrückte ein Grinsen. „Da hat sie wahrscheinlich recht."

Willow lächelte fröhlich und schwenkte meinen Arm mit ihrer Hand hin und her. „Onkel B hat gesagt, ich soll dich zu Mommy und den anderen Frauen bringen."

„Okay. Klingt gut."

Willow führte mich durch die dichte Menschenmenge zur Hintertür. Draußen war es geradezu partyüberladen. Klare und bunte Weihnachtsketten hingen überall, und chinesische Laternen. Ich roch den köstlichen Duft von Hamburgern und Hotdogs. Die Gerüche kamen von drei großen Grills, an denen Biker mit Bieren in den Händen standen.

Willow führte mich zu einem Bereich mit Bierzeltgarnituren. Die Tische waren mit rot-weißen Tischdecken gedeckt und teilweise überfüllt mit Essen und Getränken sowie Tellern und Besteck. In der Mitte der Tische thronte eine dreistöckige Geburtstagstorte mit einem Motorrad als Dekofigur obendrauf.

„Wow", sagte ich leise.

„Echt cool, nicht wahr?", fragte Willow.

„Das ist die größte Geburtstagstorte, die ich je gesehen habe."

„Onkel Rev hat mir die Motorradfigur versprochen."

„Spielst du gern mit kleinen Motorrädern?" Da sie komplett in Pink gekleidet war, hätte ich vermutet, dass sie eher auf Autos stand.

„Nein. Ich will es nur haben, weil es aus Schokolade ist."

Ich grinste sie an. „Das klingt ganz nach meinem Geschmack für Motorräder."

Ein banges Gefühl ergriff mich, als ich zu den Tischen blickte, an denen sich einige der Frauen um das Büfett kümmerten. Wieder schreckte ich leicht zurück bei dem Spruch Eigentum von … auf einigen der Kutten. Ich wusste jedoch von meiner Recherche, dass die meisten der Frauen dies als eine Ehre betrachteten, genau wie ihre Männer ihre Patches ehrten.

Als ich mich mit Willow näherte und sie mich sahen, verstummten alle. Zwar hatte ich bei dem Trip einige der Frauen kennengelernt, doch diese Gesichter hier waren mir neu.

„Das ist Samantha, die Freundin von Onkel B", stellte Willow mich vor.

Bei dem Wort Freundin schnappten ein paar Frauen nach Luft und andere verengten die Augen. Fast instinktiv hob ich die Hände. „Bekannte, nicht feste Freundin. Bishop und ich sind nur befreundet." Doch diese Erklärung änderte nichts an der zurückhaltenden Atmosphäre, die hier herrschte.

Eine großbusige Brünette, die von oben bis unten in Schwarz gekleidet war, stellte sich fast Nase an Nase mir gegenüber. „Willow, gehst du bitte in die Küche und holst noch mehr Ketchup?"

„Okay, Miss Annie. Bin gleich wieder da." Willow rannte zum Haus.

Ohne Willow kam ich mir wie ein echter Angsthase vor. Nervös betrachtete ich die Gruppe. Wo waren nur Kim, Alexandra oder Annabel? Da ich die meisten Frauen hier noch nie gesehen hatte, stellte sich mir jedoch eine wichtigere Frage, deren Antwort ich eigentlich gar nicht wissen wollte. Besaßen die Raiders eine endlose Drehtür für Frauen?

Dann fiel mir das Mitbringsel in der Geschenktüte in meiner Hand wieder ein und ich hielt es ihr hin. „Das ist für Rev."

Annie hob die Augenbrauen. „Du hast Rev ein Geschenk mitgebracht?"

Ich nickte. „Er hat doch heute Geburtstag, oder?"

Annie spitzte die Lippen. „Das ist nicht der springende Punkt."

„Entschuldige bitte, das verstehe ich nicht."

Sie wischte sich die Hände an den Hüften ab. „Kaufst du öfter Geschenke für die Ehemänner anderer Frauen?"

Bei ihrem Tonfall musste ich schwer schlucken

und ich sah zu den anderen Frauen. „Äh, nun, eigentlich dachte ich nicht …"

„Keine Ahnung, wo du herkommst, aber hier stehen wir nicht so auf Weiber, die mit unseren Männern flirten."

Wieder hob ich die Hände. „Ich schwöre, ich will nicht mit Rev flirten. Ich habe nur …"

Endlich hörte ich eine mir bekannte Stimme hinter mir. „Okay, Annie, jetzt hast du Samantha genug verunsichert."

Erleichtert stellte ich fest, dass es Kim war. Mit einem freundlichen Grinsen legte sie einen Arm um meine Schultern.

„Wenn einer sie verarscht, dann bin ich das."

Ich lachte. „Oh, vielen Dank."

„Hör lieber damit auf, ehe sie die Beine in die Hand nimmt und flieht, und dann hast du Bishop am Hals."

Ich drehte mich um und sah Alexandra Malloy hinter mir stehen. Diesmal ohne ihren niedlichen Sohn. Dafür hatte sie eine Käseplatte in der Hand. Sie lächelte mich warm an. „Schön, dich wiederzusehen."

Ich sah zu Annie und sie zwinkerte mir zu. Ich atmete erleichtert aus. „Also wolltest du mich nur verarschen?"

Annie lachte. „Betrachte es als kleines Aufnahmeritual bei den Raiders-Frauen."

„Gott, du hast mich zu Tode erschreckt."

„Brauchst du ein sauberes Höschen?", fragte Kim lachend.

„Ich glaube schon. Ich dachte, ihr fallt gleich alle über mich her."

Annie lachte. „Sorry. Aber wir wissen gern, was eine aushält, bevor wir sie in unseren Kreis einschließen."

„Sie haben nur nicht gewusst, dass du den wichtigsten Test schon bestanden hast", sagte Kim.

„Und der wäre?"

„Der Kim-Test natürlich!"

„Verstehe. Dann bin ich froh, dass ich bestanden habe." Ich nickte Alexandra zu. „Haben sie mit dir dasselbe gemacht?"

„Meine Situation war eine andere. Ich bin als Willows Lehrerin hergekommen und nicht als ein Aufriss von einem der Männer." Sie sah, dass ich die Augenbrauen hob, und beeilte sich zu sagen: „Nicht, dass du etwa nur ein Aufriss wärst."

„Nein, sie ist viel mehr als das", sagte Kim wissend.

„Bin ich das?"

Kim grinste. „Bishop hat noch nie eine Frau zu einer Party eingeladen."

„Bedient er sich nicht normalerweise sowieso bei den Frauen aus dem Club?", gab ich zurück.

Einige Frauen kicherten und Kims blaue Augen weiteten sich. „Oh Mädel, ich kann nicht glauben, dass du das Thema ansprichst."

„Die Wahrheit tut eben weh."

Sie schüttelte den Kopf. „Vielleicht war es noch vor sechs Monaten so, aber jetzt nicht mehr." Sie umfasste mein Kinn. „Ich kenne Bishop, seit er ein kleines Kind war. Und seit er mit dir zusammen ist, hat er sich verändert."

„Tja, wir sind nicht wirklich zusammen", widersprach ich.

„Dann eben seit ihr seid, was ihr seid." Kim sah zu Alexandra. „Habe ich recht?"

Alexandra lächelte. „Ich kenne Bishop zwar nicht so lange wie Kim, aber er ist auf jeden Fall anders geworden."

Revs Frau Annabel stieß zur Gruppe dazu. „Ich würde sagen, er ist ganz sicher verknallt."

Kim schnaubte. „Jedenfalls so, wie ein Mann wie Bishop es nur sein kann."

Annabel kreuzte die Arme vor der Brust. „Wie würdest du es denn nennen?"

„Keine Ahnung, jedenfalls nicht verknallt." Kim tippte sich ans Kinn. „Vielleicht eher unter dem Pantoffel stehen."

„Äh, ganz bestimmt nicht, das kann ich dir versichern."

„Keine Sorge, Sam. Bishops und dein Sexleben geht nur euch was an", sagte Kim.

Ehe ich einwenden konnte, dass wir gar kein Sexleben hatten, sagte Alexandra: „Das ist totaler Blödsinn."

„Ist es nicht", entgegnete Kim.

Alexandra erhob den Finger gegen Kim. „Du weißt genauso gut wie ich, dass hier nichts heilig ist, besonders nicht der Sex. Jeder hier steckt die Nase in die Angelegenheiten der anderen."

Kim seufzte. „Vielleicht hast du recht."

„Als wir Annabel und Rev beim Rummachen im Vorratsraum erwischt haben, musstest du auch unbedingt allen erzählen, dass du Deacons Hintern gesehen hast, als wir beide dasselbe gemacht haben", sagte Alexandra mit einem Funkeln in den Augen.

Annabel stöhnte. „Oh, vielen Dank für diesen Kommentar, Alex. Jetzt weiß es auch der Letzte."

„Das muss eine echt geile Vorratskammer sein", sinnierte ich.

Kim zwinkerte. „Vielleicht kannst du sie ja mal mit Bishop ausprobieren."

„Noch mal: Wir sind nur Freunde." Mir war klar, dass ich das sagen konnte, so oft ich wollte, die Frauen glaubten mir kein Wort. Ich versuchte, die Stimme in mir zu ignorieren, die sich fragte, wie es wohl wäre, wenn Bishop und ich mehr als Freunde wären. Gleichzeitig konnte meine Libido, die mir nach der Trockenperiode hinterherhinkte, nicht anders, als von dem Gedanken, mit Bishop in der berühmten Vorratskammer Sex zu haben, angetörnt zu sein.

„Und es ist nichts falsch dran, dass sie nur Freunde sind, oder, Ladys?", fragte Annabel.

„Natürlich nicht", sagte Alexandra.

Als ich Kim ansah, wirkte sie überraschend ernst. „Wahrscheinlich fällt es dir auch schwer, an mehr mit Bishop zu denken so kurz nach Marley."

Das traf mich unvorbereitet. Ich schnappte nach Luft. „Ja. Genau."

Sie legte zärtlich eine Hand auf meine Wange.

„Dein Marley war ein guter Mann und du vermisst ihn sicher sehr. Vergiss aber nicht, dass das Leben für die Lebenden gedacht ist. Ich habe viel Zeit mit Breakneck vergeudet, indem ich mich in der Trauer um Case vergraben hatte. Ich musste begreifen, dass Case nicht wollen würde, dass ich für den Rest meines Lebens unglücklich bin. Er würde wollen, dass ich ein gutes Leben habe und seinen Bruder, der eine schwere Zeit durchgemacht hat, glücklich mache."

„Danke. Das bedeutet mir viel."

Kim lächelte. „Aber du kannst sicher sein, dass wir alle für dich da sind und wollen, dass du glücklich bist. Besonders, wenn es mit Bishop ist."

Ich lachte mit den anderen. „Okay." Ich hielt immer noch das Geschenk fest und reichte es Annabel. „Ich hoffe, du weißt, dass ich mir nichts dabei gedacht habe, Rev etwas zu schenken. Bishop hat gesagt, er mag Sachbücher über Geschichte."

Sie lächelte. „Das ist okay. Es wäre auch eher unhöflich, bei einer Geburtstagsfeier ohne Geschenk aufzutauchen."

Kim kicherte. „Natürlich musst du das sagen, Miss Anstand."

Annabel winkte ab. „Wie auch immer. Rev liebt Geschenke. An seinen Geburtstagen wird er wieder zu einem kleinen Jungen."

„Was hast du ihm denn geschenkt?", fragte ich.

„Eier", sagte sie und lächelte verträumt.

Ich runzelte die Stirn. „Isst er die so gern?"

Alexandra und Kim brachen in Gelächter aus und

Annabel sah sie tadelnd an. „Nein, keine Hühner-eier. Meine Eier", antwortete Annabel.

Ich schüttelte den Kopf. „Ihr denkt euch vielleicht seltsame Geschenke aus. Wahrscheinlich mag er mein Buch gar nicht."

„Oh doch, Rev ist ein echter Geschichte-Fan."

„Dann fühle ich mich schon besser."

Annabel lächelte. „Willst du wissen, warum ich meinem Mann Eier zum Geburtstag schenke?"

Zwar wusste ich eine Menge über Annabel, aber das hatte nicht in den Akten gestanden. „Ich bin nicht sicher, aber ich würde schon gern die ganze Geschichte hören", sagte ich neckend.

Annabel atmete tief durch und erzählte mir dann ihre Geschichte, die mich zu Tränen rührte. Aus der Akte wusste ich, dass sie entführt und als Sklavin gehalten worden war, doch ich hatte keine Ahnung gehabt, was ihr noch alles passiert war. Die Fehlgeburt und die Gebärmutterentfernung hatten nicht in der Akte gestanden, genauso wenig wie die psychischen Auswirkungen.

Als sie geendet hatte, brachte ich nur ein „Wow" heraus. Obwohl ich nicht weinerlich war, beson-ders nicht vor anderen Leuten, trübten Tränen meine Sicht.

„Annabel ist die stärkste Frau, die ich kenne", sagte Alex mit ebenfalls feuchten Augen.

„Das habe ich nur Rev zu verdanken. Wenn er nicht gewesen wäre …" Sie lächelte gezwungen. „Wenn er nicht gewesen wäre, wäre ich aus meh-reren Gründen nicht hier."

„Das ist wirklich süß", sagte ich leise. Es war schwer vorstellbar, dass die Version von Rev, die Annabel malte, gleichzeitig der Präsident eines MC sein konnte. Er wirkte mehr wie ein College-professor als wie ein waffenschwingender Verbrecher. Wieder einmal merkte ich, dass meine Vorurteile total daneben waren.

„Er ist der erstaunlichste Mann, den ich kenne. Deshalb will ich nicht länger warten. Rev denkt, wir warten noch zwei Jahre, bis ich das Studium abgeschlossen habe und Tierärztin mit eigener Praxis bin. Aber da ich das Baby ja nicht selbst austrage und wir viele Menschen zum Helfen um uns haben, gibt es eigentlich keinen Grund zu warten."

„Nun, im Vergleich zu deinem Geschenk sieht meins ziemlich blass aus."

Annabel lachte. „Keine Sorge. Das mit den Eiern erfährt er erst heute Abend, wenn wir allein sind. Von mir liegt nur ein einfaches Geschenk auf dem Geburtstagstisch."

„Gut zu wissen."

Willow kam mit dem Arm voller Ketchupfla-schen zurück. „Reicht das?" Sie stellte sie auf einen Tisch.

„Ja, ich glaube, das reicht", sagte Annie.

Danach wandte sich Willow an Annabel. „War Poe heute schon da?"

Annabel verzog leicht den Mund. „Mist. Den habe ich total vergessen."

Willows Gesicht erhellte sich. „Ich gehe ihn füttern."

„Danke, Süße."

Ehe ich mich versah, griff Willow nach meiner Hand. „Komm mit, Sam. Du musst Poe kennenlernen."

„Okay", antwortete ich. Nach all den Geschichten, die mir Bishop über Poe erzählt hatte, konnte ich es kaum erwarten, ihn zu sehen. „Bis später", rief ich den anderen zu.

„Wir sagen Bishop, wo du bist", sagte Alex.

„Danke."

Willow zerrte mich fast mit Lichtgeschwindigkeit den Berg hinab. Kaum konnte ich das Gelände überblicken, über das ich so viel gelesen hatte. Zwar kannte ich Fotos davon, aber das war nicht dasselbe. Es zu sehen, machte es viel realer. Auch das trug dazu bei, in den Raiders echte Menschen zu sehen.

In einer Sackgasse angekommen, gingen wir zu einem Haus zur Linken. Anstatt die vorderen Treppen auf die Veranda zu gehen, führte mich Willow ums Haus herum. Der Garten stieß an den Waldrand.

Willow rief in einem Singsangton nach dem Tier. „Poe! Komm, Poe, komm, wo bist du?"

Erstaunt sah ich, dass sich am Waldrand Büsche bewegten. Dann erschien der große Körper eines Rehbocks.

Willow klatschte in die Hände. „Komm, Poe. Komm deinen Mais fressen."

Sie verließ meine Seite und ging auf die hintere Terrasse. Mit einer Schale voll Maiskörnern kam sie zurück. „Er liebt das Zeug."

„Wirklich?"

Willow nickte. „Es ist lustig, ihm dabei zuzuhören. Er kaut ganz laut darauf herum." Sie kicherte.

Ich musste lachen, weil sie so enthusiastisch war und weil ich jetzt das Reh der knallharten Biker sah. Das Ganze mutete bizarr an. So etwas fand sich ganz sicher in keiner Akte über die Raiders, und das hätte mir auch keiner meiner Kollegen geglaubt.

Langsam näherte sich Poe Schritt für Schritt. Er zögerte, spürte wohl die Anwesenheit eines Fremden.

Willow schüttelte die Schale in ihrer Hand. „Komm schon, Poe. Samantha tut dir nichts."

Seine Liebe zum Mais war wohl stärker als seine Furcht. Schnell überquerte er den Rasen. Als er vor uns stand, streichelte ihm Willow über die Schnauze, was er zu genießen schien. Dann schüttete sie den Mais auf das Gras. Sofort begann Poe, zu fressen. Es knirschte laut und Willow lachte.

„Siehst du?"

Ich lächelte. „Echt witzig."

Poe fraß weiter, und Willow fragte mich, ob ich ihn streicheln wolle.

„Meinst du, er lässt sich von mir anfassen?"

„Das musst du ausprobieren."

„Stimmt." Ich streichelte Poes rechte Flanke. „Oh, interessant."

„Was denn?"

„Er fühlt sich anders an, als ich dachte. Weich,

aber nicht flauschig."

„Im Sommer hat er ein recht dünnes Fell. Im Herbst wird es wieder dicker", erklärte Willow fachmännisch.

Ich grinste sie an. „Mann, du bist ja eine richtige Expertin."

„Als Tante Annabel Poe gerettet hat, haben sie und Onkel Rev mir Bücher über Rehe geschenkt."

„Ich habe gehört, dass Onkel Rev gern Bücher liest."

Willow nickte. „Ja, er liebt Bücher fast so sehr wie Mommy und ich." Sie streichelte Poes Rücken. „Tante Annabel weiß am meisten über Tiere, weil sie Tiermedizin studiert, aber sie mag auch andere Bücher."

„Das freut mich. Ich habe Onkel Rev ein Buch zum Geburtstag geschenkt."

„Das wird ihm gefallen."

„Aber ich habe doch noch gar nicht gesagt, wovon es handelt."

Willow schnaubte leise. „Das ist egal. Er liebt alle Bücher."

„Auch wenn es ein Buch übers Puppensammeln ist?", erwiderte ich lächelnd.

Sie rümpfte die Nase. „Nein. Das würde ihm sicher nicht gefallen. Wahrscheinlich würde er es mir schenken."

Ich lachte. „Keine Angst, es handelt von Militärstrategien im Bürgerkrieg."

„Das klingt langweilig, aber Onkel Rev wird es gefallen."

„Danke. Ich würde gern behaupten, es selbst ausgesucht zu haben, aber Onkel Bishop hat mir dabei geholfen."

„Hallo, ihr zwei", sagte jemand hinter uns.

Ich wirbelte herum und sah Bishops Mutter, Elizabeth Malloy. Als ich über sie in den Akten gelesen hatte, war ich fasziniert gewesen. In ihrer Kindheit und Jugend war sie das Abbild eines Musterkindes gewesen. Nach dem Highschoolabschluss mit Bestnoten traf sie John Malloy in der Kirche. Eine ungleiche Verbindung, da sie die Tochter des Dekans war und John gerade wegen bewaffnetem Raub aus dem Gefängnis gekommen war. Doch John hatte sich rehabilitiert und war vom Biker zum gläubigen Christen geworden. Später wurde er Pastor und gründete seine eigene Kirche, Soul Harbor. Doch nach dreizehn Jahren Ehe drehte John plötzlich durch. Er wurde vom liebenden Ehemann, Vater und Priester wieder zum gesetzlosen Biker. Obwohl sie sich nie hatten scheiden lassen, lebten Elizabeth, genannt Beth, und er nie wieder zusammen.

Das meiste wusste ich aus den Akten, aber Bishop hatte mir auch viel erzählt. Wir beide hatten unsere Väter verloren. Ich musste zwar ein paar Details weglassen, war aber recht ehrlich zu Bishop gewesen. Nachdem ich meine Gefühle so lange für mich behalten hatte, tat es gut, mit einem Außenstehenden über meinen Dad zu reden.

Beth hatte den kleinen Wyatt auf dem Arm. Sie sah zwischen Willow und mir hin und her. Sofort reichte sie mir ihre Hand.

„Ich bin Beth Malloy."

„Samantha Vargas", sagte ich und schüttelte ihr die Hand.

„Samantha ist Onkel Bishops Freundin", fügte Willow hinzu.

Beth weitete die blauen Augen, die sie Bishop vererbt hatte, groß wie Untertassen. „Ach ja?"

„Eigentlich sind wir nur Freunde."

Wie die anderen Frauen schien Beth das für Blödsinn zu halten. Sie lächelte mich freundlich an. „Schön, dich kennenzulernen. Es freut mich, dass du Nathaniels Geburtstag mit uns feierst."

„Mich auch. Ich erkenne daran, wie Bishop über seine Brüder spricht, wie sehr er sie liebt."

Beth' Ausdruck war liebevoll. „Sie haben zwar ihre Streitereien, aber es ist so wundervoll zu sehen, wie lieb sie sich alle haben."

„Du musst furchtbar stolz auf sie sein", sagte ich.

Beth lachte. „Das bin ich. Zwar haben sie auf viele Arten versucht, mich zu Tode zu erschrecken, und ich verdanke ihnen meine grauen Haare, aber ich liebe sie mit Herz und Seele."

Ich versuchte, mir vorzustellen, wie es sein musste, die Mutter dreier MC-Männer zu sein. Mit Sicherheit hatten sie ihr graue Haare beschert bei dem Scheiß, in den sie involviert waren. Wie viel sie wohl über die illegalen Geschäfte wusste? Sie erweckte nicht den Eindruck, einfach die Augen zu verschließen, doch auch nicht den, zu viele Fragen zu stellen.

„Hi, ihr!", rief Bishop und joggte zu uns herüber.

Ich konnte kaum meine Überraschung verbergen, als er mich kurz umarmte. Zwar umarmten wir uns oft nach einem gemeinsamen Abendessen, doch hier, sozusagen bei ihm zu Hause, fühlte es sich intimer an. Und dann auch noch vor den Augen seiner Mutter.

„Tut mir leid, dass ich dich nicht selbst empfangen konnte", sagte er.

„Macht nichts. Willow war eine tolle Hostess."

Bishop grinste. „Das dachte ich mir."

„Lief das Meeting gut?"

Ein Schatten huschte über seinen Ausdruck, doch er fing sich sofort wieder. „Yep. Und jetzt haben wir Zeit, uns zu amüsieren." Er kitzelte Willow. „Bist du bereit für die Party?"

Sie hüpfte auf und ab. „Ja!"

„Gut. Freut mich." Er wandte sich an mich. „Sam?"

Ich lachte. „Ja, ich bin bereit."

Er nickte und drehte sich zu seiner Mutter um. „Mama, bist du bereit für dein Partyhütchen und die Tanzschuhe?"

Liebevoll tätschelte sie seinen Arm. „Mit dem Tanzen bin ich mir nicht so sicher, aber ja, ich bin bereit, Nathaniels Geburtstag zu feiern."

Bishop stöhnte gespielt genervt auf. „Sei kein Partymuffel. Du kannst es immer noch allen zeigen."

Beth kicherte. „Wenn ich es allen zeigen würde, wie du es nennst, würde das mit einer gebrochenen Hüfte enden."

Die beiden lachten. Es war schön, zu sehen, wie unbeschwert sie miteinander umgingen. Nachdem mein Vater tot war, wurde die Beziehung zu meiner Mutter stärker, aber nie mehr so wie früher. Ob sich die Beziehung zwischen Bishop und Beth nach dem Tod seines Vaters auch verändert hatte?

„Trägst du mich den Berg rauf, Onkel B?", fragte Willow.

„Bist du nicht langsam zu alt dafür?", neckte Bishop.

Sie schnaubte. „Nein, bin ich nicht!"

„Na gut." Er bückte sich und drehte ihr den Rücken zu. „Okay, Frechdachs, spring auf."

Willow sprang auf seinen Rücken, schlang die Beine um seine Taille und die Arme um seine Schultern. „Los geht's! Ich hab Hunger!", verkündete sie.

„Du bist so was von herrisch", knurrte Bishop auf dem Weg nach oben.

Beth und ich liefen neben ihm her.

„Was willst du denn gern essen, Willow?", fragte Beth.

„Ein riesiges Stück Torte mit viel Zuckerguss."

„Aber erst nach dem Abendessen."

„Okay. Dann will ich einen Hotdog."

„Was noch?"

„Nur einen Hotdog."

„Nichts von dem leckeren Chili von deiner Mama?", fragte Bishop. Er sah zu mir herüber. „Das musst du unbedingt probieren. Es ist fantastisch."

„Gern." Ich lächelte.

„Ich will nur einen Hotdog, Kuchen und Eiscreme."

„Aha, Hauptsache Süßkram?", fragte Bishop.

„Yep."

„Kein Kuchen, bevor du was Anständiges gegessen hast, Willow", mahnte Beth.

Willow machte einen Schmollmund, und Bishop drehte den Kopf, um ihr zuzuflüstern: „Keine Sorge, Frechdachs. Ich besorge dir Kuchen und Eis."

Sie kicherte. „Danke, Onkel B."

Als Bishop und Willow auf das Büfett zusteuerten, stöhnte Beth neben mir auf. „Ihre Onkel lieben es, sie zu verwöhnen."

Ich lachte. „Das sieht man."

„Und nicht nur sie. Die meisten Männer und sogar deren Frauen lassen sich von ihr um den Finger wickeln. Als ob sie das einzige kleine Mädchen bei uns wäre."

„Aber das scheint ihr nicht zu Kopf zu steigen. Sie ist so ein süßes Kind."

„Das stimmt. Obwohl sie so verwöhnt ist, hat sie ein gutes Benehmen. Vielleicht wirkt es nicht so auf sie, weil sie so einen schweren Start ins Leben hatte."

Ich kannte ihre Geschichte aus den Akten. Ihr Leben mit einer drogensüchtigen Mutter war schwer zu lesen, besonders der Teil, an dem ihre Mutter vor ihren Augen von dem jetzt toten Anführer der Nordic Knights ermordet worden war.

Bishop holte mich aus den Gedanken. Er hatte Willow abgesetzt und winkte uns näher.

„Ich wäre kein Gentleman, wenn ich vor euch anfangen würde."

Beth lächelte ihn an. „Du musst wirklich etwas Besonderes sein, Samantha, wenn Bishop uns vorlässt. Normalerweise schubst er jeden weg, um ans Essen zu kommen."

Ich musste lachen, besonders über Bishops beleidigtes Gesicht. „Nun ja, wenn das eine Seite von ihm ist, die er nur wegen mir zeigt, dann fühle ich mich geehrt."

„Weiber", murmelte er und drückte mir einen Teller in die Hand.

Kapitel 13

Bishop

Ich musste gestehen, dass es sich sehr seltsam anfühlte, von der Familie umgeben neben Samantha zu sitzen. Auch wenn wir nur Hamburger und Hotdogs aßen und billiges Bier tranken, war es irgendwie bedeutungsvoll. Das letzte Mal, als sie hier gewesen war, war es mit Marley gewesen, und jetzt war sie mit mir hier.

Als mein Date. Na ja, gewissermaßen.

Egal wie oft ich mir das sagte, konnte ich es doch nicht fassen. Natürlich gab es noch zu viele Grauzonen zwischen uns, um es als Date zu bezeichnen. Das hatte ich sogar am Telefon zu Sam gesagt. Trotzdem fühlte es sich tief in mir so an, als ob wir ein neues Kapitel aufschlugen. Ich wollte mehr von ihr und war bereit, so lange zu warten, wie ich eben musste. Als ob es sich nach einiger Zeit nicht mehr so mies anfühlte, dass sie einmal Marleys Freundin gewesen war.

Obwohl meine Brüder mich damit aufgezogen hatten, etwas mit Samantha anzufangen, war ich froh, mit ihnen gesprochen zu haben. Es war schön, zu wissen, ihren Segen zu haben. Und zu sehen, wie gut sie mit Mama Beth, Alexandra und Annabel zurechtkam, gab mir ein gutes Gefühl, dass ich deren Segen ebenfalls hatte. Letztendlich hätte ich mich allerdings von ihnen auch gar nicht beeinflussen lassen.

Man hörte ein Mikrofon quietschen und dann Kims ohrenbetäubendes Pfeifen. Auf der Bühne erschien Breakneck mit seiner Gitarre. Die Erinnerungen, die mir sofort durch den Kopf gingen, trafen mich wie ein Schlag auf die Brust.

„Alles in Ordnung?", fragte Sam.

Ich nickte. „Bin nur gerade leicht überwältigt. Breakneck hat seit dem Tod meines Vaters nicht mehr auf Partys gesungen oder Gitarre gespielt."

Sam sah mich mitfühlend an. „Oh. Das tut mir leid."

„Schon gut. Ich freue mich, ihn wieder auf der Bühne zu sehen. Wir hatten damals verrückte Zeiten mit ihm beim Singen."

„Das hätte ich gern gesehen."

Ich lachte leise. „Das glaube ich eher nicht. Keiner von uns kann wirklich singen. Zu viel Alkohol redet uns das nur ein."

Sie neigte den Kopf zurück und lachte. „So bin ich auch. Beim Karaoke tut mir jeder leid, der in meiner Nähe ist. Ich wäre da nie hingegangen, wenn Gavin es nicht so geliebt hätte. Ich habe immer gesagt, es ist unglaublich, was ich aus Liebe alles mache."

Ich runzelte die Stirn. „Wer ist Gavin?"

Samantha wurde rot im Gesicht. „Oh, nur ein

früherer Freund."

Bei dem Gedanken an frühere Beziehungen von Samantha ballte ich die Fäuste und spürte den Drang, gegen die Wand zu schlagen. Es gefiel mir nicht, dass mich allein die Erwähnung eines früheren Geliebten in einen wutschnaubenden Idioten verwandelte. Ihre Vergangenheit ging mich einen feuchten Dreck an, und ehrlich gesagt würde ich meine auch nicht mit ihr diskutieren wollen.

Breakneck brachte mich ins Hier und Jetzt zurück, indem er ans Mikro klopfte. „Guten Abend allerseits. Ich möchte Rev zum Geburtstag gern etwas singen. Es ist eine Weile her, dass ich diesen Song gespielt habe. Nicht mehr, seit ich zwei meiner besten Freunde verloren habe, Preacher Man und Case. Aber es wird Zeit, den Song aus dem Ruhestand zu holen, weil es auch das Lieblingslied der beiden Männer war." Die Zuschauer jubelten und klatschten, worauf Breakneck grinste. „Ehe ich anfange, möchte ich Deacon, Rev und Bishop auf die Bühne bitten, um mir zu helfen, so wie früher."

Deacon sprang von der Sitzbank und Rev schüttelte heftig den Kopf. „Oh Scheiße, nein", sagte er.

„Ach komm schon, Schatz", drängte Annabel.

Rev öffnete den Mund, um zu widersprechen, doch Deacon unterbrach ihn, indem er ihn am Arm packte und von der Bank zerrte. „Hilf mir, B, seinen Arsch da raufzubringen."

Ich lachte, stand auf und griff nach Revs anderem Arm.

„Arschlöcher", brummte Rev.

Wir zerrten ihn durch die Leute auf die Bühne. Breakneck zeigte auf das Mikro neben ihm, damit wir den Refrain mit ihm singen konnten.

Als wir alle versammelt waren, hob Breakneck den Blick gen Himmel. „Das ist für euch, Jungs. Preacher Man und Case." Dann blickte er wieder ins Publikum. „Hier kommt The Weight."

Breakneck stimmte den Song an, den ich so gut kannte. Ich schloss kurz die Augen und sah mich hinten bei Preacher Man auf dem Bike sitzen, die Arme fest um ihn geschlungen, während aus den installierten Lautsprechern The Weight dröhnte. Wenn ich den Kopf an seinen Rücken legte, spürte ich, dass er mitsummte.

„I pulled into Nazareth, was feeling 'bout half past dead", sang Breakneck mit seiner sanften Stimme.

So viel war geschehen, seit ich ihn das letzte Mal singen hörte. Wir alle hatten unsere eigenen Tragödien erlebt. Wir hatten den Vater verloren. Kim ihren Ehemann, Breakneck seine Tochter. Und alles nur wegen der Gewalt in der MC-Welt. In diesem Moment war ich zum ersten Mal wirklich dankbar, dass wir im Club die Richtung änderten. Trotz der Bedrohung durch Eddy und die Diablos wusste ich, dass wir die richtige Entscheidung getroffen hatten. Ich war ziemlich sicher, dass mein alter Herr und Case auch damit einverstanden wären.

Als der Refrain dran war, beugten wir drei uns vor und sangen uns die Seele aus dem Leib.

Am Ende des Liedes bekamen wir einen Höllen-applaus und Pfiffe. Ich schlug Deacon und Rev auf den Rücken. „War schön, das mal wieder zu machen."

Deacon grinste. „Auf jeden Fall."

„Ja, stimmt", sagte Rev und lächelte.

Ich sprang von der Bühne und ging direkt zu Samantha. Sie erhob sich sofort von der Sitzbank, warf die Arme um meinen Nacken und umarmte mich.

„Das war super!"

Ich lachte über ihren Enthusiasmus. „Ich glaube eher, du bist ein klein wenig beschwipst."

Sie ließ von mir ab. „Nee, ich sage nur, was ich sehe."

Deacon und Rev erschienen neben uns. „Wir haben es immer noch drauf, was?", fragte Deacon grinsend.

Alex erwiderte sein Grinsen. „Und wie." Sie erhob sich und gab Wyatt an Beth weiter. „Und jetzt schuldest du mir einen Tanz oder auch zwei."

„Ich glaube, damit kann ich dienen", antwortete Deacon.

Sie gingen auf die Tanzfläche. Rev zog Annabel von der Bank. „Gewähren Sie mir die Ehre eines Tanzes, Mrs. Malloy?"

Annabel sah ihn verträumt an. „Aber natürlich. Aber sie spielen gar keinen langsamen Song."

„Dann bestelle ich uns einen. Ist schließlich mein Geburtstag."

Als sie gegangen waren, standen Samantha und

ich allein da. Unser Schweigen wurde langsam unangenehm, und ich wusste nicht, was ich tun sollte. Wäre sie zum Tanzen aufzufordern zu viel und würde sie beleidigen? Diese Grauzone der Freundschaft ging mir echt auf die Nerven.

Gerade als ich mich aufraffen wollte, sie zu fragen, zog mich jemand am T-Shirt. Ich drehte mich um und sah Willow zu mir aufblicken.

„Tanzt du mit mir, Onkel B?"

Da ich nie in der Lage war, Willow etwas abzuschlagen, streckte ich die Hand aus. „Natürlich."

Sie ergriff meine Hand und ich sah Samantha an. Erstaunlicherweise schien sie nicht beleidigt zu sein, dass ich mich statt für sie für eine Sechsjährige entschieden hatte. „Bin gleich wieder da."

Sie lächelte mich sanft an. „Viel Spaß."

Willow zerrte mich mitten zwischen die Paare. Rev hatte sich noch kein anderes Lied gewünscht, also lief noch das schnelle. Ich begann, albern herumzutanzen, woraufhin Willow kicherte. Sie äffte meine Bewegungen nach. Mit ihrer Liebe zum Ballett war sie eine recht talentierte Tänzerin, selbst wenn sie herumalberte. Mein Blick fiel auf unseren Tisch, wo sich Sam und Mama Beth über uns amüsierten.

Als das Lied zu Ende war, beugte ich mich zu Willow hinab. „Bist du traurig, wenn ich jetzt Samantha frage, ob sie mit mir tanzen will?"

Sie strahlte. „Aber nein." Sie klopfte mir auf die Schulter. „Samantha ist sehr, sehr nett. Ich glaube, es wäre toll, wenn du sie zu deiner Freundin machst."

„Oh, meinst du wirklich?"

Willow nickte. „Poe mag sie auch. Und du weißt ja, dass er nicht jeden mag."

Ich ersparte mir den Hinweis, dass ich eine potenzielle Beziehung mit einer Frau nicht auf die Sympathie eines Rehes basieren lassen konnte, das wahrscheinlich nur hinter dem Mais her war. „Oh, schön, dass Poe sie mag."

„Die ganze Familie mag sie und du solltest es auch."

Ich durfte nicht vergessen, dass Willow nur ein Kind war. Manchmal war sie so eine alte Seele. „Danke für den Tanz, Frechdachs."

„Aber ich habe dich doch aufgefordert."

Ich grinste. „Aber das heißt ja nicht, dass es mir keinen Spaß gemacht hat." Ich zog sie näher. „Und jetzt gib deinem Lieblingsonkel eine Umarmung."

„Aber Onkel B! Ich hab dich und Onkel Rev beide gleich lieb. Ich schwöre." Sie schlang die Arme um mich.

Ich rieb ihren Rücken. „Ich weiß. Ich habe dich nur aufgezogen." Ich ließ sie los und zwinkerte. „Wenn du immer noch tanzen willst, frag Joe und sag ihm, als Anwärter muss er mit dir tanzen."

Willow rümpfte die Nase. „Ach, ich will nicht mit ihm tanzen."

„Warum denn nicht?"

Sie zuckte mit den Schultern. „Einfach so."

Ich hätte weiter in sie dringen können, aber ich kannte die Antwort bereits. Er war nicht Archer, in den sie sich verguckt hatte. Als er noch Anwärter gewesen war, hätte sie ihn liebend gern dazu gebracht, mit ihr zu tanzen. Archer war einundzwanzig und total entsetzt über Willows Schwärmerei. Er hatte Angst, einer von uns Malloys könnte ihm jeden Moment unterstellen, ein Perverser zu sein, und ihm eine reinhauen. Es machte uns Spaß, ihn damit aufzuziehen.

„Na dann. Ich frage jetzt Samantha, ob sie tanzen will."

„Und ich hole mir noch ein Stück Kuchen."

„Mach das. Erzähl bloß nicht deinen Eltern, dass es schon dein drittes ist."

Sie legte einen Finger an ihre Lippen. „Sie werden es nie erfahren, wenn du es ihnen nicht sagst."

Ich hob die Hand. „Großes Pfadfinderehrenwort."

Sie kicherte und rannte Richtung Büfett. Selbstbewusster, als ich mich fühlte, ging ich zu Samantha. Sie plauderte mit Mama Beth, als wären sie alte Freundinnen, was mir gefiel.

Ich stand vor ihr und räusperte mich. „Magst du tanzen?"

„Gern." Sie stand auf und sah Mama Beth an. „Nicht weggehen, denn ich will noch mehr peinliche Geschichten vom kleinen Bishop hören."

Ich stöhnte und rieb mir übers Gesicht. „Ernsthaft, Mama? Darüber habt ihr beide so angeregt geredet?"

„Ich dachte, dir gefällt es, wenn hübsche Frauen über dich reden?" Samantha lächelte.

„Nicht, wenn es Geschichten sind, die mich blöd aussehen lassen."

„Ach, es waren nur nette Geschichten … oder witzige. Zum Beispiel, als du damals auf dem Schoß des Weihnachtsmanns gesessen und dir ein Würstchen gewünscht hast, das so groß ist wie das deines Vaters."

Ich verdrehte die Augen. „Im Ernst, Mama. Du kennst Samantha erst seit einer Stunde und bringst schon die Würstchen-Geschichte an?"

Mama Beth grinste. „Aber du warst so niedlich und hast es so ernst gemeint. Wenn wir doch nur damals schon Videos gehabt hätten, dann könnten wir das zu Amerikas lustigste Heimvideos schicken."

„Okay, das reicht. Ihr zwei dürft euch nie wieder miteinander unterhalten."

Mama Beth und Samantha lachten.

„Ist er nicht süß, wenn er sich aufregt?", fragte Mama grinsend.

„Ganz herzallerliebst", sagte Samantha neckend.

„Egal wie alt du wirst, du bleibst immer mein Kleiner", sagte Mama und legte kurz eine Hand an meine Wange.

Samantha seufzte entzückt.

Ich warf die Hände in die Höhe. „Schluss jetzt. Wir gehen tanzen. Sofort."

Sam grinste. „Und jetzt machst du einen auf Höhlenmensch, der Kommandos bellt?"

Ich nahm ihre Hand und zog sie auf die Tanzfläche zu den anderen Paaren. Als ich eine Stelle gefunden hatte, die nicht zu nah an der Band war und nicht zu überfüllt, ließ ich ihre Hand los. Ich legte die Hände um ihre Taille und zog sie näher. Samantha schlang die Arme um meinen Hals. Das Gefühl ihrer Kurven jagte einen Schauer der Begierde durch mich hindurch.

„Alles okay?", fragte sie mich.

„Hab nur ein bisschen gefroren. Alles in Ordnung", sagte ich leise.

Wir bewegten uns langsam zur Musik und das Schweigen war leicht unangenehm.

„Ich hätte da eine Frage", sagte sie schließlich.

„Schieß los."

Samantha versuchte erfolglos, ein Grinsen zu unterdrücken. „Hat dir der Weihnachtsmann ein Würstchen so groß wie das deines Vaters gebracht?"

Ich warf den Kopf zurück und lachte. „Ja, natürlich. Man könnte sagen, das war das beste Geschenk, das er mir je gebracht hat."

Samantha kicherte. „Du bist unmöglich."

„Du hast angefangen."

„Sorry, aber das war eine Steilvorlage."

Ich runzelte die Stirn. „Hat sie dir noch mehr Peinliches erzählt? Zum Beispiel, dass ich mich ausgezogen habe und nackt durch die Straßen gerannt bin?"

„Nein. Aber ich bin froh, dass du es mir erzählt hast", sagte sie nachdenklich.

„Nur für die Akten: Mit dem Scheiß habe ich aufgehört, als ich fünf war. Es ist nicht so, dass ich das heute noch tue."

Sam wackelte mit den Augenbrauen. „Das wäre sicher spannend."

„Ich glaube, heute würde Mama Beth es nicht mehr niedlich und süß finden."

„Glaube ich auch nicht."

„Außerdem würde ich Willow damit ein Trauma fürs Leben verschaffen."

Sam lachte auf. „Wahrscheinlich." Sie neigte den Kopf zurück und sah mich an. „Apropos Willow, ich habe den Eindruck, sie möchte, dass alle glauben, ich wäre deine feste Freundin."

Ich verzog das Gesicht. „Ja. Dafür möchte ich mich entschuldigen."

„Das brauchst du nicht. Sie passt nur auf dich auf und möchte, dass du glücklich bist."

Ich lachte leise. „Sie ist furchtbar."

„Du gehst wunderbar mit ihr um."

„Noch ist es leicht. Ich will gar nicht daran denken, wie es wird, wenn sie ins Teenageralter kommt."

Samantha lachte erneut. „Zugegeben, Teenagermädels sind ziemlich furchtbar, wenn die Hormone einschießen und so. Ich weiß, dass meine Mom Anfälle wegen mir bekommen hat."

„Und mit den Hormonen kommen die Jungs, und ich werde jedem Kerl die Fresse polieren, der ihr wehtut. Oder sich an sie ranmacht."

„Das arme Mädchen. Bei den Onkeln und ihrem Vater wird sie dreißig sein, ehe sie zu einem Date kommt."

Ich grinste. „Ganz genau. Wo du so schön und sexy bist, möchte ich wetten, dass sämtliche Männer in deiner Familie auf dich aufgepasst haben, oder?"

Sie lachte wieder. „Stimmt. Sie wären sowieso sehr beschützerisch gewesen, aber nachdem mein Dad gestorben war, waren sie noch schlimmer."

„Also konntest du als Teenager nicht so richtig die Sau rauslassen?"

„Nicht wirklich. Aber ehrlich gesagt wollte ich mich auch gar nicht in Schwierigkeiten bringen." Ich musste verblüfft gewirkt haben. „Tut mir leid, wenn ich dich enttäuschen muss. Man könnte wohl sagen, dass ich kein rebellischer Typ bin."

Ich schüttelte den Kopf. „Oh nein. Da muss ich widersprechen. Du bist interessant, mysteriös …"

„Und exotisch. Weißt du noch, dass du mich mal so genannt hast?"

Ich sah sie überrascht an. „Daran erinnerst du dich noch?"

Sie nickte. „Außer meiner Mom bist du der einzige Mensch, der mich so genannt hat."

„Du machst Witze."

„Nein. Sie hat immer gesagt, ich sehe so exotisch aus wie Olivia Hussey. Die Schauspielerin, die 1968 in dem Film Romeo und Julia die Julia gespielt hat." Ich sah sie ahnungslos an. „Entschuldige, anscheinend bin ich die Einzige, die sich noch an den Film erinnert, den wir mal in der Highschool gezeigt bekommen haben."

Ich blickte leicht verlegen. „Ich bin in der Neunten abgegangen." Ehe Sam etwas sagen konnte, sprach ich weiter. „Aber ich habe den Abschluss später nachgeholt."

„Oh, gut."

„Danke. Ich wollte kein Loser mehr sein."

„Du könntest niemals ein Loser sein, Bishop. Du hast viel zu viel Elan und Ambitionen."

„Das war aber nicht immer so. Als Teenager war ich ein ziemlich betrunkener fauler Sack."

„Es fällt mir schwer, dich mir so vorzustellen."

„Glaub mir, das war nicht schön. Ich habe meinen Eltern die Hölle auf Erden beschert, weil ich so viel Ärger gemacht habe."

„Und was hat dich zur Vernunft gebracht?"

„Mein alter Herr. Er hat mich mit achtzehn zum Anwärter gemacht, damit ich eine Orientierung hatte." Ich schüttelte lächelnd den Kopf. „In einem MC zu sein, ähnelt auf gewisse Weise dem Militär. Und die Anwärterzeit könnte man mit der Grundausbildung vergleichen. Die Disziplin gegenüber allen Männern, die ich kannte und bewundert habe, hat mir auf jeden Fall geholfen, mich in die Schranken weisen zu lassen."

Samantha wurde ernst. „Könntest du dir vorstellen, einmal nicht Teil des Clubs zu sein?"

Ich schüttelte den Kopf. „Nein. Ich habe es nicht nur im Blut, sondern es ist auch die einzige Welt, die ich kenne. Und dort habe ich dich kennengelernt."

Sie lächelte leicht. „Das stimmt."

„Mach dir keine Sorgen, Sam. Die MC-Welt wird

mich nicht beerdigen, ehe ich ein alter Mann bin."

„Wie kannst du da so sicher sein?"

„Wir schaffen die Gewalt ab, also kann ich nicht auf diese Art sterben."

„Ein interessantes Konzept. Ich hoffe, es bewahrheitet sich."

„Du musst mir nur glauben."

Etwas flackerte in ihren Augen. Sie sah mich eine Weile an. „Ich werde es versuchen."

Ich lächelte. „Vergiss deine Gefühle gegenüber dem MC und genieß einfach den Abend. Das Tanzen mit mir."

„Das tue ich. Wirklich."

„Das freut mich, denn mir geht's genauso."

Ein neckendes Lächeln umspielte Samanthas Lippen. „Als ich dich das erste Mal gesehen habe, hast du auch getanzt."

Überrascht hob ich die Brauen. „Echt?"

Sie nickte. „Ich habe tanzen gesagt, aber es war mehr Trockenvögeln."

Ich lachte laut auf. „Tja, ich fürchte, das ist der einzige Tanz, den ich gut kann."

„Du bist aber bisher gar nicht so schlecht im Nicht-Trockenvögeln."

„Oh, danke."

„Gern geschehen."

Ich sah ihr intensiv in die Augen. „Ich tanze wirklich gern mit dir."

„Das hast du schon gesagt", antwortete sie leise und erwiderte meinen Blick.

„Ich wollte es noch mal sagen, weil ich es wirk-

lich ernst meine. Es ist nicht nur einfach so daher-
gesagt."

„Wirklich?"

„Ja. Und noch mehr als zu Tanzen, bin ich gern
mit dir zusammen. Ich mag, wie du über meine
blöden Witze lachst, dir von mir nichts gefallen
lässt und mich geistig wachhältst. Und vor allem
gefällt mir, dass ich das Gefühl habe, dir alles sagen zu können."

Samantha fuhr sich mit der Zungenspitze über
die Lippen. Es war sicher nur eine unsichere Geste,
doch mein Schwanz zuckte begeistert.

„Mir geht es genauso", sagte sie.

„Das freut mich riesig."

Als das Lied zu Ende war, blieb Samantha trotzdem an mir kleben. Wir schienen uns beide nicht
lösen und in diesem Moment verhaftet bleiben zu
wollen.

Da wusste ich, dass es keinen Weg zurück mehr
gab.

Kapitel 14

Samantha

Nach dem langsamen Tanz gingen wir zu den Picknicktischen zurück. Egal wie sehr ich mich bemühte, ich konnte nichts gegen die überwältigenden Gefühle in der Brust tun. Es war so ein erhellender Abend. Seine Mutter kennenzulernen, mit den anderen Frauen zusammen zu sein und zu sehen, wie Bishop mit seinen Brüdern umging. Ich hatte ihn in einem völlig anderen Licht zu sehen bekommen. Und das machte es schwer, die Grenze, die ich zwischen uns gezogen hatte, aufrechtzuerhalten.

„Durstig?", fragte Bishop, als ich mich gesetzt hatte.

„Ja. Ich hätte sehr gern ein Bier."

Er grinste. „Sofort." Er marschierte zum Getränketisch und kam mit zwei Bieren zurück. „Bitte schön."

„Was für ein hervorragender Service. Willst du Trinkgeld?"

„Da würden mir ein paar Möglichkeiten der Bezahlung einfallen." Er trank von seinem Bier.

„Ist das eine zweideutige Andeutung?"

Er zuckte mit den Schultern. „Vielleicht … vielleicht auch nicht." Er zwinkerte mir zu und begann ein Gespräch mit Boone über den letzten Kampf im Studio.

Das gab mir genug Zeit, mir meinen nächsten Schritt zu überlegen, was zugleich gut und schlecht war. Gavins Worte kamen mir in den Sinn, als ob er neben mir sitzen würde.

Auch wenn das als verpönt gilt, finde ich nichts Verwerfliches daran, einen guten Fick von ihm zu ergattern, um an Informationen zu kommen.

Das Problem bestand darin, dass ich mir nicht sicher war, es nur für Informationen tun zu wollen. Ich hatte eine innere Sehnsucht nach Bishop entwickelt.

Nachdem ich das Bier leer getrunken hatte, hatte ich mich entschieden und wollte mit dem Flirten und Necken aufhören. Es wurde Zeit, zu handeln. Aber wollte er mich überhaupt?

Ich erhob mich von der Bierbank, stellte mein Glas ab und spürte Bishops Blick auf meinem Rücken brennen. Über die Schulter sah ich ihn an und er hob fragend die Augenbrauen. Langsam drehte ich mich um. Als ich in seine babyblauen Augen sah, hielt ich ihm meine Hand hin. Er schien leicht zu erzittern, bevor er nach meiner Hand griff. Ich zog ihn von der Bank und dicht an mich. Sein warmer Atem an meiner Wange ließ mich erschauern.

„Was hast du vor, Sam?"

Ohne zu zögern, antwortete ich. „Ich möchte,

dass du mich irgendwo hinbringst, wo wir allein sind."

Er sah mich lange an. Verlangen und Zögern konnte ich in seinem Gesicht erkennen. „Du musst aber wissen, dass nichts Gutes dabei herauskommt, wenn ich jetzt mit dir allein bin."

„Ich weiß."

„Und du hast kein Problem damit?"

Dieselbe Frage raste durch meinen Verstand. Wollte ich wirklich mit Bishop schlafen, um die Beziehung für den Fall zu vertiefen oder weil ich anfing, mehr für ihn zu empfinden als ich sollte?

Schließlich blendete ich die Stimmen in meinem Kopf einfach aus. „Nein, habe ich nicht." Ich klang tatsächlich ziemlich selbstsicher.

Bishop nickt kurz und führte mich von den Leuten fort. Wir gingen um das Clubhaus herum und am Pfandladen vorbei. Die Lichter verblassten immer mehr, bis wir in der schattenreichen Dunkelheit waren. Bishop hielt vor dem hohen Maschendrahtzaun an, der sich um das Gelände zog.

Ich sah mich um und schluckte schwer. Noch nie hatte ich Sex im Freien gehabt und langsam schwand meine Entschlossenheit dahin. „Hier?"

„Das ist wirklich der einzige Ort, an dem wir allein sind, bei all den Besuchern von außerhalb. Mein Zimmer im Clubhaus habe ich zur Verfügung gestellt." Er zog mich an sich und in seinen Augen glühte Verlangen. Durch seine Jeans spürte ich seine harte Länge. „Aber wenn es dir lieber ist, steigen wir aufs Bike und ich fahre mit dir, wohin du willst."

Tief in mir wusste ich, dass es entweder jetzt oder nie hieß, sonst würde ich die Nerven verlieren. „Ich will einfach nur mit dir zusammen sein."

Ich zog seinen Kopf näher, bis sich unsere Lippen fast berührten. So hielten wir inne, atmeten beide schwer und zitterten. Wir standen am imaginären Abgrund und würden jeden Moment fallen. Ehe wir noch weiter darüber nachdenken konnten, drückte Bishop seine Lippen auf meine. Für einen so harten Kerl waren seine Lippen sehr weich. Wie Samt strichen sie über meine.

Ich packte ihn fester im Nacken und zog ihn so dicht an mich, wie ich nur konnte. Meine Brüste drückten sich an seine Brustmuskeln. Ich konnte ihn gar nicht nah genug spüren. Ich musste den Drang unterdrücken, die Beine um ihn zu schlingen und meine Mitte an ihm zu reiben. Seine warme Zunge drang in meinen Mund und ich stöhnte.

Sofort bewies er mir, was für ein fantastischer Küsser er war. Außerdem war er gut im Multitasking, denn seine Zunge umspielte meine, während seine Hand auf meinem Kleid meine Brust umfasste. Mein Nippel wurde unter seinen Fingern hart, und ich schnappte nach Luft, als er ihn zwischen den Fingern zwickte.

Seine eine Hand knetete meine Brust und die andere kroch unter den Rock meines Kleides. Zischend holte ich Luft, als er meinen Schenkel streichelte und sich weiter nach oben arbeitete. Es war verdammt lange her, dass ich von einem Mann berührt worden war, und als Bishop die Hand auf meine Mitte legte, warf ich den Kopf zurück und schlug ihn mir am Zaun an.

„Verdammt, du bist total nass", sagte er heiser.

„Ich weiß", stöhnte ich und sah ihn an. „Bitte nicht aufhören."

„Hmm, ich mag es, wenn du bettelst."

Er streichelte über mein Höschen, aber ich wollte mehr. Begierig spreizte ich die Beine für ihn, so weit ich konnte. Bishop las meine Gedanken, schob das Höschen zur Seite und glitt mit zwei Fingern in mich.

„Oh ja!", rief ich und kam ihm mit den Hüften entgegen. Plötzlich war mir die Party egal und ob uns jemand sehen oder hören konnte. Ich wollte nur noch kommen.

Bishops heißer Atem versengte meinen Hals. „Ich liebe es, wie du dich um meine Finger anfühlst. Eng. Nass. Heiß. Ich kann es kaum erwarten, mit meinem Schwanz in dich zu stoßen."

Die Kombination seiner Worte und seiner talentierten Finger stieß mich über die Grenze. Ich schrie seinen Namen und eine Reihe von Kraftausdrücken, während sich meine inneren Wände wieder und wieder zusammenzogen.

Ehe ich Zeit hatte, mich zu erholen, ging Bishop vor mir auf die Knie. Er griff unter mein Kleid und zerrte mein nasses Höschen meine Schenkel hinab. Ich trat hinaus, er schob das Kleid in meine Taille und seine Finger krallten sich in meine Hinterbacken. Die kühle Nachtluft tanzte über meine erhitzte Mitte.

Er sah zu mir hoch. „Dafür mag ich in die Hölle kommen, aber ich will dich schon schmecken, seit ich dich kennengelernt habe."

Das brachte mich zum Erbeben. „Ich will dich auch schon lange." Zärtlich legte ich eine Hand an seine Wange. Dann strich ich ihm durchs Haar und drückte seinen Kopf an meine Mitte. „Schmeck mich, Bishop. Bring mich mit der Zunge zum Kommen, so wie mit deinen Fingern."

Er vergrub das Gesicht zwischen meinen Beinen. Ich stöhnte und griff ihm fester in die Haare. Mit der Zunge war er genauso geschickt wie mit den Fingern, die er ebenfalls wieder einsetzte. Seine gebogenen Finger bearbeiteten mich und seine Zunge tanzte um meine Klit. Mit den Hüften kam ich ihm entgegen und ergatterte mir dadurch noch mehr Reibung zu seinen Berührungen und seinem Saugen.

„Bishop!", rief ich aus und krallte mich in sein schweißnasses Haar. Ich zerrte und zog daran, während er mich dem Orgasmus immer näher brachte. Als ich kam, sah ich Sternchen, aber nicht die über uns.

Ich versuchte, meinen hektischen Atem zu beruhigen, und Bishop erhob sich.

„Das war … unglaublich", murmelte ich, als ich wieder zusammenhängende Worte von mir geben konnte.

Sein typisches freches Grinsen erschien. „Danke,

Babe. Aber wir fangen gerade erst an."

Ich griff nach seinem Gürtel und öffnete ihn. Dann befreite ich seine harte Erektion. Als ich begann, ihn zu pumpen, schüttelte Bishop den Kopf und suchte etwas in seiner Hosentasche.

„Du kannst den Gefallen ein andermal erwidern, jetzt will ich unbedingt in dir sein."

Er fand ein Kondom, und ich sah in dem wenigen Licht zu, wie er es überzog. Dann ließ er die Jeans auf seine Füße fallen. Er drehte mich um und drückte mich gegen den Zaun. Meine Arme platzierte er über meinem Kopf. Ich krallte die Finger in die Maschen.

„Gut festhalten, Babe", sagte er in mein Ohr.

Mit einer Hand an meiner Taille dirigierte er mit der anderen seinen Schwanz in mich. Da ich mehr als bereit für ihn war, drang er mit einem Stoß ein und füllte mich komplett aus. Ich schrie auf und er stöhnte. Dann packte er mich mit beiden Händen an den Hüften und begann mit einem schnellen Rhythmus. Ich hörte nur unser Stöhnen und schweres Atmen sowie das Geräusch unserer aufeinanderklatschenden feuchten Haut.

Er nahm eine Hand von meiner Hüfte und streichelte über meinen Körper. Er zwickte meine Nippel, streichelte meine Klit, während er weiter in mich stieß. Ich konnte nichts anderes tun, als mich auf die Lust zu konzentrieren, die das beste sexuelle Erlebnis meines Lebens war.

Noch nie hatte ich drei Orgasmen in einer Nacht gehabt, doch Bishop lieferte mir sogar noch einen weiteren. Ich konnte mich nur in den Zaun krallen, während ich zitterte und bebte und mich fragte, ob meine schlotternden Knie das durchstehen würden.

Bishop erhöhte das Tempo, stieß ungleichmäßiger zu, fordernder, und dann versteifte er sich. Er senkte den Kopf und vergrub das Gesicht an meinem Hals. Während er erschauerte, meinen Namen sagte und in mir zuckte, lief mir ein lustvoller Schauer über den Rücken.

Sein schwerer Atem traf warm auf meine Haut. Er hob den Kopf und zog sich langsam aus mir zurück. Ich blieb weiterhin am Zaun hängen und versuchte, mich zu sammeln. Hinter mir hörte ich seine Bewegungen, als er das Kondom entsorgte und seine Hose wieder anzog. Er nahm mich an den Schultern und drehte mich um.

Wortlos zog er mir das Höschen hoch und glättete mein Kleid. Als er fertig war, lächelte ich ihn leicht verlegen an. „Was bist du doch für ein Gentleman."

Er zwinkerte. „Ich gebe mir Mühe."

Ich neigte den Kopf seitlich und stellte die Frage, die mir nicht aus den Gedanken gehen wollte. „Ist das jetzt der Zeitpunkt, an dem du sagst: ,Danke, Babe' und mich meiner Wege schickst?"

Bishop zog die Augenbrauen zusammen. „Wieso sollte ich das tun?"

Ich zuckte mit den Schultern. „Die meisten Männer kuscheln oder reden hinterher nicht, und wenn sie bekommen haben, was sie wollen, ist die Sache für sie erledigt." Ich biss mir auf die Zunge, um nicht zu sagen: Zumindest kenne ich das nur so. Obwohl ich Bishop für den Fall benutzte, musste ich damit umgehen, selbst nicht benutzt werden zu wollen. Außerdem waren da noch meine Empfindungen für ihn, die tiefer gingen, als ich zugeben wollte.

Bishop kreuzte die Arme vor der Brust und betrachtete mich genau. „Nach so einem Fick wäre ein Mann ein blöder Idiot, wenn er mit dir schon fertig wäre."

Das Kompliment erhitzte meine Wangen und meine Mitte. „Es war ziemlich gut."

„Nur ziemlich gut? Dann muss ich mir das nächste Mal mehr Mühe geben." In seinen Augen blitzte Zufriedenheit auf.

„Ich freue mich drauf."

Bishop lachte und nahm meine Hand. „Komm."

Statt zur Party zurückzugehen, führte er mich zu den Häusern.

„Wohin gehen wir?"

„Es ist saumäßig heiß und ich will mich abkühlen." Er sah mich an. „Hast du Lust zu schwimmen?"

„Klar. Ich wusste gar nicht, dass ihr einen Pool habt."

Bishop grinste. „Haben wir auch nicht."

„Aber wo …"

„Wirst du gleich sehen."

Er hielt vor einem Haus auf der linken Seite an. Bishop ließ meine Hand los und griff in seine Hosentasche.

„Ist das deins?", fragte ich überrascht.

„Ja."

Ich betrachtete das einfache, doch gut gepflegte Haus und dachte daran, wie oft ich Bishop schon unterschätzt hatte. Meine MC-Vorurteile waren daran schuld. „Du bist fünfundzwanzig, hast ein eigenes Haus, einen festen Job und willst einen Motorradladen aufmachen."

Ein Grinsen hob seine vollen Lippen. „Nicht zu vergessen, dass ich ein Meister im Ficken bin, der Frauen großzügig multiple Orgasmen beschert."

Ich schnaubte. „Wie könnte ich das vergessen."

„Ich bin eben der Beste."

„Spaß beiseite, das ist wirklich beeindruckend, Bishop."

Sein lockerer Ausdruck wurde ernster. „Meinst du wirklich?"

„Oh ja."

„Danke." Er betrat das Haus.

Ich folgte zögerlich, da er mich eigentlich nicht hineingebeten hatte. Dann unterdrückte ich ein Lächeln, weil es genau so aussah, wie ich es mir vorgestellt hatte. Poster von halb nackten Frauen an den Wänden, Ledermöbel voller verstreuter Klamotten und leere Bierdosen auf den Tischen.

Als ich seinem Blick begegnete, sagte er: „Ich habe aber einen Fehler."

„Deinen Einrichtungsgeschmack?"

Er lachte in sich hinein. „Ich bin verdammt schlampig."

Ich lachte. „Perfektion kann echt nervig sein. Bleib lieber schlampig."

„Jawoll, Ma'am." Er salutierte vor mir. Dann nahm er zwei große Taschenlampen vom Kaminsims, eine Decke von der Couch, hielt inne und sah mich ernst an. „Ich bin erstaunt, dass du mich nicht fragst, wieso ich dich nicht gleich hergebracht habe." Ich musste wohl ahnungslos ausgesehen haben, denn er fügte hinzu: „Zum Ficken, meine ich."

„Oh." Ehrlich gesagt hatte ich daran gar nicht gedacht. Als er gesagt hatte, dass die Zimmer im Clubhaus besetzt seien, hatte ich ihm geglaubt. Und da ich diejenige war, die ihn benutzte, hatte ich gar kein Recht, über ihn zu urteilen.

Verlegen sagte er: „Die meisten Frauen wären ziemlich sauer, dass ich nicht so anständig war, sie hierher zu bringen."

Es tat weh, sich ihn mit anderen Frauen vorzustellen, doch ich zuckte mit den Schultern. „Aber ich bin nicht wie die meisten Frauen. Wir haben keine Beziehung, also schuldest du mir nichts, außer Spaß zu haben." Ich ging durch den Raum und stellte mich neben ihn. „Und glaube mir, ich hatte sehr viel Spaß da draußen."

„Ich auch. Es ist nur, dass ich noch nie eine Frau mit nach Hause genommen habe."

„Um Sex zu haben?"

„Wegen gar nichts. Mein Haus war schon immer für Frauen tabu. Mein Zimmer im Clubhaus … tja, das benutze ich oft."

Ich spitzte die Lippen. „Verstehe."

Bishop verzog das Gesicht. „Entschuldige. Es war blöd von mir, das zu erwähnen."

„Schon gut." Wir brauchten dringend ein anderes Thema. Ich deutete auf die Taschenlampen. „Ich bin ein bisschen beunruhigt, dass du mit mir irgendwo hingehen willst, wo man Taschenlampen braucht." Ich stemmte eine Hand auf meine Hüfte. „Ich werde doch wieder zurückkommen, oder?"

„Vielleicht, vielleicht auch nicht", antwortete Bishop mit einem frechen Blick.

Ich hätte lügen müssen, wenn ich behauptet hätte, nicht ein bisschen nervös zu sein. Alles, was heute abgelaufen war, könnte auch eine Falle sein. Bishop könnte mich mitten im Nirgendwo enttarnen und um die Ecke bringen. Ich musste auf der Hut bleiben und durfte mich nicht von meinen amourösen Gefühlen ablenken lassen, sodass er mich reinlegen konnte.

Als Bishop lachte, erkannte ich, dass ich meine Ängste nicht gut genug getarnt hatte. „Ich mache doch nur Spaß, Sam. Ich würde jedem, der dir wehtun will, das Genick brechen, und dir auf keinen Fall selbst etwas antun."

Er legte den Arm um meine Schultern und führte mich zur Haustür.

Als er auf den Wald zuging, zögerte ich.

Bishop lächelte mich an. „Denkst du immer noch, dass ich an dir einen auf Jack the Ripper mache, oder so was?"

„Immerhin schleppst du mich in den Wald. Im

Dunkeln."

„Aber nur da können wir schwimmen." Er betrachtete mein skeptisches Gesicht. „Ungefähr eine Meile von hier gibt es einen Bach mit einem kleinen See. Meine Brüder und ich gehen da andauernd schwimmen. Er hat das kühlste und klarste Wasser, das du je gesehen hast."

„Kann ich dich nicht einfach mit dem Gartenschlauch abspritzen, um dich abzukühlen?"

Bishop bog den Kopf nach hinten und lachte lauthals. Als er sich beruhigt hatte, beugte er sich zu mir und seine Lippen berührten meine Wange. „Ich verspreche dir, wenn du mitkommst, bringe ich dich noch ein paarmal zum Kommen."

„Hoffentlich", antwortete ich überredet.

Bishop grinste mich frech an.

Die hüpfenden Lichtkegel der Taschenlampen leuchteten uns den Weg durch den Wald. Kurze Zeit später stand ein Quad am Wegesrand. Bishop deutete darauf.

„Deine Kutsche."

„Und ich dachte schon, wir laufen den ganzen Weg."

„Das wäre nicht sehr Gentleman-mäßig von mir, oder?"

„Wahrscheinlich nicht." Ich setzte mich auf das Quad und ließ Platz für Bishop. Er schaltete die Scheinwerfer an und verstaute unsere Taschenlampen hinten auf dem Quad. Dann setzte er sich vor mich.

„Festhalten, es wird holprig."

Ohne zu zögern, schlang ich die Arme um seine Taille und presste meine Schenkel an seine. Ich versuchte, nicht darauf zu achten, wie beruhigend es war, ihm so nah zu sein. Wie die Muskeln seines starken Körpers mir ein Gefühl der Sicherheit und des Schutzes gaben.

Im nächsten Moment bewegte sich das Quad durch die dunkle Nacht. Bishop fuhr es auf dieselbe Art wie sein Bike, was mich zu Tode ängstigte. Doch ich konnte meine Angst verbergen und klammerte mich dennoch an ihn, als würde mein Leben davon abhängen.

An einer Lichtung fuhren wir durch hohes Gras. Ich wollte lieber nicht darüber nachdenken, was sich in dem Gras alles verstecken könnte. Bishop stoppte am Ufer des Baches. Obwohl ich als Beleuchtung nur das Scheinwerferlicht hatte, konnte ich genug sehen, um zu verstehen, warum es Bishop hier so gefiel.

„Wie schön", sagte ich.

Bishop stieg vom Quad. „Warte kurz, dann siehst du es wirklich."

Neugierig sah ich zu, wie er mit einer Taschenlampe am Ufer entlangging. Kurz danach erklang ein Geräusch wie von einem Rasenmäher. Plötzlich gingen rings herum Lichter an. Ich betrachtete die elektrischen Fackeln und Birnchen in den Bäumen.

Bishop kam zurück und ich fragte ihn: „Ihr habt einen Generator hierher geschleppt?"

Er nickte. „Den haben wir vor ein paar Wochen aufgestellt, als Rev und Annabel hier draußen geheiratet haben." Er zeigte auf das Wasser und die Lichtung. „Und, wie gefällt es dir hier, jetzt, wo du es besser sehen kannst?"

„Es ist atemberaubend schön. Ich verstehe, warum dein Bruder hier heiraten wollte."

Bishop lächelte. „Außer dass es schön ist, hat dieser Ort auch eine große Bedeutung."

„Für deine Familie?"

„Ja. Und historisch." Er kratzte sich im Nacken. „Wäre unser Geschichts-Nerd Rev hier, könnte er dir alles darüber erzählen."

„Es war doch nicht etwa früher ein blutiges Schlachtfeld oder so etwas?"

Bishop lachte. „Nein, nichts Gruseliges. Die Cherokee-Indianer sagten, dass das Wasser Heilkräfte hat. Sie kamen her, wenn sie körperlich krank waren." Er sah mich an. „Oder seelisch."

Ich hob erstaunt die Brauen. „Wirklich?"

Bishop machte ein Kreuzzeichen auf seiner Brust. „Pfadfinderehrenwort."

„Ich hätte nicht gedacht, dass du mich zu so einem bedeutenden Platz bringst. Ich dachte, du willst nur schwimmen und mich nackt sehen."

Bishop wackelte mit den Augenbrauen. „Das stimmt ja auch."

Ich lachte. „Das überrascht mich nicht, aber ich bin auch nicht enttäuscht."

„Das freut mich zu hören."

Als er mich berühren wollte, schüttelte ich den Kopf. „Ich finde, nachdem du mich so weit entführt hast, schuldest du mir was."

„Und was?"

Ich hob das Kinn. „Ich finde, du solltest dich zuerst nackt ausziehen."

Bishop grinste. „Gute Idee."

Er zog sich die Stiefel aus, das T-Shirt über den Kopf und warf es auf den Boden. Sein Blick verließ meinen nicht, als er langsam die Hose öffnete und sie noch langsamer sinken ließ. Mir war gar nicht aufgefallen, dass ich bis dahin fasziniert die Luft angehalten hatte. Doch als die Jeans an seinen muskulösen Schenkeln hinabglitt, atmete ich hörbar aus. Ich wusste zwar bereits, wie er sich in meinen Händen und in mir anfühlte, doch seinen großen Schwanz zu sehen, stand auf einem ganz anderen Blatt.

Stolz stand er vor mir. „Gefällt dir, was du siehst?"

„Die Vorderansicht ist echt gut", antwortete ich mit einem Lächeln.

Er streckte die Arme seitlich aus und drehte sich langsam um, damit ich ihn bewundern konnte. Auf der Brust, dem Rücken und den Armen hatte er viele farbige Tattoos, die unter den Bauchmuskeln und kurz über dem Hintern endeten. Und sein Hintern … war knackig und perfekt. Von festen Muskeln gestählt. Ich konnte mir gut vorstellen, ihn zu packen, während Bishop in mich stieß.

Nach einer vollen Umdrehung stemmte er die Hände in die Taille und sah mich an. „Jetzt bist du dran."

Ich glitt vom Quad und stellte mich vor ihn. Ich

verdeckte damit etwas das Licht, sodass Bishops Gesicht dunkler wirkte. Ich öffnete ein paar Knöpfe und zog mir das Kleid über den Kopf. Bishops heißer Blick setzte meine Haut in Flammen. Ich führte die Hände nach hinten und öffnete den BH. Als dieser ebenfalls auf dem Boden lag, zog ich mein Höschen aus.

Als ich splitternackt vor ihm stand, sah Bishop mich bewundernd an. „Du siehst einfach umwerfend aus."

Darüber musste ich wie ein liebeskrankes Schulmädchen lächeln. „Vielen Dank."

Er trat etwas vor, bis wir uns fast berührten. Als er sanft mein Gesicht umfasste, zuckte ich überrascht zusammen.

„Ich weiß noch, wie ich dich das erste Mal gesehen habe. Ich dachte sofort, dass du die schönste und exotischste Frau bist, die ich je gesehen habe."

„Wirklich?"

Sein Ausdruck wurde ernster. „Marley hätte mir die Fresse poliert, wenn er gewusst hätte, was ich an dem Abend über dich gedacht habe." Er schüttelte leicht den Kopf. „Und ich hätte jeden Schlag von ihm verdient, dafür, dass ich dich sofort in meinem Zimmer stundenlang vögeln wollte."

Ich spürte, dass er dabei war, emotional zu werden, was für uns beide nicht gut wäre, also brachte ich ihn zum Schweigen, und zwar gründlich. Ich nahm seinen halb erigierten Schwanz in die Hand. Bishop schnappte nach Luft und sein Penis zuckte und schwoll in meiner Hand an. Ich bewegte meine Hand auf und ab und Bishops Atemrhythmus glich sich meinen Bewegungen an. Er näherte sich mir, um mich zu küssen, doch ich ließ seine pulsierende Erektion los, lachte auf und rannte Richtung Wasser.

„Oh warte nur, dafür wirst du büßen", rief er mir hinterher.

„Dann komm und fang mich!" Ich planschte im Wasser herum. Als mich das kalte Wasser traf, hielt ich kurz die Luft an. Es dauerte einen Moment, bis ich mich daran gewöhnt hatte.

Als ich bis zur Hüfte im Wasser war, tauchte Bishop an meiner Seite auf. Seine starken Hände ergriffen mich in der Taille und ich zuckte beim Kontakt zusammen. Er hielt mich mit dem Rücken an seine Brust gedrückt und hob mich dann aus dem Wasser.

„Lass mich runter!"

Ich sah ihn an und er grinste unverschämt. „Mit Vergnügen."

Dann warf er mich ins tiefere Wasser. Ich hatte das Wasser vorher schon für kalt gehalten, doch von ihm vollständig umgeben zu sein, war noch einmal etwas ganz anderes. Spuckend und hustend kam ich an die Oberfläche.

„Du blöder Arsch!", rief ich und strich mir die nassen Haare aus dem Gesicht.

„Geschieht dir recht. Erst mich scharfmachen und dann stehen lassen." Bishop schwamm zu mir.

Ich lachte. „Okay, das stimmt wohl." Mit aller Kraft, die ich aufbringen konnte, tunkte ich seinen

Kopf unter Wasser. Als er wieder auftauchte, grinste ich ihn an. „Und du hast das verdient."

„Okay, da gebe ich dir recht." Er rieb sich übers Gesicht.

Ich ließ mich auf dem Rücken treiben und betrachtete den Himmel. „Kaum zu glauben, dass so ein schöner Ort mitten im Nichts existiert."

„Ich vergesse das manchmal. Dann brauche ich jemand anderen, der mich wieder darauf aufmerksam macht", sagte Bishop und trieb neben mir.

Ich sah ihn an und musste die nächste Frage einfach stellen. „Also bringst du viele Frauen zum Ficken hier raus?"

Er machte ein düsteres Gesicht. „Nein, eigentlich tue ich das ganz und gar nicht."

Ich sah wieder in den Himmel und bereute es, so eine Frage gestellt zu haben. Wie eine Zicke ohne Selbstvertrauen. Nach nur ein paar Wochen mit ihm benahm ich mich total untypisch für mich. Noch nie war ich in einer Beziehung der anhängliche Teil gewesen. Außerdem ging mich Bishops Liebesleben überhaupt nichts an. Egal was ich für ihn empfand, ich musste mich auf meine Aufgabe konzentrieren.

„Entschuldige bitte die blöde Frage", sagte ich leise.

Er erhob sich aus dem Wasser und ich ebenso. Sein ernster Ausdruck verursachte mir ein ungutes Gefühl im Bauch. Ich rechnete damit, dass er mich wütend jeden Moment wieder ins Clubhaus fahren würde. Doch wie immer überraschte Bishop mich.

„Hör mal, Sam, es lässt sich einfach nicht leugnen, was für eine Art Mann ich bin. Eine männliche Hure, Schlampe, ein Womanizer." Er atmete tief durch. „Aber vielleicht bemühe ich mich, nicht immer so betrachtet zu werden. Genau wie ich berufliche Träume habe, habe ich auch persönliche."

Etwas in meiner Brust zog sich zusammen und mir fiel das Atmen schwer. „Wirklich?"

Er nickte. „Ich hatte nie vor, einer der Männer im Club zu werden, die fünfzig oder sechzig sind und immer noch alles ficken, was nicht bei drei auf dem Baum ist. Ich wünsche mir ein Zuhause, eine Familie. Ich will, was mein alter Herr mit meiner Mutter hatte, bevor er alles weggeworfen hat, nur um es bis zu seinem Tod zu bereuen. Ich will, was Deacon und Rev haben."

Ich wusste nicht, was ich sagen sollte. In diesem Moment war ich nicht sicher, ob ich überhaupt zum Sprechen in der Lage war. Ich starrte ihn nur bewundernd an.

Bishop lachte über meinen Gesichtsausdruck. „Das hat dich wohl geschockt, was?"

Ich nickte und leckte mir über die Lippen. „Aber auf positive Weise."

„Echt?"

Ich lächelte. „Ja. Ich müsste eine verbitterte Hexe sein, wenn mich das nicht berühren würde." Ich nahm die Hände aus dem Wasser und umfasste seine Wangen. „Du verdienst es, dass all deine Wünsche in Erfüllung gehen, besonders der nach einer Familie."

„Danke", sagte Bishop leise.

Er nahm mich in seine Arme. Unsere nasse Haut verband uns miteinander, Brust an Brust, Herz an Herz. Bishop sah mir eine Weile in die Augen und legte dann die Lippen auf meine. Ich stöhnte in seinen Mund. Verdammt, der Mann konnte küssen. Ein Blitz aus kribbelnder Energie durchfuhr mich von Kopf bis Fuß. Seine Zunge stieß in meinen Mund, ich streichelte seinen Rücken und mit den Fingerspitzen über seine Muskelstränge.

In diesem Moment vergaß ich Gavin und den Fall völlig, der mich so lange beschäftigt hatte. Physisch gesehen wollte ich bei Bishop sein wegen dem, was er meinem Körper gab, und nicht wegen meiner Karriere. Doch ich wollte auch auf mentaler Ebene bei ihm sein. Wegen dem, wer er war. Wegen seiner Freundlichkeit, Zärtlichkeit und seinem guten Herzen, das er mir ständig bewies. Wieder einmal verschwommen die Grenzen, doch ich fühlte mich so gut bei ihm, dass mir die Konsequenzen egal waren.

Als Bishops Hand an mir hochglitt und er sie auf meine Brust legte, unterbrach ich den Kuss. „Ich dachte, wir sind zum Schwimmen hier", hauchte ich.

„Nein, das war nur eine Ausrede, um dich herzukriegen und dich noch mal zu ficken", antwortete er und küsste an meinem Hals entlang zu meiner Brust.

Ich lachte. „Wenigstens bist du ehrlich."

Bishop grinste. „Ich nehme das Ficken sehr ernst."

„Ich bin ein Glückspilz." Er schloss den Mund um meinen Nippel. Seine Zunge kreiste darum und ich neigte den Kopf in den Nacken. Er küsste und leckte sich den Weg zu meiner anderen Brustwarze und ich betrachtete den Sternenhimmel. Es gab wohl keine bessere Umgebung, um mit jemandem zusammen zu sein. Es war schön, verboten und romantisch.

„Ich glaube, es wird Zeit, an Land weiterzumachen", sagte er.

„Aber es ist so schön im Wasser", protestierte ich.

Bishop lachte in sich hinein. „Ja, wunderbar, aber im kalten Wasser kann ich ihn nicht hart halten."

Ich lachte über seine Offenheit. „Dann, um Himmels willen, nichts wie raus hier."

Bishop hob mich an und ich schlang die Beine um seine Taille. Er trug mich aus dem Wasser. Die kalte Nachtluft strich über meine nasse Haut und verursachte mir eine Ganzkörpergänsehaut. Am Ufer ließ er mich sanft auf die Wiese sinken. Die langen Grashalme kitzelten meinen Rücken.

„Hast du es schon mal unter den Sternen getan?" Er schwebte über mir.

„Nein. Man könnte sagen, dass du mir heute mit dem ganzen Sex im Freien die Freiland-Unschuld nimmst."

Bishop lachte. „Ich fühle mich geehrt." Ich wollte ihn neben mich ziehen, doch er schüttelte den Kopf. „Einen Moment noch."

Ich jammerte ein bisschen, als er sich von mir erhob. Er ging zu unserem Kleiderhaufen und holte ein weiteres Kondom aus seinem Geldbeutel. Ich stützte mich seitlich auf dem Ellbogen auf. „Schön, dass du jederzeit Kondome bei dir hast."

Zumindest dachte er daran, verlegen auszusehen. „Äh, nun, es ist immer gut, vorbereitet zu sein." Er riss die Verpackung auf.

„Ich bin froh, von deiner Planung zu profitieren", scherzte ich.

Er sank neben mich und ging dann auf die Knie. Mit beiden Händen drückte er meine Beine auseinander. „Apropos Vorbereitung. Es ist Zeit, dich auf mich vorzubereiten."

Ich kicherte. „Du meinst wohl eher, mich auf deinen gigantischen Schwanz vorzubereiten."

Er grinste. „Verdammt richtig."

Ich zwinkerte ihm zu. „Dann tu, was du tun musst."

Ehe ich mich versah, vergrub Bishop sein Gesicht zwischen meinen Beinen und brachte mich dazu, vor Lust aufzuschreien. Ich kniff die Augen zu und ließ mich von den Gefühlen davontragen, die sein Lecken und Saugen an meiner Klit verursachten. Der Mann konnte nicht nur gut küssen, sondern wusste auch, wie man eine Frau verwöhnte. Er musste nicht einmal seine Finger einsetzen, damit ich mich im Gras wand, wiederholt vor Verlangen fluchte und seinen Namen schrie. Sein Mund und speziell seine Zunge waren alles, was er dafür brauchte. Wieder und wieder leckte er über meine nasse Mitte, drang in mich ein und kreiste um meine Klit.

Die Lust wollte nicht aufhören, denn immer, wenn ich kurz davor war, zu kommen, hörte Bishop auf und steigerte damit das Verlangen bis zu einem Punkt, an dem ich dachte, eventuell gleich das Bewusstsein zu verlieren.

Endlich ließ er mich kommen. Noch nie hatte ich mich derartig einem Mann ausgeliefert. Doch ich war sehr froh, dass ich ihm erlaubt hatte, das zu tun, was er so gut beherrschte.

Mich durchzuckten noch die Nachbeben des Höhepunktes, als Bishop zwischen meinen Beinen auftauchte. Er drang in mich ein, dehnte mich und füllte mich aus.

„Himmel, du fühlst dich so gut an", sagte er leise und begann mit einem quälenden Tempo.

Ich schlang die Beine um ihn und zog ihn tiefer in mich. Mit den Hüften kam ich seinen Stößen entgegen. Ich war erneut kurz davor, da hielt er inne.

„Was ist …", begann ich, doch er brachte mich mit einem Kuss zum Schweigen. Seine Zunge drang in meinen Mund und ich schmeckte mich selbst an ihm. Langsam zog er sich zurück und stieß erneut tief in mich.

„Oh Gott", murmelte ich. Das harte und schnelle Ficken war zwar gut, aber das hier war noch besser. Bei seinen langsamen Bewegungen spürte ich jeden Zentimeter von ihm. Vor allem gefiel mir, wie sich sein Mund und seine Zunge seinen Hüftbewegungen anpassten. Doch ich wollte nicht näher darüber nachdenken, dass es sich jetzt mehr nach Liebemachen anfühlte als nach Ficken. Im Freien zu sein, auf dem Gras und unter den Sternen, machte es noch romantischer.

Er unterbrach den Kuss und sah mir in die Augen. Noch nie hatte ich mich mit einem Liebhaber so eng verbunden gefühlt. Es war so intensiv, dass ich die Augen schließen und das Gesicht an seinem Hals verstecken musste. Alles nur, um mich nicht auf meine Empfindungen einzulassen.

Bishops Atem wärmte mein Ohr. „Mach die Augen auf, Sam." Als ich es wagte, ihn wieder anzusehen, lächelte er. „Ich möchte dir in die Augen sehen, wenn du kommst."

„Hast du das eben wirklich gesagt?", plapperte ich, ehe ich mich zurückhalten konnte.

Bishop hielt die Hüften still. „Das war nicht nur ein Spruch. Ich meine es ernst."

„Ich weiß, und genau das ist das Problem."

Er knabberte an meiner Unterlippe. „Frau, du sprichst in Rätseln."

„So sollte es nicht sein", wisperte ich.

Bishops Ausdruck machte klar, dass er genau wusste, wovon ich sprach. „Hör auf, zu analysieren, und fühl einfach nur."

„Okay."

Langsam begann er, wieder in mich zu gleiten. Ich hielt seinen Blick. Sogar als er meine Klit streichelte, um mich zum Kommen zu bringen. Während ich mich um ihn zusammenzog, sah ich ihn weiterhin an. Ich wusste nicht, ob ich je etwas so körperlich und emotional Tiefes gefühlt hatte.

Nach ein paar Stößen stöhnte Bishop und kam in mir. Er unterbrach den Blickkontakt nur, um mich zu küssen.

Dann zog er das Kondom aus und warf es zur Seite. Obwohl ich gern so viel gesagt und gefragt hätte, gab es keine Worte zwischen uns. Ich ließ meine Gefühle der Zufriedenheit und extremer Befriedigung einfach zu.

Ebenso ließ ich mich von ihm auf die Seite rollen und war überrascht, als er sich in der Löffelchenstellung hinter mich legte. Nie hätte ich ihn für einen Schmuser nach dem Sex gehalten. Er schien mehr der Rein-raus-dankeschön-Typ zu sein. Es war schon wieder einer seiner vielen charakterlichen Widersprüche.

„Ich wusste, dass es mit dir fantastisch sein würde", wisperte er, was mir das Herz wärmte.

So in seinen Armen im Gras zu liegen, die Beine ineinander verschlungen, fühlte ich mich unglaublich sicher und beschützt. Ich schloss die Augen, seufzte zufrieden und sank in den Schlaf neben dem Mann, der einst mein Feind gewesen war.

Sonnenlicht streichelte mein Gesicht und weckte mich aus einem tiefen Schlaf. Ich wollte mich strecken und merkte, dass ich nicht allein war. Ein männlicher Arm lag über mir und seine Hand auf meiner Brust. Wie ein Schlag traf mich die Erkenntnis, dass ich gar nicht in meinem warmen und sicheren Schlafzimmer war. Ich war nackt und erwachte in einem Bett aus Gras.

Ich hatte mit Bishop geschlafen. Sogar zweimal, wenn ich richtig zählte. Das köstliche Wundsein zwischen meinen Beinen erinnerte mich daran, wie gut es mit meinem gut bestückten Liebhaber gewesen war. Ich konnte mich an kein anderes sexuelles Erlebnis erinnern, das derartig unvergesslich gewesen war, und schon gar nicht mit einem Mann, dessen Schwanz groß genug war, dass er selbst am nächsten Tag noch eine spürbare Erinnerung hinterlassen hatte.

Ich betrachtete Bishop, der immer noch schlummerte, über meine Schulter. Der Anblick brachte mich zum Schmunzeln. Fast wirkte er wie ein Junge, und Haare fielen ihm über die Stirn. Ich verspürte den Drang, sie mir um den Finger zu wickeln. Seine breite Brust hob und senkte sich. Bei Tageslicht konnte ich die Tattoos besser erkennen. Normalerweise fand ich sie an Männern nicht besonders attraktiv. Aber an Bishop wirkten sie ganz anders.

Ich setzte mich auf und meine Muskeln schmerzten überall. Auf dem Boden zu schlafen, kombiniert mit intensivem Sex, fühlte sich an, wie von einem Bus überfahren worden zu sein. Ähnlich kaputt fühlte ich mich seelisch. Zwar bereute ich nicht, mit ihm geschlafen zu haben, doch ich war emotional aufgewühlt. Je länger ich mit Bishop und den Raiders zusammen war, desto weniger konnte ich sie als die Gesetzlosen sehen, für die ich sie gehalten hatte. Ich musste etwas übersehen haben. Etwas, das sie zur Zielscheibe der Agency gemacht hatte.

Ich legte mich wieder hin und streichelte Bishops Gesicht und seine Lippen mit dem Daumen. „Aufwachen, Schlafmütze."

Bishop rührte sich. Seine Lider flatterten und dann sah er mich an. Er weitete erstaunt die Augen, sah sich um und dann wieder mich an.

„Oh fuck", murmelte er und rollte sich von mir fort.

„Wow, das ist nicht ganz die Reaktion, die ich erwartet habe", sinnierte ich und versuchte, nicht so verletzt über seine Reaktion zu klingen, wie ich es tatsächlich war.

Bishop stöhnte auf und setzte sich. „Das tut mir leid. Wirklich."

„Was stimmt denn nicht?", fragte ich.

„Alles", murmelte er.

Ich setzte mich neben ihn. „Würdest du mir bitte verraten, was in deinem Kopf vorgeht, abgesehen von Morgen-danach-Schuldgefühlen?"

Er sah mich an und atmete gequält aus. „Ich bin ein verdammtes Arschloch."

Erstaunt hob ich die Brauen. „Wieso das denn?"

„Himmel, Sam, gestern Abend hat sich alles so richtig angefühlt, aber jetzt, bei Licht betrachtet …" Er fuhr sich mit der Hand übers Gesicht. „Ich habe gedacht, dass es mich nicht fertigmachen würde, aber das tut es. Verflucht noch mal, das tut es."

Vorsichtig berührte ich seine Wange. „Bishop, ich verstehe kein Wort."

Er schloss die Augen. „Marley."

Zwar hatte ich damit gerechnet, dass er Gavin ansprechen würde, doch es war schwer, es tatsächlich zu hören. Es erinnerte mich an eine andere Wiese. An die, auf der ich Gavin gehalten hatte, als er starb. Der Gedanke an ihn tat sehr weh. Ich konnte nichts gegen den scharfen Schmerz in der Brust tun oder dass ich nach Luft schnappte. Ich betrachtete das Wasser, ehe ich meine Stimme wiederfand.

Doch bevor ich etwas sagen konnte, sprach Bishop weiter. „Auch wenn Marley kein eingepatchter Bruder war, habe ich trotzdem eine Grundregel gebrochen. Man macht nicht mit der Freundin oder Old Lady eines Bruders rum." Er öffnete die Augen und sah mich an. „Deshalb bin ich ein verdammtes Arschloch."

„Nein, das bist du nicht. Du bist ein viel zu guter Mann, um je ein verdammtes Arschloch zu sein."

„Aber ich wollte dich schon, bevor Marley gestorben ist. Und dabei ging es mir nicht nur ums Ficken. Ich wollte mit dir haben, was du mit Marley hattest. Und nachdem er gestorben war, wollte ich dich immer noch, und ich bin ein herzloser Bastard, dass ich mich an dich rangemacht habe."

„Bishop, das ist völlig in Ordnung. An dem, was wir gestern gemacht haben, ist nichts falsch."

„Oh doch. Und solange ich noch einen Rest Anstand besitze, wird es nie wieder passieren."

Mein Herz schien auszusetzen. Was er da sagte,

implizierte noch so viel mehr. „Das ist nicht dein Ernst."

„Doch. Jedes Mal, wenn ich daran denke, dich ficken zu wollen, besudele ich Marleys Andenken." Er schluckte schwer, als ob er versuchte, Tränen zurückzuhalten. „Ich weiß, dass du furchtbar um ihn trauerst, und ich habe das ausgenutzt. Aber ich verspreche dir, dass du dir darüber keine Sorgen mehr machen musst."

Um ihn trauern. Ja. Absolut. Aber ich durfte nicht so denken. „Du irrst dich. Ich wusste genau, womit ich gestern einverstanden war."

„Das denkst du jetzt. Aber was ist später, wenn dir bewusst wird, was wir getan haben? Du wirst mich dafür hassen, dass ich es zugelassen habe."

„Da gibt es nichts, was mir erst bewusst werden muss. Ich wollte mit dir schlafen. Und ich will wieder mit dir schlafen. Aber vor allem mag ich dich sehr."

Bishops Ausdruck wurde ein bisschen lockerer. „Wirklich?"

„Ja, ganz ehrlich."

Er schien kurz glücklich über mein Geständnis zu sein, doch dann sah er wieder besorgt aus. „Aber Marley …"

„Ist gestorben. Aber wir beide sind noch da."

Bishop schüttelte den Kopf. „Er war mein Freund. Das kann ich ihm nicht antun … oder seinem Andenken."

Er stand auf, und ich wusste, dass er es ernst meinte. Im Grunde seines Seins war Bishop ehrenhaft, und auch wenn er es hassen würde, würde er mich aus seinem Leben ausschließen. Das konnte ich nicht zulassen. Ich musste ein Teil seiner Welt bleiben. Teilweise wegen des Falls, aber ich musste zugeben, dass es auch wegen meiner Gefühle für ihn war. Was mich sehr aufwühlte.

Es gab nur einen Ausweg. Es fühlte sich so gefährlich an, wie von einer Klippe zu springen. Aber verzweifelte Situationen erfordern verzweifelte Maßnahmen.

Ich blickte zum Himmel und konnte fast Gavins Stimme hören. *Ach, mach schon, Vargas, oute mich. Ich bin tot. Was kann schon passieren?*

Ich atmete tief durch, versuchte, meine Nerven zu beruhigen, und erhob mich. „Hör mal, ich muss dir was über Marley sagen, was vielleicht deine Meinung ändern wird."

„Was meinst du?" Er zog sich seine Jeans an.

„Ich hatte nie eine Liebesbeziehung mit Marley."

Verwirrt runzelte Bishop die Stirn. „Was soll das heißen?"

„Marley war mein Freund, und ich habe alles getan, was ich konnte, um ihm zu helfen, wenn er mich brauchte. Als er anfing, bei euch rumzuhängen und ein Teil der MC-Welt sein zu wollen, hat er mich als seine Freundin gebraucht."

Bishop starrte mich ungläubig an. „Du warst gar nicht seine feste Freundin?"

„Nein."

„Ihr zwei wart gar kein echtes Paar?"

„Nein. Nur allerbeste Freunde."

Ich wappnete mich innerlich für seine Rache, doch er schüttelte lediglich den Kopf. „Sag mir nur eins."

„Ja?"

„Warum zur Hölle hätte er das von dir verlangen sollen?"

„Weil Marley schwul war."

Kapitel 15

Bishop

E s gab Momente im Leben, in denen einem völlig unerwartet der Teppich unter den Füßen weggezogen wurde und man auf dem Arsch landete.

Dies war einer dieser Momente, nur noch viel intensiver. Völlig sprachlos stand ich wie angewurzelt da, wie eine verblödete Statue oder so etwas. Wahrscheinlich erkannte Samantha meinen Schock, denn sie wiederholte die Botschaft.

„Marley war schwul."

Ich blinzelte und versuchte, das Gesagte zu verinnerlichen. „Du verarschst mich doch."

„Nein, Bishop, das tue ich nicht."

Ich warf die Hände in die Luft. „Dann erzählst du mir das nur, damit ich mich weiter mit dir treffe."

Samantha verdrehte die Augen, schnappte sich ihr Kleid und zog es an. „Wow, du musst ein ganz schön aufgeblasenes Ego haben, wenn du glaubst, dass ich so weit gehen würde, ganz abgesehen davon, dass ich verdammt psychotisch sein müsste, um mir so etwas auszudenken, nur um dich behalten zu können."

„Okay, es tut mir leid. Es war dumm von mir, das zu denken und erst recht, es auszusprechen."

„Ganz genau", sagte sie schnippisch und zog sich ihr Höschen an.

Ich musste es einfach laut sagen. „Marley war also schwul."

Samanthas Ja klang wütend.

„Verdammte Scheiße", murmelte ich und lief auf der Lichtung auf und ab. Diese wenigen Worte hatten eine lebensverändernde Wirkung. Wenn sie recht hatte, änderte das alles zwischen uns. Es löschte alles aus, was ich mir vorgeworfen hatte, außer der Schuld an seinem Tod.

Heilige Scheiße.

Marley und Samantha waren nie ein Liebespaar gewesen. Die ganze Zeit hatten mich die Schuldgefühle lebendig aufgefressen, und das alles für nichts. Ich sprach meine Gedanken laut aus. „Aber wie kann Marley schwul gewesen sein? Er war ein echter Kerl, fuhr ein Bike und arbeitete als Mechaniker, verdammt noch mal."

„Erzähl mir nicht, dass du an diese ganzen Klischees glaubst", sagte Sam. Sie kreuzte die Arme vor der Brust und sah mich düster an.

„Entschuldige. Ich bin gerade etwas überwältigt und versuche zu verdauen, dass mein Freund nicht nur schwul war, sondern mich auch belogen hat." Ich blieb stehen. „Und warum zum Geier hat er mir nicht die Wahrheit gesagt?"

„Er wusste, um wirklich bei euch reinzupassen und voll akzeptiert zu werden, konnte er sich nicht outen."

„Das ist doch verrückt. Uns wäre es völlig egal gewesen, ob er schwul war oder nicht."

Samantha hob skeptisch die Augenbrauen. „Ach, wirklich? Du hast selbst eben lauter Klischees von dir gegeben."

„Ich stehe unter Schock, okay? Da sage ich Sachen, die ich nicht so meine."

„Gut, dann sag mir, wie viele geoutete Schwule ihr im Club habt." Als ich nicht sofort antwortete, schnaubte sie. „Siehst du."

Ich legte die Hände auf ihre Schultern. „Du hast recht, wir haben nicht viele geoutete Schwule im Club, und wahrscheinlich wäre er tatsächlich schwer reingekommen, wenn er sich geoutet hätte. Aber schwul oder nicht, er war trotzdem jemand, der mir etwas bedeutet hat. Ziemlich viel sogar."

„Das hätte ihn gefreut."

„Und du als seine vertraute Freundin hast einfach so bei seinen Lügen mitgemacht?"

„Ich würde es bei ihm eher Selbstschutz nennen als Lügen. Und ja, weil ich ihn geliebt habe und alles getan hätte, um ihm zu helfen. Und wenn ich seine Freundin spielen musste, dann war ich einfach nur froh, ihm helfen zu können."

Ich fuhr mir mit der Hand durchs Haar. „Das ist alles total verrückt und ändert alles."

„Wirklich?"

„Na klar. Ich habe mich seit Monaten innerlich zerfleischt, weil ich die Freundin eines Bruders wollte, und jetzt kommt raus, dass gar nichts Romantisches zwischen euch war."

„Na ja, schließlich habe ich auch mit dir geflirtet."

„Das habe ich einfach für Spaß gehalten. Als wolltest du als ältere Frau mit mir als jüngerem Mann spielen."

Sam rollte mit den Augen. „Du musst wirklich daran arbeiten, mit unserem Altersunterschied zurechtzukommen." Sie stach mir mit dem Zeigefinger in die nackte Brust. „Eine Frau kann damit umgehen, wegen einem jüngeren Mann aufgezogen zu werden, aber auf keinen Fall will sie die Worte ältere Frau hören."

Ich verzog das Gesicht. „Okay, ja, ich arbeite daran."

„Hoffentlich."

Ich schob eine Haarsträhne aus ihrem Gesicht. „Ich verspreche, es wiedergutzumachen, wenn wir das nächste Mal allein sind."

Ihre Stirn glättete sich und sie lächelte. „Dafür werde ich schon sorgen." Sie küsste mich sanft und sah mich dann intensiv an. „Da du jetzt die Wahrheit kennst, gibst du uns beiden eine Chance?"

Jetzt, wo ich wusste, dass ich Marley nicht hintergangen hatte, gab es keinen einzigen Grund mehr, weshalb ich Sam nicht daten sollte. Ich zog sie eng an mich und lächelte sie an. „Verdammt, ja."

„Gut." Sie nickte zum Quad hinüber. „Können wir jetzt zurückfahren? Ich verhungere und brauche dringend eine Dusche."

„Yep. Ich stelle nur noch den Generator ab." Als

das erledigt war, saß Samantha bereits auf dem Quad. Ich sah sie an. „Hör mal, ich muss dich noch etwas fragen."

„Okay."

„Ist da noch etwas anderes, was du mir erzählen musst? Dass du in Wahrheit ein Mann bist, oder so etwas?"

Samantha schnaubte. „Nach dieser Nacht solltest du eigentlich diesen Zweifel nicht mehr haben."

Ich wackelte mit den Augenbrauen. „Habe ich auch nicht. Ich will nur keine weiteren Geheimnisse mehr zwischen uns."

Sie wirkte leicht betrübt. „Es gibt keine mehr."

„Und Marley hat mich nur über seine Sexualität belogen, oder?"

Sam nickte. „Sonst hat alles gestimmt ... zumindest, soweit ich es weiß."

„Ich schätze, wir werden nie alle Geheimnisse über Marley erfahren, was?"

„Vermutlich nicht."

„Manchmal ist es okay, ein bisschen mysteriös zu sein", sagte ich und küsste Samanthas volle Lippen. Ich stieß die Zunge in ihren Mund und in diesem Moment knurrte ihr Magen. Ich grinste. „Du hast nicht gelogen, dass du Hunger hast."

„Sorry."

„Kein Grund, dich zu entschuldigen. Ich muss lernen, meiner Frau was zu essen zu geben, wenn ich sie die ganze Nacht wachhalte und ihren Appetit anrege."

Samantha lachte. „Meine Frau? Du klingst wie ein

Höhlenmensch."

Ich setzte mich vor sie auf den Sitz und drehte mich zu ihr um. „Vergiss nur nicht, dass du meine Frau bist."

„Ach, stimmt das, Neandertaler?", fragte sie neckend.

„Und wie das stimmt."

Sie schlang die Arme um meine Taille. „Ich glaube, es gibt Schlimmeres, als die Frau eines Neandertalers zu sein."

„Ich will dich sagen hören, dass du meine Frau bist."

„Ernsthaft, Bishop?"

„Sag es", befahl ich und startete das Quad.

Samantha reckte das Kinn und sah in den Himmel.

„Ich bleibe so lange hier stehen, bis du es gesagt hast, egal wie hungrig du bist."

„Ich nehme keine Befehle entgegen", sagte sie und betrachtete weiter die Wolken.

Ich drehte mich um, packte sie in der Taille und setzte sie auf meinen Schoß.

„Bishop, was soll …"

Ich brachte sie mit einem Kuss zum Schweigen. Gleichzeitig schob ich eine Hand zwischen ihre Beine. Ich streichelte über ihr Höschen und sie schnappte nach Luft. „Sag es, Samantha."

Sie wimmerte leise und bewegte die Hüften zu meiner Hand.

„Sag, dass du meine Frau bist, oder ich lasse dich nicht kommen."

„Du kämpfst mit unfairen Mitteln", hauchte sie.

„Das stimmt. Und ich bekomme immer, was ich will." Ich strich mit den Fingern über ihren Bauch, und sie sog die Luft ein und stieß sie wieder aus, als ich zwei Finger in sie steckte. „Wirst du es jetzt sagen?"

Sie sah mir in die Augen. „Ich bin deine Frau, du verdammter Neandertaler."

Ich bog den Kopf in den Nacken und lachte. „So kann man es auch ausdrücken."

Sie rieb ihre Mitte an meiner Hand. „Und jetzt bring mich zum Kommen."

„Ich gebe die Befehle hier."

Sie griff in meine Haare und zog daran. „Wenn du es mir jetzt nicht besorgst, lasse ich dich eine Woche nicht mehr ran. Wenn nicht länger."

Ich stöhnte. „Oh Mann, du verhandelst hart."

Sie grinste. „Und du überlässt deinem Schwanz die Entscheidungen."

„Ich bin eben ein Mann."

„Stimmt. Sehr wahr."

Ich stieß härter mit den Fingern in sie. Sie zog meinen Kopf näher und wir küssten uns wild. Unsere Zungen kämpften genauso miteinander wie meine Hand und ihre Hüften. Als sie kam, stöhnte sie in meinen Mund. Ich lehnte mich leicht zurück und beobachtete, wie sie die Augen zukniff vor Lust und sich auf die Unterlippe biss. Sie war so verdammt heiß, wenn sie kam.

Ihre inneren Wände saugten an meinen Fingern und ich zog die Hand zurück.

Samantha lächelte träge. „Eigentlich würde ich lieber auf Frühstücken und Duschen verzichten, hierbleiben und den ganzen Tag mit dir vögeln."

„Klingt nach einem guten Plan."

Sie legte die Hand auf meine Brust und schob mich von sich. „Gib mir erst etwas zu essen, und dann reden wir noch mal darüber, den ganzen Tag zu vögeln."

„Du könntest auch etwas von meinem Körper herunteressen."

Sie rollte mit den Augen. „Du bist unmöglich."

„Aber du liebst mich trotzdem."

Sie wurde ernst. „Noch nicht, aber ich habe das Gefühl, dass du es schaffen wirst, dass ich mich in dich verliebe."

Bei dieser Antwort hämmerte mir das Herz in der Brust. Zwar hatte ich Liebe nur zum Spaß erwähnt, doch ich fühlte mich immer mehr zu ihr hingezogen. Sie war das Erste, woran ich morgens dachte, und das Letzte am Abend. Bedeutete das, dass ich sie liebte? Ich war noch nie verliebt gewesen, und jetzt konnte ich mir gar nicht mehr vorstellen, mit einer anderen Frau zusammen zu sein.

Mit ihrem Duft an den Fingern und ihrem Geschmack im Mund, gepaart mit ihrem wunderschönen Körper eng an mir, startete ich den Motor.

Gut, dass Sam hinter mir saß, da konnte sie das alberne Grinsen, das ich auf dem ganzen Nachhauseweg im Gesicht hatte, nicht sehen.

Ganz der Gentleman fuhr ich Samantha direkt nach Hause, anstatt das Quad wieder im Wald stehen zu lassen.

Als wir in meine Einfahrt fuhren, liefen Leute auf dem Gelände herum, die nach der Party langsam zum Leben erwachten. Wahrscheinlich waren einige gar nicht im Bett gewesen und begrüßten den Sonnenaufgang mit schalem Bier. Ich selbst hatte das bereits ein paarmal erlebt.

Ich führte Samantha meine Vordertreppe hinauf. Nachdem wir eingetreten waren, ging Sam in die Küche.

„Was hast du vor?", fragte ich sie.

„Frühstück machen."

„Sorry, Babe, aber hier wirst du nichts Essbares finden."

Sie neigte den Kopf zur Seite. „Du hast eine voll eingerichtete Küche, aber keine Lebensmittel?"

„Ich könnte jetzt lügen und behaupten, dass ich bloß nicht einkaufen war, oder die Wahrheit sagen, nämlich, dass meine Mutter mich verwöhnt und meine Mahlzeiten kocht."

Samantha weitete die Augen. „Du machst Witze."

„Leider nein. Früher hat sie dreimal am Tag das Essen für all ihre Söhne gemacht, aber seit Rev und Deacon verheiratet sind, kocht sie nur noch für mich."

Samantha stieß einen leisen Pfiff aus. „Ist deiner Mutter nicht bewusst, dass sie dich für jede Frau versaut? Bitte sag mir, dass sie nicht auch noch deine Wäsche macht."

Ich runzelte die Stirn. „Nein, Klugscheißer. Das schaffe ich tatsächlich allein. Aber Beth liebt das Kochen, und es gibt ihr eine Aufgabe, seit sie in Rente ist."

Überzeugt hob Sam die Hände. „Okay. Bei dir frühstücken ist also gestrichen. Wo bekomme ich dann etwas zu essen her?"

„Nach einer Party findet meistens ein großes Frühstück im Clubhaus statt." Außerdem machte Mama Beth für gewöhnlich ein Sonntagsfrühstück, doch ich hielt es für besser, mit Samantha ins Clubhaus zu gehen. Auf blöde Bemerkungen von Rev und Deacon vor Sam hatte ich jetzt keine Lust.

„Gott sei Dank. Kann ich noch kurz duschen?"

„Das solltest du lieber später machen. Wir müssen los, bevor die Horden über das Büfett herfallen und nichts mehr übrig ist."

„Und warum springst du nicht schnell unter eine Dusche und ich unter die andere?"

„Gute Idee, außer, dass ich nur ein Badezimmer habe."

Sie schlenderte zu mir und schlang die Arme um meinen Hals. „Das könnte ein Problem sein, wenn ich nicht so ein großzügiger Mensch wäre und mein Wasser mit dir teilen würde."

„Wie überaus freundlich von dir." Ich legte die Hände auf ihre Hinterbacken.

„Ich gebe mir Mühe."

Sie rieb ihren Unterleib an meinem. Ich stöhnte auf. „Wenn ich mit dir unter die Dusche gehe, schaffen wir es niemals rechtzeitig zum Frühstück."

„Nicht mal bei einem Quickie?"

„Du und Quickies, das gehört nicht in denselben Satz. Ich und mein Schwanz nehmen uns lieber Zeit mit dir."

Samantha lachte. „Verstehe." Sie trat ein paar Schritte zurück und nahm den Saum ihres Kleides in die Hand. „Gibt es etwas, womit ich deine Meinung ändern könnte?"

„Nein, ich …"

Ehe ich zu Ende sprechen konnte, flog mir ihr Kleid ins Gesicht. Es fiel zu Boden und ich durfte Sams Figur bestaunen. Die erstklassige Verführerin umfasste ihre Brüste und zwickte sich selbst in die harten Nippel.

Sie deutete auf die Wölbung in meinem Schritt. „Ich glaube, euch beiden gefällt, was ihr seht."

„Du bist böse."

„Ich bekomme gern meinen Willen. Das haben wir wohl gemeinsam."

„Das könnte ein echtes Problem werden, wenn keiner von uns nachgeben will."

„Ja, aber diesmal sitze ich am längeren Hebel." Langsam stieg sie aus ihrem Höschen. Splitternackt sah sie mich an. „Soll ich das Wasser andrehen gehen?"

Zu gern wäre ich stark geblieben, doch bei einem pochenden Schwanz und einer wunderschönen nackten Frau konnte ich unmöglich Nein sagen.

„Bishop, du hast meine Frage nicht beantwortet." Sie legte eine Hand auf meine Erektion. Ich stöhnte auf und stürzte mich auf sie. Samantha kicherte. „Ich glaube, das beantwortet meine Frage."

„Geh das Wasser anstellen", befahl ich.

Samantha zog mir das T-Shirt aus. „Jawohl, Sir!" Mit provokativ schwingenden Hüften ging sie Richtung Schlafzimmer.

Ich wollte ihr soeben folgen, da klopfte es an der Tür. „Fuck!", stöhnte ich und drehte um. Als ich öffnete, stand Mama Beth vor der Tür.

„Hi, mein Schatz, du warst nicht beim Frühstück, da habe ich mir Sorgen gemacht."

Ich kratzte mich im Nacken und dachte fieberhaft über eine Ausrede nach. Ich öffnete den Mund, da erschien Samantha im Wohnzimmer. Sie trug nur mein T-Shirt.

„Bishop, mir wird langsam kalt ohne dich", rief sie.

Mama Beth sah an mir vorbei und verinnerlichte Samanthas Anblick. Samantha schnappte nach Luft und errötete. Sie zerrte an dem T-Shirt, um sicherzugehen, dass sie vollständig bedeckt war.

„Oh, du warst also beschäftigt", sagte Mama Beth.

„Ja. Ich hätte dich anrufen sollen. Ich weiß ja, dass du mich zum Frühstück erwartest."

„Das stimmt. Und ich erwarte, dass du rüber-kommst, sobald du fertig bist." Sie sah Samantha streng an. „Diese Einladung gilt auch für dich."

„Vielen Dank, Mrs. Malloy. Das ist sehr nett", sagte Samantha eingeschüchtert.

Fast musste ich lachen, weil sie so unterwürfig

war.

„Dann gehe ich jetzt lieber rüber und wärme das Frühstück auf."

„Das musst du nicht machen. Wir sind absolut in der Lage, uns selbst was aufzuwärmen."

„Ich weiß, aber es macht mir nichts aus." Sie tätschelte meine Wange, als wäre ich ein Fünfjähriger. Scham durchflutete mich. Mit Sicherheit tat sie das nicht aus Liebe, sondern um mich zu necken. „Bis gleich."

„Bis gleich, Mama."

„Bis gleich, Mrs. Malloy."

Als die Tür hinter Mama Beth zufiel, stöhnte Samantha und legte die Hände vors Gesicht. „Oh mein Gott! Wie furchtbar!"

Ich lachte und ging auf sie zu. „Babe, das ist keine große Sache."

Sie nahm die Hände runter und sah mich zweifelnd an. „Deine Mutter hat mich nicht nur halb nackt gesehen, sie hat auch gehört, dass ich über Sex geredet habe. Außerdem weiß sie, dass du das Frühstück verpasst hast, weil wir miteinander ficken."

„Das weiß sie nicht." Samantha sah mich fragend an. „Wir hätten auch geschlafen haben können, nachdem wir gefickt haben."

Samantha schlug mir auf den Arm. „Das ist nicht lustig. Mir war es immer egal, was die Eltern meiner Partner von mir dachten, aber aus irgendeinem Grund ist das nicht so bei deiner Mutter."

Bei diesen Worten zog sich etwas in mir zusammen. Ich war nicht nur hingerissen, dass sie sich Gedanken darüber machte, was meine Mutter dachte, sondern auch, weil mich noch keine Frau vor ihr ihren Partner genannt hatte. Ich hatte keine Ahnung gehabt, dass mir das so viel bedeuten könnte. „Ich bin also dein Partner, ja?"

Sie stemmte die Hände in ihre Hüften. „Ich dachte, das ist seit heute Früh klar. Wenn du anders denkst, kann ich dich auch Fickfreund oder Freund mit gewissen Vorzügen nennen."

Ich grinste. „Nein, Partner gefällt mir besser." Ich legte die Arme um ihre Taille. „Und nein, ich denke nicht anders darüber. Es war nur schön, es dich sagen zu hören, weil ich noch nie der Partner von jemandem war."

„Irgendwann ist immer das erste Mal, was?"

„Yep."

Samantha stöhnte erneut auf. „Oh Gott. Ich glaube nicht, dass ich deiner Mutter unter die Augen treten kann."

„Schon gut, sie ist eine verständnisvolle Frau, versprochen."

„Wirklich?"

Ich nickte. „Es sagt viel aus, dass sie dich zum Frühstück eingeladen hat. Wenn sie sauer wäre, hätte sie dich einfach ignoriert."

„Ich hoffe, du hast recht."

Ich gab ihr einen Klaps auf den sexy Hintern. „Komm, sonst ist das heiße Wasser gleich weg."

„Normalerweise würde ich dazu sagen, dass du

schon eine Methode finden wirst, mir einzuheizen, aber das sparen wir uns lieber, damit wir schneller bei deiner Mom sind."

„Du weist mich also ab?"

„Ich werde deiner Mom keinen weiteren Grund geben, mich nicht zu mögen. Also los, beeil dich!"

Ich grinste und ließ mich von Sam ins Schlafzimmer führen.

Nach einer blitzschnellen Dusche schafften wir es, nach einer halben Stunde bei Mama Beth zu sein. Als wir das Haus betraten, hörten wir Gelächter. Obwohl wir spät dran waren, saßen meine Brüder und Schwägerinnen noch am Eichentisch im Esszimmer und Willow spielte mit Wyatt auf dem Fußboden im Wohnzimmer.

Rev grinste uns an. „Oh, wenn das mal nicht unsere beiden Dornröschen sind."

„Ja, was hat euch so lange aufgehalten?", fragte Deacon.

Mit stummen Mundbewegungen sagte ich Fick dich zu ihm und platzierte Sam neben Annabel. Ich setzte mich ans Ende der Tafel.

Samantha sah Mama Beth und die anderen entschuldigend an. „Es tut mir leid, dass wir zu spät sind. Bishop hat mir nicht gesagt, dass er zum Frühstück erwartet wird, sonst hätte ich dafür gesorgt, dass wir pünktlich sind."

Mama Beth lächelte. „Ist schon gut. Wir freuen uns, dass du da bist." Sie stellte Sam einen überfüllten Teller hin. „Ich wusste nicht, was du am liebsten magst, also habe ich ein bisschen von allem draufgepackt."

Samanthas Augen leuchteten. „Glauben Sie mir, ich mag alles. Vielen Dank."

„Gern geschehen." Dann stellte sie mir meinen üblichen Teller hin.

„Danke, Mama."

„Aha, mit Freundin bist du plötzlich Mr. Gute-Manieren, was?", fragte Deacon und grinste mich frech an.

Ich hatte gewusst, dass meine Brüder, und speziell Deacon, es genossen, mich wegen Samantha aufzuziehen. Doch anstatt ihm mitzuteilen, wohin er sich seine Bemerkungen schieben konnte, ignorierte ich ihn und stürzte mich auf mein Frühstück.

„Samantha, hast du dich auf der Party wohlgefühlt?", fragte Mama Beth.

„Oh ja. Alle haben mich ganz lieb empfangen."

„Die Raiders sind generell ein freundlicher Haufen", sinnierte Mama Beth.

„Geht die Party heute wirklich weiter?", fragte Sam.

Rev nickte. „Viele reisen heute Nachmittag ab, aber einige bleiben über Nacht und fahren erst morgen Früh."

Annabel lächelte. „Auf mich müsst ihr heute Abend verzichten. Ich muss morgen Früh wieder ins College."

„Keine Sorge, Babe. Bei mir wird es heute auch

nicht spät. Ich habe morgen das Meeting in Chattanooga."

„Oh, stimmt ja."

„Du kommst doch immer noch mit, B, oder?", fragte Rev.

Ich schluckte den kochend heißen Kaffee hinunter. „Na klar. Wann fahren wir los?"

„Um fünf Uhr morgens."

Ich stöhnte. „Himmel, wieso denn zu dieser unchristlichen Zeit?"

Rev lachte. „Samantha, kannst du bitte dafür sorgen, dass er rechtzeitig aufsteht?"

Bei der Unterstellung, dass Sam die Nacht bei mir verbringen würde, verschluckten wir uns beide an unserem Essen.

Als wir uns erholt hatten, grinste Rev verlegen. „Entschuldigt bitte. Ich wusste nicht, dass das ein empfindliches Thema ist. Ich dachte, dass zwischen euch alles geregelt ist."

Ich sah Samantha an. „Ist es auch." Sie lächelte. „Wir müssen nur noch die kleinen Steinchen aus dem Weg räumen."

„Ich bin sicher, dass ihr das locker schafft", sagte Mama Beth.

„Ich auch", warf Alex ein.

Deacon verdrehte die Augen. „Und was kommt jetzt? Ein Trinkspruch auf das glückliche Paar?"

„Halt die Klappe", murmelte ich.

„Oh, oh, ich glaube, er wird rot", sagte Rev.

Ich sah die beiden finster an. „Ich hasse euch beide."

Die zwei brachen in schallendes Gelächter aus, und ich schwor mir, ihnen bei nächster Gelegenheit die Schnauzen zu polieren.

Nach dem Frühstück nahm ich Samantha zum Zeitvertreib mit ins Clubhaus.

Wir spielten den ganzen Tag Poolbillard, plauderten mit den Jungs und tranken Bier. Sie schien meine Club-Brüder genauso zu mögen wie meine echten. Ich war beeindruckt, dass sie uns endlich in einem anderen Licht betrachten konnte als früher. Da sie so über uns dachte, fiel mir das morgige Meeting wieder ein.

„Hey", sprach ich sie an.

„Hey", antwortete sie lächelnd.

„Magst du morgen mit nach Chattanooga kommen?"

Sie weitete die dunklen Augen. „Aber ich dachte, du hast ein Meeting dort."

„Stimmt, aber das bedeutet nicht, dass ich dich nicht mitnehmen kann."

„Tja, gern, aber ich muss morgen arbeiten."

Ich war enttäuscht und kam mir deswegen wie ein gigantisches Weichei vor. „Schon gut. Dann ein andermal."

Samantha lehnte sich auf ihrem Stuhl vor. „Ich könnte mich aber krankmelden."

„Das würdest du wirklich tun?"

„Mein Boss ist in letzter Zeit recht nachsichtig mit mir."

„Verstehe." Wir brauchten dringend eine Ablenkung vom Thema Marley. Ich packte sie an der Taille und zog sie auf meinen Schoß. „Bleibst du heute über Nacht bei mir?"

Sie hob die Brauen. „Ich dachte, du lässt keine Frauen bei dir übernachten."

„Stimmt. Außer dir."

Mit ihren Lippen strich sie über meinen Mund. „Ja, ich bleibe bei dir."

Ich fuhr durch ihre Haare und ließ die seidigen Strähnen durch meine Finger gleiten. „Freut mich."

Ich wollte sie soeben küssen, da sprach sie. „Aber ich brauche frische Klamotten."

Ich lachte. „Du weißt echt gut, wie man die Romantik killt."

„Die Romantik werde ich endgültig killen, wenn ich morgen in müffelnden Kleidern herumlaufen muss."

„Okay. Dann werfen wir deine Sachen in die Waschmaschine."

„Und was soll ich in der Zwischenzeit anziehen?"

Ich knabberte sanft an ihrem Kiefer entlang. Sie erbebte und neigte den Kopf zurück, damit ich noch besser an die Stelle herankam. „Für das, was ich vorhabe, brauchst du keine Klamotten."

Kapitel 16

Samantha

A m nächsten Morgen erwachte ich von einem mir unbekannten Alarmton. Ich rührte mich im Bett und stieß gegen einen steinharten Körper. Schlagartig merkte ich, dass ich nicht zu Hause war. Ich hatte die Nacht bei Bishop verbracht. Ich hatte erfolgreich seine Regel gebrochen, keine Frau mit nach Hause zu nehmen, und schon gar nicht über Nacht.

Heute mussten wir früh aufstehen, um wegen irgendwelcher Clubangelegenheiten nach Chatta¬nooga zu fahren. Als Rev das geheime Meeting gestern angesprochen hatte, war ich zwiegespalten gewesen. Einerseits wollte ich mitkommen und schauen, was ich aufdecken konnte, und andererseits hatte ich Angst vor dem, was ich finden könnte. Mehr als alles andere wollte ich Bishop glauben, dass sein Club legal agieren wollte. Es war nur unglaublich schwer, nachdem die Raiders jahrelang illegale Geschäfte abgewickelt hatten.

Bishop fluchte und schlug nach dem Wecker. Ich drehte mich zu ihm um und sah, wie er sich übers Gesicht rieb, um wach zu werden.

„Guten Morgen", sagte ich.

Er gähnte herzhaft. „Morgen."

„Ich nehme an, man könnte sagen, dass du kein Morgenmensch bist, was?"

„Fuck, nein." Er drehte mir den Kopf zu. „Und du?"

Ich zuckte mit den Schultern. „Eigentlich macht es mir nichts aus, früh aufzustehen."

„Also, wenn du bei mir bist, sollte es dir was ausmachen."

„Wie meinst du das?"

„Ich will nicht, dass du am frühen Morgen die Vorhänge aufreißt und dabei ein fröhliches Liedchen pfeifst."

Ich schnaubte. „Da hast du von mir nichts zu befürchten."

Bishop grinste. „Gut zu wissen." Er streckte sich und gähnte erneut. „Verdammt, ich habe keine Lust, aufzustehen und zu fahren."

Ich kuschelte mich an seine Seite. „Was ist so wichtig an diesem Meeting, dass du dafür so früh aufstehst und die Arbeit verpasst?"

„Es geht um etwas, das Rev und ich tun müssen. Eigentlich ist es mehr für Rev, aber ich muss als Unterstützung dabei sein."

Ich fuhr mit dem Finger die Linien von Bishops Tattoos nach und fragte mich irrationalerweise, warum Rev Bishop zur Unterstützung dabeihaben wollte. Das klang überhaupt nicht gut und verursachte mir ein schlechtes Gefühl im Bauch. Allerdings konnte ich mir nicht vorstellen, dass es sich um etwas Illegales handelte, wenn Bishop mich mitnehmen wollte. Aber vielleicht wollte er mich als Beobachtungsposten oder als Ablenkungsmanöver dabeihaben. Ich kam mir wie eine paranoide Närrin vor. Vor allem aber hoffte ich, dass ich einen Beweis finden würde, der die Aussage stützte, dass die Raiders legal agierten. Bisher hatte ich Peterson noch nicht informiert, denn ich wollte ihm erst Beweise liefern können. Er wusste nicht, dass ich neben meiner offiziellen anderen Arbeit immer noch am Raiders-Fall arbeitete.

„Willst du mich wirklich mitnehmen? Das klingt mir doch sehr nach einer Sache für euch Brüder."

„Natürlich. Du hast doch gehört, dass Annabel nicht mitkommen kann."

„Ja."

„Aber es werden auch andere Frauen dabei sein."

„Gut zu wissen, dass ich dann nicht die einzige Vagina bin", sagte ich scherzhaft.

Bishop lachte. „Du bist die einzige Vagina, die mir gehört."

„Alles klar, Höhlenmensch."

Bishop gab mir einen zärtlichen Kuss. „So langsam gefällt es mir, dass du mich Höhlenmensch nennst. Macht mich irgendwie an."

Ich grinste. „Warum überrascht mich das nicht?"

„Okay, wir sollten uns auf den Weg machen. Rev tritt mir in den Arsch, wenn wir wegen mir zu spät dran sind."

„Wo genau fahren wir denn hin in Chattanooga?" Ich setzte mich im Bett auf.

„Wirst du dann sehen."

„Du erwartest wirklich von mir, dass ich mich einfach so auf dein Bike setze und du mich hinbringen kannst, wohin du willst?"

Er lachte. „Ganz genau."

„Du bist so ein Egoist!"

Er zog mich an sich und küsste mich auf den Hals. „Ja, aber das gefällt dir."

Ich lächelte resigniert. „Gott helfe mir, aber das stimmt."

Er gab mir einen Klaps auf den Po. „Schieb deinen knackigen Hintern unter die Dusche."

Kurz nach sechs Uhr morgens waren wir auf der Straße. Um sieben hielten wir für ein schnelles Frühstück an und fuhren anschließend weiter. Kurz vor Chattanooga nahmen wir eine Ausfahrt. Erst dachte ich, sie wollten eine Pinkelpause machen oder tanken. Doch dann fuhren wir einen Berg hoch und ich wurde kurzzeitig vom in der Sonne reflektierenden Chrom einer Menge Motorräder geblendet. Sie standen vor einer Raststätte für Lkw-Fahrer.

Nachdem wir angehalten hatten, fiel mir auf, dass alle Männer und Frauen Kutten trugen, jedoch waren sie alle verschieden. Es war nicht nur ein Chapter wie in Virginia. Auf manchen der Oberarmbänder stand BACA.

Anstatt zu parken und abzusteigen, fuhren Rev und Bishop hinten an die Gruppe heran. Ein Mann ganz vorn winkte ihnen zu. Er zählte die Bikes durch und nickte. Dann setzte er sich auf seine Maschine und die anderen starteten ihre Motoren.

„Was passiert jetzt?", rief ich Bishop über den Lärm zu.

„Siehst du gleich."

Eine weitere kryptische Antwort.

Mehr konnte ich nicht fragen, denn die Gruppe fuhr in Zweierformationen los. Auf dem Highway legten wir noch ein paar Meilen zurück und nahmen dann wieder eine Ausfahrt. Ich konnte mir das nicht zusammenreimen. War hier möglicherweise ein Angriff auf einen anderen MC geplant, und all diese Leute hatten sich dafür zusammengeschlossen? Falls etwas Illegales geplant war, säße ich in der Scheiße, denn ich hatte der Agency nicht mitgeteilt, was ich tat. Und selbst wenn sie es wüssten, war es immer schlecht, als Agent bei etwas Illegalem erwischt zu werden. Wenigstens hatte ich mein Handy mit Petersons Nummer dabei, falls alles den Bach runtergehen sollte.

Als wir in eine Wohngegend kamen, erreichten meine Sorge und meine Neugier einen Höhepunkt. Mit Sicherheit freuten sich die Bewohner nicht über eine Horde lauter Harleys, und das um acht Uhr morgens. Nach ein paar Kurven hielten sie vor einem kleinen Haus mit einem gepflegten Garten. Bishop klappte den Seitenständer aus und stellte den Motor ab. Zögerlich nahm ich den Helm ab. „Wollt ihr etwa einen ahnungslosen Biker überfallen?"

Bishop wirbelte herum und starrte mich entsetzt

an. „Wie bitte?"

„Beantworte bitte meine Frage."

Bishop lachte laut auf. „Nein, wir sind nicht hier, um jemanden um die Ecke zu bringen. Verflucht noch mal, ich habe doch gesagt, dass wir nur noch legale Sachen machen. Da können wir schlecht im nächsten Moment jemanden töten."

„Nun ja, weiß ich doch nicht, was die ganzen Jungs hier vorhaben."

„Ich kann dir versichern, dass es kein Mord ist."

„Was geht dann wirklich hier vor?"

„Wirst du sehen."

Frustriert stöhnte ich auf und stieg vom Bike. Rev bedeutete uns, ihm zu folgen. Er führte uns zu einem Weg, an dem die anderen Männer und Frauen eine Schlange bildeten. Vielleicht erwarteten sie einen hochrangigen Biker oder den Anführer einer Bande. Offensichtlich musste es jemand sein, der sich eine Menge Respekt verdient hatte.

Als die Haustür aufging, stellte ich mich auf die Zehenspitzen, um besser sehen zu können, wer herauskam. Ein junges Mädchen mit langen blonden Haaren erschien. In schwarz-weißen Turnschuhen trat sie auf die Vorderveranda. Als sie uns alle sah, biss sie sich auf die Lippe und zog an ihrem schwarz-weiß karierten Kleid. Ihre Eltern erschienen neben ihr.

Ich sah Bishop an. „Okay, jetzt sag mir endlich, was das hier soll."

Ehe er antworten konnte, legte Rev eine Hand auf meine Schulter. „Das Mädchen heißt Ansley. Sie muss heute vor Gericht gegen den Mann aussagen, der sie vergewaltigt hat."

Entsetzt weitete ich die Augen. „Sie ist höchstens sieben oder acht Jahre alt."

„Sie ist acht", sagte Rev.

„Sie ist noch fast ein Baby und musste das durchmachen?"

„Genau. Deshalb sind wir hier. Die Leute hier gehören zum BACA. Bikers Against Child Abuse. Biker gegen Kindesmissbrauch. Wir sind hier zur moralischen und praktischen Unterstützung für Kinder, die körperlich, emotional und sexuell missbraucht wurden. Manchmal brauchen sie jemanden, der sie auf dem Schulweg begleitet oder zu einem Gerichtstermin. Deshalb sind wir hergekommen."

„Das ist … fantastisch." Mehr konnte ich dazu nicht sagen. Wie konnte man auch in Worte fassen, was diese Leute taten? Ich war in tiefer Demut, mit ihnen hier zu stehen.

„Nun ja, viele von uns haben irgendeine Art Missbrauch selbst erlebt, und wir versuchen, es etwas zu erleichtern."

Ich sah Rev in die Augen und fragte mich, welche Art Missbrauch er wohl erlebt hatte. Und ob Bishop dasselbe Schicksal hatte und er deshalb daran teilnahm.

Als hätte Rev meine Gedanken gelesen, senkte er die Stimme. „Als ich elf war, wurde ich von einem Mitglied der Kirche meines Vaters vergewaltigt."

Erschrocken legte ich eine Hand auf meinen

Mund. „Oh Rev ... das tut mir so leid. Musstest du auch, wie Ansley, vor Gericht gegen ihn aussagen?"

Rev und Bishop tauschten einen Blick aus. „Er kam nie vor Gericht."

„Er ist davongekommen?"

Revs Blick wurde kalt und emotionslos. „Das kann man so nicht sagen."

„Was ist dann ..." Ich schloss den Mund, als mir dämmerte, was geschehen sein musste. Revs Vergewaltiger hatte nie einen Fuß in den Gerichtssaal gesetzt, weil ihn vorher jemand beseitigt hatte. Wahrscheinlich sein Vater. Auch wenn ich keine Mutter war, konnte ich mir vorstellen, wie schrecklich es sein musste, zu wissen, dass das dem eigenen Kind angetan wurde. Ich würde auch in Versuchung geraten, diese Person unter die Erde zu bringen.

Dann begriff ich. Ich hatte mich schon gefragt, was Preacher Man dazu gebracht hatte, seine Kirche aufzugeben und wieder ein Gesetzloser zu werden. Jetzt wusste ich die Antwort. „Dein Vater hat ihn umgebracht, oder?"

„Genau."

Ich sah Rev in die Augen. „Sehr gut."

Rev lächelte kurz. „Danke."

Ich wechselte lieber das Thema. „Wo kommen die Leute alle her?"

„Aus dem ganzen Land", sagte Bishop.

„Wirklich?"

Er nickte. „Die meisten kommen aus der Nähe,

aber ein paar sind um die fünfzehn Stunden gefahren, um herzukommen."

„Echt beeindruckend, dass sie das für eine Fremde tun."

Bishop lächelte sarkastisch. „Ja, schwer zu glauben, dass wir primitiven Biker uns für was anderes interessieren als Schnaps und Weiber, was?"

Seit meinem achten Lebensjahr hatte ich nichts als Ekel und tiefen Hass für Biker empfunden. Und wie hätte ich auch nicht? Und ich hatte soeben meinen besten Freund durch die Waffe eines Bikers verloren, also verstand Bishop sicherlich, dass es mir schwerfiel, anders zu denken. In seinen Augen, und auch ehrlicherweise in meinen, hatte ich Biker nie als Männer betrachtet, denen man trauen konnte und die zu Freundlichkeit in der Lage waren. Doch die Raiders bewiesen mir nach und nach, dass es unter ihnen auch gute Menschen gab.

Meine Wangen fühlten sich heiß an. „So habe ich das nicht gemeint."

„Eines Tages werde ich dir solche Gedanken endgültig aus dem Kopf löschen."

Ich lächelte. „Das machst du bereits recht gut."

Er zwinkerte. „Danke."

Der Leiter der Gruppe ging zu den Eltern und dem Mädchen und sprach mit ihnen. Dann stellte er ihnen die Biker und die Frauen vor. Alle gingen an dem Mädchen vorbei und schüttelten ihm die Hand. Ich fühlte mich etwas gehemmt, doch Bishop ging mit einem strahlenden Lächeln voran.

„Hallo, meine Liebe, ich bin Bishop." Er schob

mich nach vorn. „Das ist meine Freundin Sam."

„Hi", sagte sie.

„Hi", antwortete ich. Ich hatte das Gefühl, noch etwas sagen zu sollen. „Deine Schuhe gefallen mir. Als ich in deinem Alter war, hatte ich auch so welche."

Ansley hob erstaunt die Augenbrauen. „Wirklich?"

„Ja."

„Schwer zu glauben, dass es die damals schon gab, was? Wahrscheinlich hatten Dinosaurier auch solche an", sagte Bishop neckend.

Ich schlug ihm gegen den Arm und Ansley kicherte. In diesem Moment gab es keinen schöneren Klang. Es wunderte mich, dass sie überhaupt noch lachen konnte.

„Okay, wir müssen los", sagte der Leiter, den sie Bobby nannten.

Wir winkten Ansley zum Abschied und gingen zum Bike zurück.

„Erstaunt?", fragte Bishop und reichte mir meinen Helm.

„Dass es bei dem Meeting darum ging oder dass du da mitmachst?"

„Beides."

„Ja, ich bin sehr erstaunt. Und gleichzeitig sehr froh, dass es das war, was Rev und du vorhattet, und nichts Schlimmes."

„Bei uns gibt es nichts Schlimmes mehr. Ich möchte, dass du mir das glaubst."

Ich wünschte mir nichts inniger, als dass das die

Wahrheit war. Ich wollte meine Erkenntnisse an Peterson weitergeben und dafür sorgen, dass jegliche Ermittlungen gegen die Raiders eingestellt würden. Doch ich brauchte mehr konkrete Beweise anstatt lediglich Bishops Wort. Ich musste ganz sicher sein, dass sie keine Waffen mehr verschoben, aber ich hatte keine Ahnung, wie zum Teufel ich das herausfinden sollte.

„Das tue ich … oder werde ich. Versprochen." Ich stieg auf sein Bike auf.

In einer schönen Formation, genau wie bei der Ankunft, fuhren wir ab. Nur, dass diesmal das Auto von Ansleys Eltern in der Mitte fuhr, was ihnen einen guten Schutz gab.

Wir fuhren durch die Stadt bis zum Gerichtsgebäude. Die Gesichter der Fußgänger, als wir ankamen, waren unbezahlbar. Anscheinend hatte man hier noch nie einen Motorradkorso gesehen.

Nachdem alle der Reihe nach geparkt hatten, stiegen sie von den Bikes. Ansley und ihre Eltern warteten in ihrem Auto auf uns. Dann verließen sie den Wagen und wir umgaben sie bis ins Gebäude. Es dauerte ein paar Minuten, bis wir alle durch den Sicherheitscheck waren. Die Hälfte der Jungs hatte Ketten an sich, auf die der Metalldetektor reagierte. Danach brauchte es mehrere Fahrten mit dem Aufzug, bis wir alle im vierten Stock waren.

Im Gerichtssaal belegten wir zwei Reihen ziemlich weit vorn. Gelassen und schweigsam warteten wir. In meinem Arbeitsleben war ich öfter in Gerichtssälen gewesen, als ich zählen konnte, doch zum ersten Mal erlebte ich eine derartige Unterstützung für ein Opfer.

Es dauerte nicht lange, da bat der Gerichtsdiener darum, sich für den Richter zu erheben. Nachdem dieser sich gesetzt hatte, forderte er den Staatsanwalt auf, seinen ersten Zeugen aufzurufen.

„Ich bitte Ansley Marie Butler in den Zeugenstand."

Langsam stand Ansley auf. Mit schlotternden Knien ging sie den schmalen Gang zwischen den Stühlen entlang und einige tätschelten ihr den Rücken. Manche hielten ihr die Faust zum dagegenstoßen hin, und andere umarmten sie kurz. Als sie an mir vorbeikam, lächelte ich und tätschelte ihr ebenfalls den Rücken. Obwohl Worte in dem Moment völlig unzureichend erschienen, schluckte ich gegen meine Tränen an und wisperte: „Du schaffst das."

Sie lächelte schwach und ging dann nach vorn in den Zeugenstand.

Plötzlich überkam mich eine derartig starke Erinnerung, dass ich anfing zu zittern. Ich starrte nach vorn, doch sah nicht mehr Ansley, die mit erhobener Hand auf die Bibel schwor, die Wahrheit zu sagen und nichts als die Wahrheit.

Ich sah mich selbst als Neunjährige, die bei dem Prozess gegen den Mann aussagte, der meinen Vater getötet hatte.

Ich spürte, wie bittere Galle meine Kehle hochstieg, legte eine Hand auf den Mund und sprang von meinem Stuhl. Ich eilte durch den Gang und durch die Tür des Gerichtssaales. Hektisch sah ich mich nach den Toiletten um. Als ich das Zeichen sah, rannte ich los. Ich schaffte es gerade noch so in eine Kabine, als sich mein Magen leerte. Wieder und wieder würgte ich, bis nichts mehr in mir war.

Danach ging ich wackelig zu den Waschbecken, stützte mich auf eines und sah in den Spiegel. In Gedanken befand ich mich noch immer an diesem schrecklichen Ort. Tränen überfluteten meine Augen und Mascara-Spuren rannen mir über die Wangen.

An dem Morgen, als ich meinen Gerichtstermin hatte, kam meine Mutter in mein Zimmer und half mir beim Anziehen. Ich musste ein einfaches schwarzes Kleid tragen, dessen Stoff kratzte. Mein Protest stieß auf taube Ohren, als sie mich kämmte. Sie steckte meine Haare an den Seiten mit Spangen fest. Als ich jammerte, dass ich lieber meinen gewohnten Pferdeschwanz tragen wollte, ignorierte sie diesen Protest ebenfalls. Sie schien all ihre Bewegungen wie in Trance auszuführen. Sie sprach weder mit mir noch mit meinen Geschwistern. Bei ihrem Schweigen hatten meine Geschwister und ich irritierte Blicke ausgetauscht.

Als ich mich auf den harten Stuhl im Zeugenstand setzte, hielt ich den Blick gesenkt. Ich traute mich nicht, zu dem Tisch des Angeklagten zu schauen. Ich wusste, ich würde sonst die Nerven verlieren und könnte nicht mehr die sorgsam besprochenen Antworten geben, die der Staatsanwalt mit mir erarbeitet hatte. Stundenlang hatte ich diese Woche an furchtbaren Nachmittagen jedes grausame Detail des Mordes an meinem Vater erneut durchleben müssen.

Mein Magen verknotete sich immer mehr, während mich Mr. Greenly durch die Ereignisse des damaligen Abends führte. Ich musste schlucken, um die Galle, die mir hochkam, unten zu behalten. Ich wollte nichts falsch machen und schon gar nicht mich übergeben müssen. Mir war klar, dass sich alle darauf verließen, dass Willie durch meine Aussage eingebuchtet wurde. Vor allem war ich es meinem Vater schuldig, mich zusammenzureißen, damit ihm Gerechtigkeit widerfuhr.

Die Fragen wollten kein Ende nehmen. Schließlich kam er zu der, vor der ich mich am meisten fürchtete. Mr. Greenly trat an den Zeugenstand. Er lehnte sich über das Geländer und lächelte mich ermutigend an.

„Samantha, ist der Mann, der deinen Vater erschossen hat, hier im Saal anwesend?"

Ich blickte in Mr. Greenlys dunkelblaue Augen und er nickte mir auffordernd zu. Langsam drehte ich den Kopf zu dem Tisch des Angeklagten. Doch ich behielt den Blick auf meinem Schoß und starrte das seidene Taschentuch an, das mir meine Mutter noch schnell gegeben hatte, als ich aufgerufen wurde. „Er ist da drüben", sagte ich leise.

„Es tut mir leid, aber das musst du noch mal wiederholen."

Ich hob meine zitternde Hand und deutete auf

den Tisch. „Er ist dort."

Bei der Stimme des Verteidigers zuckte ich zusammen. „Euer Ehren, die Zeugin hat meinen Klienten nicht visuell identifiziert."

Ich kniff die Augen zusammen. Ich zitterte so sehr, dass mein Knie an den Mikrofonständer stieß und dieses ein ohrenbetäubendes Quietschen von sich gab.

„Samantha", sagte Mr. Greenly freundlich.

„Ich kann nicht …"

„Samantha, du musst Mr. Bates ansehen, damit deine Aussage gültig ist."

Tränen der Qual rollten mir die Wangen hinab. Hinter geschlossenen Augen sah ich das lächelnde Gesicht meines Vaters vor mir und spürte, wie es sich anfühlte, von seinen starken Armen umarmt zu werden. In diesem Moment wurde ich von seiner Kraft erfüllt.

Ich öffnete die Augen weit und starrte Willie an. Er trug einen Anzug und eine Krawatte und sah ganz anders aus als an dem Abend. Doch ich brauchte ihn mir nur in der Lederweste vorzustellen und hatte keine Zweifel mehr.

Er grinste mich spöttisch an. Ich nahm die Schultern zurück und deutete auf ihn. „Er war's. Das ist der Mann, der meinen Vater umgebracht hat."

Der Klang der sich öffnenden Tür riss mich aus den Erinnerungen.

„Sam?"

Ich betrachtete Bishop im Spiegel. „Entschuldige, ich brauche nur eine Minute."

Bishop sah besorgt aus. Er stellte sich neben mich. „Was ist los?"

„Nichts."

„Erzähl mir keinen Scheiß, Sam. Du bist gerade aus dem Saal gestürmt und jetzt bist du in Tränen aufgelöst." Er legte die Hände um meine Taille und drehte mich ihm zu. „Bitte sag mir, was los ist."

Ich hatte zwei Möglichkeiten. Ich könnte lügen und sagen, dass mich Ansley an ein junges Mädchen erinnerte, dessen Mord ich gesehen hatte. Oder ich könnte ihm die Wahrheit über meinen Vater sagen. Zumindest die Version, die mich nicht als Agentin enttarnen würde.

Am Ende war es klar. Ich entschied mich für Letzteres. „Du weißt sicher noch, dass mein Vater gestorben ist, als ich acht war?"

„Ja."

„Nun ja, er ist nicht einfach gestorben. Er wurde von einem Biker namens Willie Bates erschossen."

Bishops Augen weiteten sich. „Sprich weiter."

Ich lehnte mich ans Waschbecken und erzählte ihm alles von dem Abend. Dann sagte ich ihm, dass ich vor Gericht hatte aussagen müssen. „Als Ansley in den Zeugenstand getreten ist, hat mich das direkt daran erinnert. Ich musste einfach da raus."

Bishop nahm mich in seine starken Arme. Er streichelte meinen Rücken. „Das tut mir sehr leid, Babe", sagte er leise neben meinem Ohr.

Es bedeutete mir viel, dass Bishop mich verstand,

denn er wusste, wie es war, einen geliebten Menschen durch eine Gewalttat zu verlieren. Ich bedankte mich leise, denn andere Worte erschienen unpassend.

Er sah mir in die Augen. „Jetzt verstehe ich, warum du so über Biker denkst. Es geht viel tiefer als das, was mit Marley passiert ist."

„Genau."

„Kein Kind sollte so etwas durchmachen müssen." Er umfasste meine Wangen. „Wenn ich dir den Kummer nehmen könnte, würde ich es sofort tun."

Bei seinen lieben Worten strömten noch mehr Tränen aus meinen Augen, und ich spürte, dass er es ernst meinte. Wieder einmal war es paradox, dass er äußerlich so hart erschien und innerlich so sanft war. Mir fielen keine passenden Worte des Dankes ein. „Du bist wirklich der liebste Mann, den ich kenne."

Als er mich küssen wollte, hielt ich ihn zurück. „Tu das lieber nicht."

„Hast du gekotzt?"

„Oh ja. Und wie."

Er lächelte mich mitfühlend an. „Komm, gehen wir."

„Und Rev?"

„Ich sage ihm, dass du nach Hause musst."

„Aber dann muss er ganz allein zurückfahren."

Bishop lachte leise. „Er ist ein großer Junge, Sam. Er kommt auch allein nach Hause. Im Dezember ist er ganz allein nach Virginia gefahren."

„Wieso das denn?"

„Er wollte Annabel sagen, dass er sie liebt."

„Oh Mann, wie romantisch."

„Ja, Rev ist ein tiefgründiger Typ. Er ist viel romantischer, als ich es je sein werde."

„Das ist nicht unbedingt wahr."

Er hob die Augenbrauen. „Soll ich es mit irgendeiner Heldentat beweisen?"

Ich schüttelte den Kopf. „Es muss nicht immer was Großes sein. Was du gerade getan hast, ist ziemlich romantisch."

Bishop wirkte skeptisch. „Ich habe nur nach dir gesehen. Das ist kaum etwas Besonderes."

„Du hast dich genug gesorgt, um in die Damentoilette zu gehen und nach mir zu sehen."

„Oh Himmel, daran habe ich nicht einmal gedacht. Nix wie raus hier!"

Ich lachte und ließ mich von ihm zur Tür ziehen. „Schade, dass ich Ansley nicht Auf Wiedersehen sagen kann."

„Keine Sorge. Sie hat momentan jede Menge Unterstützer. Ich kann ihre Adresse besorgen und du kannst ihr eine Karte schicken oder so etwas."

Ich war von seinem Mitgefühl gerührt. „Danke. Das würde ich gern tun."

Wir gingen durch die Tür. „Ich kann es kaum erwarten, dass dieses Stück Scheiße in den Knast kommt. Da drin werden sie ihn quälen, weil er ein Kinderschänder ist."

„Geht mir genauso."

Schweigend gingen wir zum Motorrad.

Bishop reichte mir den Helm.

„Ich danke dir."

„Es ist nur ein Helm", sagte er.

Ich lächelte. „Nein. Ich meinte, danke, dass du mich mitgenommen und daran hast teilhaben lassen."

„Gern geschehen. Ich freue mich, dich dabeizuhaben." Er küsste mich sanft. „Ich habe dich immer gern um mich."

„Ich bin auch gern bei dir", antwortete ich. Und es war die Wahrheit. Trotz des eigentlichen Grundes, warum ich bei ihm war, genoss ich seine Gesellschaft ungemein. Zunächst war es mehr Freundschaft gewesen, doch jetzt entwickelte es sich in etwas Ernsthaftes. Zwar wusste ich, dass wir auf dünnem Eis standen, doch daran wollte ich gar nicht denken. Ich wollte nur den Augenblick genießen.

Im Hinterkopf wusste ich natürlich, dass mein Geheimnis nicht für immer geheim bleiben würde. Man konnte ein Doppelleben nur eine gewisse Zeit aufrechterhalten und musste dann mit den Konsequenzen leben.

Ich hatte nur keine Ahnung, wie schwer das sein konnte.

Als wir zu Hause ankamen, war ich körperlich und geistig erschöpft. Auf der langen Fahrt hatte ich viel zu viel Zeit gehabt, an Erinnerungen an meinem Vater und Gavin zu denken. Ich hätte nach Hause gehen sollen, aber ich wollte den Rest des Tages nicht allein sein. Meine innere Stimme befahl mir, arbeiten zu gehen. Dass ich zumindest mit Peterson über meine neuesten Erkenntnisse sprechen sollte.

Bishop schien meine Gefühle korrekt zu erkennen. „Bleib doch einfach noch ein bisschen bei mir. Und über Nacht. Du kannst ja früher aufstehen und vor der Arbeit noch nach Hause gehen."

Üblicherweise bestand ich darauf, mit meinen Gefühlen allein umzugehen und mich auf niemanden zu stützen, um sie zu überstehen. Doch diesmal nicht. Ich küsste Bishop. „Danke. Ich würde sehr gern bleiben."

Er lächelte. „Schön."

„Du sagst mir, wenn ich dir auf die Nerven gehe, ja?"

„Ich glaube nicht, dass das je passiert, aber wenn doch, lasse ich es dich wissen." Er schloss seine Haustür auf. „Hast du Hunger?"

„Ich dachte, du hast nichts zu essen zu Hause."

„Stimmt, aber ich kann Mama Beth fragen, was sie dahat."

Ich lachte. „Im Moment nicht. Eigentlich möchte ich nur eine heiße Dusche und ins Bett gehen."

Bishop wandte nicht ein, dass es doch erst ein Uhr mittags war. Er nickte lediglich.

Ohne ein weiteres Wort ging ich direkt ins Schlafzimmer und in sein Bad. Ich zog mich aus und stellte mich unter die Dusche. Die Emotionen des Tages überwältigten mich. Ich stützte mich mit den Händen an den Fliesen ab, legte die Stirn auf meine Handrücken und schluchzte.

Als der Duschvorhang aufgezogen wurde, drehte ich mich erschrocken um. Bishop trat in die Dusche. Ich wischte mir die Tränen ab. „Was tust du?"

„Ich dusche. Wonach sieht es denn aus?" Er nahm sich die Seife und schäumte sich gründlich ein.

„Das musst du nicht machen."

„Was denn?"

„Normal zu tun, damit ich das Gesicht wahren kann."

„Ich nehme nur eine Dusche." Er sah mich an. „Außer, du willst reden."

Ich legte die Hände vors Gesicht und stöhnte. „Gott, ich hasse es, so zu fühlen." Ich spähte durch meine Finger. „Ich hasse es, dass du mich so siehst."

Bishop zog mich an seine Brust. „Sag das nicht, Sam. Ich bin immer für dich da. Heute war ein beschissener Tag für dich. Er hat eine Menge alte Erinnerungen wachgerufen. Das verstehe ich total, und auch, dass du heute am Zusammenbrechen bist."

Ich lehnte das Kinn an seine Schulter und strich ihm über den breiten Rücken. „Auch wenn ich es nicht so recht glauben kann, weiß ich, dass du das ernst meinst."

„Das tue ich auch." Er neigte den Kopf und sein Atem wärmte mein Ohr. „Darf ich mich eine Weile um dich kümmern?"

„Okay."

Bishop drehte mich Richtung Duschkopf. Er fuhr mit der Seife an mir entlang.

„Was wird das?"

„Ich kümmere mich um dich, wie ich es gesagt habe."

„Das musst du wirklich nicht tun."

„Ich weiß. Ich will es aber."

Anstatt mich zu beklagen, schloss ich den Mund und genoss, was Bishop machte. Es fühlte sich sehr intim an, seine Hände auf dem Körper zu spüren, ohne dass es sexuell war. Es lag Zärtlichkeit und Fürsorge in der Art, wie er mich wusch. Er nahm sich die Zeit, mir die Schultern zu massieren, küsste meinen Hals und Nacken, ehe er mich dort einseifte. Noch nie hatte ein Mann sich derartig um mich gekümmert. Natürlich hatte ich das auch nie gewollt oder hätte es zugelassen. Doch Bishop hatte etwas an sich, was mich dazu brachte, etwas von meiner Kontrolle aufzugeben. Er machte es mir leicht, ihm nachgeben zu wollen, da er so aufmerksam meine Bedürfnisse erfüllte, in und außerhalb des Bettes.

Nach dem Einseifen nahm er den Duschkopf und spülte den Schaum von mir. Dann dachte ich, dass er fertig wäre, doch er schüttete sich Shampoo auf die Hand.

„Entschuldige bitte, dass du wahrscheinlich gleich wie ein Mann riechen wirst bei der Seife und dem Shampoo. Ich habe nichts Weibliches hier."

Ich lachte. „Schon gut. Ich rieche gern wie du."

Als er fertig war, meine Haare auszuwaschen, legte ich die Hände auf seine Brust und drückte ihn an die Fliesen. Ich sah ihm in die Augen und senkte mich langsam auf die Knie.

„Sam, was hast du vor?"

„Jetzt bin ich dran, mich um dich zu kümmern." Ich nahm seinen Schwanz in die Hand und fuhr langsam daran auf und ab. Schnell erwachte er zum Leben und schwoll in meiner Hand an. Mit der Zunge neckte ich die Spitze. Bishop sah mir mit verhangenem Blick zu.

Ich saugte ihn in den Mund. Bishop stöhnte und lehnte den Kopf an die Wand. Ich saugte schneller und fester, nahm ihn immer tiefer auf.

Er schob die Hände in meine Haare. „Oh fuck, Sam", wisperte er.

Ich bearbeitete ihn weiter mit dem Mund, und mit der freien Hand umfasste ich seine Eier. Ich zog sanft daran. Bishop holte zischend Luft und schlug sich den Kopf an der Wand an. Als seine Hoden in meiner Hand praller wurden, wusste ich, dass er gleich kommen würde.

Er versuchte, sich mir zu entwinden. Ich schüttelte den Kopf.

„Du musst aufhören oder ich komme."

Kurz ließ ich ihn aus dem Mund, doch meine Hand glitt weiter auf und ab. „Aber das will ich doch. Ich will dich schmecken."

„Teufel noch mal", murmelte er und seine Lider

flatterten.

Er widersprach nicht mehr, was gut war, denn ich hätte nicht aufgehört. Ich wollte ihm körperlich geben, was er mir seelisch gegeben hatte. Erneut nahm ich ihn tief auf und meine Zähne kratzten leicht an ihm.

„Sam!", rief er und kam.

Ich hob den Blick und sah ihm dabei zu. Er war so schön und sexy, wenn er kam.

Dann leckte ich ihn sauber.

Bishop half mir auf. „Mir gefällt, wie du dich um mich kümmerst."

Ich grinste. „Gern geschehen. Ich bin froh, dass ich mich revanchieren konnte."

„Und jetzt würde ich mich gern bei dir revanchieren", sagte er und seine Hand glitt zwischen meine Beine.

Ich schnappte nach Luft. „Aber wir sind doch schon quitt", wandte ich ein.

„Musst du unbedingt mitzählen?" Sein Atem versengte mir den Hals.

„Ich glaube nicht."

Er griff nach meiner Wade und stellte meinen Fuß auf dem Wasserhahn der Duschwanne ab. „Du weißt doch inzwischen, dass ich mit unfairen Mitteln kämpfe." Er sank vor mir auf die Knie.

„Nein, tust du gar nicht." Ich hielt kurz die Luft an, als sein Mund meine Mitte berührte. „Aber du kannst auf jeden Fall gut mit mir spielen."

Noch nie hatte mich ein Mann auf diese Weise so oral verwöhnt wie Bishop. Er hatte ein Talent dafür. Diesmal bog ich ihm die Hüften entgegen und schrie seinen Namen, ohne dass er überhaupt seine Finger einsetzte. Er bewegte die Zunge meisterhaft, war sanft und hart, zärtlich und brutal fast gleichzeitig.

Nachdem ich gekommen war, zog ich ihn wieder hoch. Ich wollte ihn so schnell wie möglich in mir spüren und war erfreut, zu sehen, dass sein Schwanz schon halb bereit war. „Nimm mich", bettelte ich.

„Teufel noch mal, ich liebe es, wenn du darum bittest." Bishop hob mich hoch.

„Was machst du?"

„Ich bringe dich in mein Bett."

„Das ist ja mal was Neues." Zwar hatten wir schon ein paarmal Sex gehabt, doch bisher nie in einem Bett. Gestern Abend hatten wir auf der Couch angefangen und auf dem Fußboden geendet. Ich hatte in seinem Bett geschlafen, aber da hatten wir uns bereits woanders körperlich erschöpft.

Bishop legte mich sanft auf seiner Überdecke ab. Mit Zärtlichkeit und Verlangen im Blick sah er mich an. Ich spreizte die Beine, lockte ihn, mich zu nehmen.

Er stöhnte auf und suchte dann in seinem Nachttisch nach einem Kondom. Als er es übergezogen hatte, beugte er sich über mich. Seine Lippen trafen auf meine und unsere Zungen tanzten wild miteinander.

„Mach schon, Bishop, ich will dich in mir",

keuchte ich an seinem Mundwinkel.

Bishop überraschte mich, indem er uns umdrehte und mich auf ihn setzte. „Du nimmst mich", befahl er.

Ich nahm seinen Schwanz in die Hand. Bishop stöhnte und bäumte sich auf. Schnell erhob ich mich und führte ihn an meine Mitte. Langsam ließ ich mich auf ihm nieder. Es fühlte sich so gut an, dass ich fast geweint hätte und mir auf die Lippe biss.

Zunächst ritt ich ihn langsam. Erhob mich und ließ mich wieder nieder. Bishop streichelte meine Brüste. Massierte und knetete sie, bis meine Nippel harte Spitzen waren. Ich bewegte mich schneller auf ihm und er beugte sich vor und nahm eine meiner Brüste in den Mund. Abwechselnd reizte und saugte er meine Knospen, während ich auf ihm ritt.

Bishop setzte sich auf und ich schlang die Beine um ihn. Er legte die Hände unter meinen Hintern und hob und senkte mich auf ihm. In dieser Stellung konnten wir uns küssen, was es noch lustvoller machte. Der Sex war noch intimer, wenn seine Lippen meine berührten. Es dauerte nicht lange, bis ich mich anspannte und seinen Namen rief. Er legte mich auf den Rücken und hämmerte in mich. Mit einem Schrei kam er.

Später, als wir ineinander verschlungen dalagen, war mir klar, dass es keinen Weg zurück gab. Ich musste alles in meiner Macht Stehende tun, damit Bishop nicht angeklagt wurde. Selbst wenn ich dafür meinen Job riskieren musste. Ich konnte nicht mehr ohne ihn leben. Egal, wie schnell es gegangen war, ich hatte mich zum ersten Mal verliebt.

Kapitel 17

Bishop

Nach diesen fantastischen drei Tagen zusammen gefiel es mir gar nicht, dass Samantha am Dienstag wieder arbeiten ging. Lieber wäre ich die ganze Woche mit ihr im Bett geblieben. Doch nicht nur wegen dem Sex. Nein, es ging um viel mehr. Es waren unsere Gespräche, wie wir zusammen lachen konnten und wie sie mir inneren Frieden gab. Und mir gefiel, dass sie sich so gut mit meiner Familie verstand. Ich hatte noch nie darüber nachgedacht, wie wichtig es mir war, dass sich meine Partnerin genauso gut mit der MC-Familie wie mit meiner echten Familie verstand. Ach was, ich hatte überhaupt noch nie über eine Partnerin nachgedacht. Doch Samantha passte überall wunderbar hinein.

Natürlich musste auch ich wieder in der Werkstatt arbeiten gehen. Sicherlich hätte mir Rick noch länger freigegeben, doch ich wollte ihn nicht im Stich lassen, wo ein neuer Mechaniker eingearbeitet werden musste. Allerdings hatte der Neue bereits zwanzig Jahre Erfahrung. Im Gegensatz zu Marley war er nicht sehr gesprächig, weshalb ich diesen Kerl noch mehr vermisste.

Nachdem ich den ganzen Vormittag an Sam gedacht hatte, konnte ich mich nicht mehr beherrschen und rief sie in der Mittagspause an. Ich lächelte, als sie beim dritten Klingeln abnahm.

„Hey, du", sagte ich.

„Hi."

„Ich wollte nur wissen, wie es dir geht."

„Gut. Und dir?"

„Auch gut."

„Fehle ich dir? Rufst du deswegen an?", fragte sie neckend.

„Ja, du fehlst mir tatsächlich, aber ich habe noch einen anderen Grund, dich anzurufen."

„Oh, das ist so lieb. Ich vermisse dich auch."

„Das freut mich, zu hören."

„Und was ist der andere Grund?"

„Ich wollte wissen, ob du immer noch zum Abendessen kommst."

„Natürlich. Wie könnte ich die Hausmannskost ablehnen?"

„Verstehe. Du bist nur wegen der Kochkünste meiner Mom mit mir zusammen."

„Und wegen deinem grandiosen Schwanz."

Ich lachte auf. „Wenigstens bist du ehrlich."

„Aber du weißt doch, dass noch viel mehr an dir ist."

„Zum Beispiel mein gestählter Körper, das gut aussehende Gesicht und mein Killer-Lächeln?"

Samantha machte ein Tse-Geräusch. „Ganz schön eingebildet heute."

„Du hast gesagt, du stehst auf die Wahrheit."

Sam kicherte. „Das stimmt." Jemand rief nach ihr, und ihre Antwort war gedämpft, als ob sie die Hand aufs Mikro gelegt hätte. Dann meldete sie sich wieder. „Hör mal, ich muss Schluss machen. Wir sehen uns dann um sechs, okay?"

„Ach so, ich weiß nicht, ob du den Wetterbericht mitbekommen hast, aber es besteht eine Tornadowarnung. Er soll um fünf eintreffen. Vielleicht solltest du früher von der Arbeit gehen und hier sein, bevor es schlimm wird."

„Oh, wie lieb von dir, dir um mich Sorgen zu machen."

„Das machen Partner doch so, oder?" Immerhin waren wir erst seit ein paar Tagen fest zusammen und das Ganze war noch neu für mich. Ich hatte eigentlich überhaupt keine Ahnung.

„Stimmt. Und du machst das echt gut."

„Danke. Also kommst du früher?"

„Ich muss leider länger dableiben. Muss etwas mit dem Boss besprechen und er ist in letzter Zeit schwer zu erwischen."

„Kann das nicht warten?"

Sie war eine Weile still. „Ich nehme an, es kann noch einen Tag warten."

„Gut. Dann komm, so schnell du kannst."

„Mache ich."

„Bis dann!"

„Bis später, Bishop."

Am nächsten Morgen wachte ich von Samanthas Armen umschlungen auf. Sie war angekommen, als der Himmel gerade seine Schleusen öffnete und der Regen niederprasselte. Während wir an Mamas Tisch saßen, heulte der Wind ums Haus und die Fenster klapperten. Später waren wir alle in den Keller gegangen und die Warnsirenen ertönten draußen. Um nach Hause zu kommen, benutzten wir Taschenlampen, denn der Strom war ausgefallen. Kerzenlicht im Haus erzeugte eine romantische Stimmung, während der Sturm draußen weitertobte.

Ich betrachtete die schlafende Sam und musste grinsen. Sie hatte mich mit ihrer exotischen Schönheit, ihrem Humor und ihrer Intelligenz völlig um den Finger gewickelt. Meistens dachte ich, dass sie zu gut für mich war. Obwohl sie mir nicht das Gefühl gab. Sie behandelte mich ihr ebenbürtig. Und an ihrer Vorgeschichte mit Bikern gemessen, brachte sie für mich persönliche Opfer. Dennoch zeigte sie Stärke und Mut bei allem. Und auch, wenn ich nicht verstand wieso, sah sie immer das Gute in mir.

Als sie sich rührte, küsste ich ihre Wange und ihre Lippen. Sie stöhnte leise, als ich ihren Mund mit meinem bedeckte. Sie lächelte mich an.

„Guten Morgen", sagte sie.

„Guten Morgen."

„Wie spät ist es?", fragte sie und streckte die Arme über dem Kopf aus.

„Keine Ahnung. Der Strom war fast die ganze

Nacht weg."

„Das war aber auch ein heftiger Sturm."

„Oh ja." Ich umfasste ihre Hinterbacken und drückte zu. „Aber es war sehr schön, ihn zu überstehen, indem du mich geritten hast."

Sam grinste. „Ich muss sagen, es war die schönste Art, auf die ich je einen Stromausfall verbracht habe."

Mein Handy klingelte und ich nahm es vom Nachttisch. „Hallo?"

„Ich brauche dich im Clubhaus", sagte Rev.

„Was ist los?"

„Der Stromausfall hat die Alarmanlage lahmgelegt und ich mache mir Sorgen über eine Sicherheitslücke."

„Du willst damit sagen, dass du leicht paranoid bist?"

„Klugscheißer. Komm einfach her."

„Okay. In zehn Minuten."

Ich legte auf und Sam sah mich neugierig an. „Stimmt was nicht?"

„Ach, Rev ist nur ein Angsthase. Er braucht mich im Clubhaus." Ich sprang aus dem Bett.

„Und ich sollte mich für die Arbeit fertig machen."

„Du kannst das Bad haben." Ich zog mir ein T-Shirt über. „Komm vorbei und verabschiede dich."

Sam lächelte. „Wenn ich noch die Zeit dafür habe."

„Dann sorge dafür."

„Okay, Höhlenmensch."

Ich zog die Jeans an und dachte darüber nach, wie sehr mir dieser Spitzname zu gefallen begann. „Dann bis nachher."

Sie winkte und ging ins Bad.

Ich verließ das Haus und sah nach rechts und links, um zu checken, ob der Sturm Schaden angerichtet hatte. Alles sah recht gut aus. Ein paar kleinere Äste von den Bäumen lagen verstreut herum.

Im Clubhaus saßen Deacon, Rev, Boone und Mac an einem Tisch. „Hast also alle Officers zusammengetrommelt", sagte ich und setzte mich dazu.

„Ich wurde schon gestern Abend informiert, dass das System ausgefallen ist, konnte aber während des Sturms nichts weiter tun", sagte Boone.

„Wie groß ist der Schaden?", fragte ich.

„Der stromführende Zaun ums Grundstück funktioniert nicht. Das ist schon passiert, bevor der gesamte Strom ausgefallen ist. Die Kameras haben ungefähr um die Zeit ausgesetzt, als der Sturm ankam." Boone seufzte. „Die ganze Nacht waren wir total ungeschützt."

„Wir sollten uns jeder ein Stück des Geländes vornehmen und die Schäden feststellen", sagte Rev.

Deacon nickte. „Guter Plan."

Als wir uns von den Stühlen erhoben, flog die Tür auf und Agenten stürmten in den Raum. Ich musste nicht erst das Abzeichen ihrer Jacken auf dem Rücken sehen, um zu wissen, dass es ATF-Leute waren.

„Okay, keiner bewegt sich. Hände hoch!"

„Was soll der Scheiß?", fragte Deacon.

Der Agent richtete die Waffe auf ihn. „Ich sagte, Hände hoch!"

„Okay, okay." Zögerlich hob er die Arme.

Die Agenten teilten sich und ein älterer mit Silber im Haar trat vor. Er hielt uns seine Marke entgegen. „Ich bin Agent Peterson von der ATF. Wir haben einen Durchsuchungsbefehl wegen illegalem Waffenbesitz."

Rev schüttelte den Kopf. „Dann werden Sie leider Ihre Zeit verschwenden, denn hier gibt es keine Waffen."

Agent Peterson trat vor Rev. „Wirklich? Und warum haben wir heute Morgen einen Tipp bekommen, dass die Raiders auf einer großen Waffenlieferung sitzen?"

Deacon und ich tauschten einen Blick aus. Dann dämmerte es mir. „Eddy", sagte ich im selben Moment wie Deacon.

„Das muss ein Irrtum sein. Jemand verarscht Sie", wandte Rev ein.

Agent Peterson sah Rev an. „Ihr Jungs müsst denken, dass wir eine Bande Vollidioten sind. Wir alle wissen, dass Sie seit dreißig Jahren Waffen verschieben. Und immer waren Sie uns einen Schritt voraus. Bis heute. Und diesmal werden Sie untergehen."

Zwei Agenten kamen zur Hintertür rein. „Sir, wir haben die Waffen im Lagerhaus gefunden."

Alle anwesenden Raiders murmelten erstaunt. Rev starrte mich und Deacon an. Er war ganz blass geworden. Wie abwesend sprach er aus, was wir alle dachten.

„Eddy hat uns eine Falle gestellt."

Agent Peterson griff nach Rev und führte die Arme auf dessen Rücken. Dann legte er ihm Handschellen an.

„Nathaniel Malloy, Sie sind verhaftet. Wegen illegalem Waffenbesitz mit der Absicht, sie zu verkaufen."

Die anderen Agenten begannen, dem Rest von uns Handschellen anzulegen. In diesem Moment flog die Hintertür erneut auf. Doch diesmal schob ein Agent Mama Beth und Samantha hindurch. Ich verzog das Gesicht. Besonders wegen Sam. Ich wollte nicht, dass sie mich je so sah.

„Was geht hier vor?", wollte Mama Beth wissen.

Ehe ihr jemand antworten konnte, ging Agent Peterson auf Samantha zu. „Agent Vargas, was zum Teufel machst du hier?"

Ich sah zwischen den beiden hin und her. „Agent Vargas? Wovon spricht er?"

Samantha kniff die Augen zu, als hätte sie Schmerzen.

„Vargas, ich habe dir eine Frage gestellt", beharrte Agent Peterson.

„Sam?", fragte ich.

Als sie die Augen öffnete, sah sie nicht ihn an, sondern mich. Ihr Blick war gequält. „Es tut mir leid, Bishop. Ich wollte nie, dass so etwas wie das hier passiert."

„Du bist eine verdammte Agentin?"

„Ja."

„Un-fucking-fassbar."

„Aber ich schwöre dir, ich arbeite daran, zu beweisen, dass du in nichts Illegales verwickelt bist. Ich versuche die ganze Zeit, eine Möglichkeit zu finden, euch alle vor einer Anklage zu bewahren."

Ich schüttelte heftig den Kopf und mir fehlten die Worte. Egal wie sehr ich mich bemühte, ich konnte es einfach nicht glauben. Meine Brust wurde eng und das Atmen fiel mir schwer. Ich beugte mich vor und versuchte, Luft in meine Lungen zu pumpen und langsam auszuatmen. Sollte es wirklich eine Hölle auf Erden geben, dann war ich gerade von ihren Flammen umgeben.

Samantha war eine ATF-Agentin.

Die Frau, die ich liebte, war eine Lüge.

Die Frau, die ich liebte, hatte nicht nur mich, sondern auch meine Brüder betrogen.

Samantha überbrückte die Distanz zwischen uns. „Ich schwöre dir, dass ich mit dieser Aktion hier nichts zu tun habe."

„Vargas, schaff sofort deinen Arsch hier raus und ins Büro, bevor du diese Razzia noch weiter kompromittierst!", bellte Peterson.

Samantha sah mich flehend an. „Bishop, du musst mir bitte glauben."

Ich hielt es nicht mehr aus und verlor die Beherrschung. „Du verlogene Bitch! Geh mir aus den Augen!"

Samantha sprang zurück, als hätte ich sie geschlagen. Tränen traten in ihre Augen. Sie drehte sich um und verließ das Haus.

„Okay, Jungs, los geht's", rief Peterson.

„Ruf John Morgan an", sagte Rev zu Mama Beth.

Sie nickte. Tränen rollten über ihre Wangen.

Der Agent neben mir schob mich aus der Tür. Der Parkplatz, sonst voller Bikes, war mit den schwarzen SUVs der ATF überfüllt. Jeder von uns kam in einen eigenen Wagen. Als die Tür geschlossen wurde, sah ich Samantha neben ihrem Auto stehen. Sie schluchzte.

Eine Agentin.

Fuck.

In diesem Moment verstand ich, wie es war, jemanden gleichzeitig zu lieben und zu verabscheuen.

Kapitel 18

Samantha

Als ich ins Büro fuhr, konnte ich vor Tränen kaum die Straße sehen. Zwar hatte ich erst meine Gefühle unter Kontrolle gehabt, musste jedoch weinen, als ich sah, wie Bishop in den SUV gebracht wurde, und eine halbe Stunde später konnte ich immer noch nicht aufhören. Nie hätte ich gedacht, welche Wendung dieser Morgen nehmen würde. Ich hatte mich gerade fertig gemacht, als Mama Beth an die Tür klopfte. Panisch hatte sie mir erzählt, dass überall auf dem Gelände die Polizei war.

In dem Moment hatte ich nicht daran gedacht, sie zu fragen, ob es wirklich die Polizei war. Sofort waren wir zum Clubhaus gegangen. Und dann hatte mich mein schlimmster Albtraum wie ein Zug überrollt. Meine zwei Welten kollidierten auf brutale Weise. Der Blick in Bishops Augen, als er es herausfand, brach mir das Herz. Nie hätte ich mir vorstellen können, dass jemand, der mir so viel bedeutete, mich so hassen könnte. Es schmerzte schlimmer, als jede körperliche Wunde hätte wehtun können.

Mir wurde klar, wie naiv ich gewesen war, zu denken, dass ich mit dieser Lebenslüge durchkommen würde. Wie hatte ich nur glauben können, dass es funktionieren würde? Dass ich die Raiders reinwaschen könnte und Bishop damit klarkäme, dass ich eine Agentin war? Ich war eine Närrin gewesen, zu glauben, dass es für uns ein Happy End geben könnte. Ich war derartig von Sex und Liebe vernebelt, dass ich geglaubt hatte, aus einer Lüge könnte eine Beziehung entstehen.

Als ich auf den Parkplatz fuhr, hatten sich meine Gefühle in Wut darüber verwandelt, wie die Sache behandelt worden war. Ich wollte Antworten, und die würde ich mir von Peterson holen, sobald er zurück war.

Aus meinem Büro konnte ich genau auf Petersons Tür blicken. Ich wusste nicht, wie lange ich da saß und geistesabwesend meinen Kugelschreiber klickte.

Als ich sah, wie Peterson in sein Büro ging, hastete ich über den Flur. Ohne zu klopfen, trat ich ein und warf die Tür hinter mir zu.

„Ich dachte mir schon, dass du zu mir kommst, ehe ich zu dir komme", sagte er und setzte sich auf seinen Lederstuhl.

Ich stützte mich mit den Händen auf seinem Schreibtisch auf. „Wieso hat mich niemand über die Razzia informiert?"

Peterson sah mich über den Rand seiner Brille an. „Entschuldige bitte, aber ich habe angenommen, dass nur die an dem Fall arbeitenden Agenten informiert werden müssten."

„Verdammt, Peterson, es spielt keine Rolle, dass ich nicht für den Fall eingeteilt bin. Du schuldest es mir wegen Gavin."

„Momentan sollte meine schlechte Kommunikationsfähigkeit deine geringste Sorge sein."

Ich knurrte und begann, auf und ab zu laufen. „Ich weiß, dass ich dir eine Erklärung schulde."

„Ganz genau." Peterson erhob sich und ging um seinen Schreibtisch herum. „Würdest du mir bitte sagen, was zur Hölle du da gemacht hast?"

Ich hob das Kinn. „Du hast den Club observiert, und ich bin sicher, dass du ganz genau weißt, was ich da gemacht habe."

„Nein, bisher haben wir nur die Telefonleitung überwacht."

„Wie konntet ihr dann von den Waffen wissen?"

„Mitten in der Nacht erhielten wir einen Tipp. Wegen der detaillierten Informationen hielten wir den Tipp für verlässlich. So schnell wie möglich habe ich ein Team zusammengestellt. Und da es ein Wochentag und morgens war, rechneten wir mit wenig anwesenden Raiders. Wir hatten Glück, all ihre hohen Tiere auf einen Schlag zu erwischen. Momentan wird sich um die anderen Mitglieder gekümmert."

Ich hob die Augenbrauen. „Nur ein Tipp? Ihr hattet keine anderen greifbaren Beweise, die die Waffen mit den Raiders in Verbindung bringen?"

Peterson kreuzte die Arme vor der Brust. „Sag mir jetzt bitte, was du da zu suchen hattest. Nach dem Drama zwischen dir und Bishop Malloy gehe ich davon aus, dass du nicht in offizieller Sache dort warst."

Ich fuhr mir mit der Hand durch die Haare und seufzte. „Eine Woche nach Gavins Tod bin ich zu Bishop gegangen. Seitdem reden wir täglich miteinander."

„Nur reden?"

„Letztes Wochenende ist mehr daraus geworden."

„Wie viel mehr genau?"

Ich warf die Hände in die Höhe. „Ich habe mich in ihn verliebt, okay? Während ich dabei war, ihn besser kennenzulernen, habe ich mich in ihn verliebt." Meine Unterlippe bebte, was ich hasste. „Und jetzt hasst er mich."

Peterson atmete hörbar aus. „Wie konntest du dich in einen Mann verlieben, den du so verabscheut hast? Hast du vergessen, dass er in Gavins Tod involviert ist?"

Ich schüttelte den Kopf. „Das ist es ja eben. Er ist nicht der, für den ich ihn gehalten habe. Keiner der Raiders ist das." Peterson blickte skeptisch. „Ja, früher haben sie illegale Geschäfte gemacht. Aber dann haben sie durch die Gewalt viele Mitglieder verloren. Deacon wurde Vater und wollte ein besseres, sicheres Leben für seine Tochter. Da haben sie sich entschlossen, legal zu werden. Und weil ich so oft dabei war, weiß ich, dass sie unschuldig sind."

„Und wie erklärst du dir die gefundenen Waffen?"

„Sie wurden reingelegt."

Peterson lehnte sich an seinen Schreibtisch. „Normalerweise mag ich Verschwörungstheorien, aber heute bin ich nicht in der Stimmung dafür."

„Bishop hat mir erzählt, dass es Mitglieder gibt, denen nicht gefällt, dass der Club legal werden will. Und dass das die Leute waren, die für die Schießerei in Virginia verantwortlich sind. Ich glaube, wer immer dahintersteckt, wollte sich an Bishop und den anderen rächen und hat ihnen die Waffen untergejubelt und euch dann den Tipp gegeben."

Nachdenklich kratzte sich Peterson am Kinn. „Und woher kommt dieser Hass gegen die Raiders?"

„Ich glaube, das hängt mit dem Deal mit dem Rodriguez-Kartell zusammen. Die Raiders wollten aus dem Waffengeschäft aussteigen und übergaben ihre Kontakte dem Kartell. Und jemandem passte das nicht."

„Interessante Theorie, aber kannst du es beweisen?"

Mein Herzschlag erhöhte sich. „Wenn du mir die Chance dazu gibst, ja."

„Ist dir klar, was du damit riskierst? Wenn der Fall platzt, ist deine Karriere vorbei."

Obwohl mir bei dem Gedanken übel wurde, nicht mehr die Karriereleiter in der ATF hinaufsteigen zu können, wusste ich, dass ich alles in meiner Macht Stehende tun musste, dass Bishop und die anderen nicht unschuldig eingesperrt wurden. „Das ist mir bewusst."

Peterson sah mich eine Weile an und ging dann wieder hinter seinen Schreibtisch. Er setzte sich auf den Stuhl und ich hielt vor Anspannung die Luft an.

„Hör zu, ich weiß, dass du eine furchtbare Zeit durchmachst seit Gavins Tod, aber ich hätte nie gedacht, dass du so weit gehst und dich an Malloy heranmachst." Ich wollte mich verteidigen, doch er hielt eine Hand hoch. Er stand wieder auf und lief herum, suchte anscheinend nach den richtigen Worten. „Ich habe deinen Instinkten immer vertraut, Vargas. Immer. Du hast mir nie einen Grund zum Zweifeln gegeben. Wenn du wirklich ins kalte Wasser springen willst, dann hast du meine Unterstützung."

Ich atmete die Luft aus, die ich angehalten hatte. „Wirklich?"

Peterson nickte. „Ich hoffe, du weißt, wie schwer es für mich wird, dir die nötigen Ressourcen zur Verfügung zu stellen."

„Ich weiß, dass das schwer wird."

„Auf jeden Fall. Ich werde wie ein Köter durch Ringe springen müssen."

Ich lächelte. „Danke. Ich werde dich nicht enttäuschen."

„Hoffentlich nicht, denn auch mein Arsch steht auf dem Spiel. Du hast achtundvierzig Stunden, bevor Anklage erhoben wird. Das ist die beste Möglichkeit, sie freizukriegen."

Aufregung drohte mir die Kehle zuzuschnüren. Ich nickte. „Ich fange sofort an." Ich wirbelte herum und wandte mich der Tür zu. „Und noch mal danke, Peterson."

Er lächelte. „Gern geschehen. Und viel Glück."

Kapitel 19

Samantha

Ich hatte mich zwar schon oft in gefährlichen Situationen bei Einsätzen befunden, aber noch nie hatte ich eine so tief sitzende Furcht verspürt wie jetzt, als ich auf den Parkplatz der Raiders fuhr.

Mit zitternden Händen stellte ich den Motor ab und öffnete die Tür. Auf dem Weg zur Eingangstür trugen mich meine weichen Knie kaum. Die schreckliche Angst rührte nicht von dem Umstand, mich Drogenbaronen und Gang-Anführern stellen zu müssen, sondern den Frauen der Raiders.

Zum ersten Mal wurde die Tür nicht bewacht. Ich fragte mich, ob die Männer auch verhaftet worden waren oder sich nur bedeckt hielten. Mir war übel, als ich die Tür öffnete und hineinging.

Nachdem die Tür hinter mir zugefallen war, richteten sich die Augen aller Anwesenden auf mich. Nach nur zwei Sekunden stürzte sich Kim wie ein wütender Stier auf mich.

„Du hast vielleicht Nerven, herzukommen!"

Schützend hielt ich die Hände vor mich. „Ich weiß, aber ich muss mit euch reden."

Macs Old Lady, eine kurvige Brünette, schnaubte verächtlich. „Wie kommst du darauf, dass wir dir überhaupt zuhören wollen?" Sie stand direkt vor mir und spuckte mir ins Gesicht. „Verfluchte Verräterin!"

Ich wischte mir das Gesicht ab. Ein Teil von mir wollte sie umhauen, weil sie mich so abfällig behandelte, doch ich musste daran denken, aus welchem Grund sie so reagierte. Ihr Ehemann saß hinter Gittern und erwartete eine Anklage wegen Waffenschieberei.

Ich atmete durch und betrachtete die Frauen, die ich als meine Freunde bezeichnet hatte. „Ihr alle habt gute Gründe, mich zu hassen. Ich war eine Verräterin. Ich gebe zu, dass ich niedere Motive hatte, Bishop kennenzulernen. Aber bitte gebt mir ein paar Minuten, um zu erklären …"

„Du willst uns erklären, wieso du Bishop verarscht und unsere Männer in den Knast gebracht hast?", fragte Kim, und die anderen Frauen stießen empört Flüche aus.

„Bitte, nur fünf Minuten. Ich schwöre, dass ich hier bin, um zu helfen."

Annabel trat vor. Sie hielt die Hand hoch, bis alle schwiegen. „Lasst sie sprechen."

Jetzt wurde nur noch leise gemurmelt. Als Ruhe herrschte, begann ich zu reden. Ich erzählte ihnen von dem Mord an meinem Vater und meiner Meinung zu Beginn dieses Falles, was ich bei Gavins Tod empfunden hatte und am Schluss, wie ich mich Bishop genähert hatte und was ich jetzt von den Raiders dachte. Sie hörten mir aufmerksam zu.

„Was heute passiert ist, war nicht wegen mir oder Informationen, die ich meinen Vorgesetzten gegeben habe. Ja, ich hätte ihnen sagen sollen, dass die Raiders nur noch legal arbeiten, das kann ich jetzt nicht mehr ändern. Aber ich kann den Ruf der Männer reinwaschen, sodass sie freigelassen werden. Aber dafür brauche ich deren Hilfe."

Alexandra nahm Wyatt auf ihre andere Hüfte. „Lass mich raten. Um sie zum Mitmachen zu bewegen, sollen wir mit ihnen reden."

Ich nickte. „Egal was ich ihnen zu sagen habe, es wird bei ihnen auf taube Ohren stoßen. Aber ich dachte mir, sie werden auf ihre Frauen hören."

Alex sah mich vorsichtig an. „Und wer redet mit Bishop?"

„Das mache ich selbst."

Kim schnaubte. „Meinst du wirklich, nach all dem redet er noch mit dir? Das Wichtigste bei den Raiders ist Loyalität. Du hast darauf herumgetrampelt."

„Das ist mir klar. Ich hoffe, dass ich ihm alles erklären kann und er meine Entschuldigung annimmt."

Alex seufzte. „Sei nicht naiv, Sam. Wir sind viel nachsichtiger, weil wir Frauen sind und verstehen, wie es ist, unsterblich verliebt zu sein."

„Wer sagt hier, dass wir nachsichtig sind?", knurrte Kim.

Alexandra blickte über die Gruppe. „Ich glaube, man kann durchaus sagen, dass wir alle schon mal was Verzweifeltes oder Verrücktes getan haben, wenn es um unsere Männer geht. Ich zumindest. Was Sam getan hat, war falsch, aber sie versucht, es wiedergutzumachen ..."

„Und warum eigentlich? Ist dir plötzlich ein Gewissen gewachsen?", wollte Boones Frau Annie wissen.

„Weil es das Richtige ist. Eure Ehemänner wurden reingelegt. Ich würde nie zulassen, dass Unschuldige für ein Verbrechen bezahlen müssen, das sie nicht begangen haben. Außerdem hat sich der Club gewandelt. Die ganze Undercovermission galt nur der Waffenschieberei. Und das ist jetzt kein Thema mehr."

„Es gibt noch einen anderen Grund, warum du unsere Männer befreien willst", sagte Annabel lächelnd. „Du liebst Bishop."

Tränen brannten in meinen Augen und ich blinzelte sie fort. „Ja. Das stimmt. Ich liebe ihn sehr."

Die Frauen murmelten. Kim machte ein empörtes Geräusch. „Ich muss schon sagen, meine Liebe, du hast ein Talent, die Dinge zu versauen."

Ich lachte auf. „Glaub mir, das weiß ich." Ich wischte mir ein paar entkommene Tränen ab. „Alles ging so schnell. Ich hatte nicht vor, mich in Bishop zu verlieben. Und als es passiert war, wollte ich keine Agentin mehr sein, die ihn ausspioniert. Ich wollte nur die Frau sein, die ihn liebt."

Annabel legte eine Hand auf ihre Brust. „Oh Gott, du Armes."

Kim seufzte. „Also bei Bishop hast du nur eine

Chance, wenn du ihn und die anderen befreist. Wenn er draußen ist, können wir alle versuchen, ihn zu überreden, dir noch eine Chance zu geben."

Überrascht hob ich die Augenbrauen. „Heißt das, dass du mir noch eine Chance gibst?"

Kim lächelte. „Ja, ich glaube schon. Schließlich bauen wir alle mal Mist. Nach deiner Erklärung sehe ich die Sache jetzt anders."

Ich atmete tief und erleichtert aus. „Also werdet ihr mir helfen?" Ein Chor von Ja-Rufen kam zurück. „Super. Ich kann euch gar nicht genug danken."

„Nein, wir danken dir, dass du dich bemühst, unsere Männer zu befreien", sagte Alexandra.

„Genau", sagte Kim. Sie schlug mir auf den Rücken. „Wie wär's mit einem Drink, bevor du gehst?"

Ich grinste. „Ich könnte wirklich einen brauchen."

Kim schüttelte den Kopf. „Liebes, du wirst mehr als einen brauchen, wenn du mit Bishop reden willst."

Kapitel 20

Bishop

Ich lag auf der Gefängnispritsche und starrte an die Zellendecke. Die vielen Risse im Putz zu zählen, war eine Möglichkeit, die Zeit rumzukriegen. Es war sechsunddreißig Stunden her, seit die ATF ins Clubhaus gestürmt war und meine Welt aus den Angeln gehoben hatte. Zwar hatte ich schon ein paar kleinere Vergehen begangen, doch ich war noch nie über Nacht im Gefängnis gewesen. Immer war ich am selben Tag auf Kaution entlassen worden. Doch jetzt ging es um eine Anklage wegen Waffenhandels, und wenn es nach der ATF ging, würde ich so schnell nicht mehr rauskommen.

Die ATF erinnerte mich natürlich wieder an Samantha, und mein betrogenes Herz schmerzte. Nie hätte ich mir vorstellen können, dass mich eine Frau derartig tief verletzen könnte. Doch sie hatte es geschafft. Unsere ganze Zeit zusammen war eine Lüge gewesen. Ich hatte davon gehört, dass Frauen mit Männern spielten, doch nie hätte ich gedacht, dass ich einmal einer dieser armen Hunde sein würde. Samantha hatte einen verdammten

Oscar für ihre schauspielerische Leistung verdient. Ich war wirklich davon überzeugt gewesen, dass sie mich mochte, dass wir etwas Besonderes hatten. Etwas, wie Rev und Deacon es hatten.

Aber ich hatte mich geirrt. So verdammt geirrt. Nicht nur mich hatte sie verarscht, sondern auch meine Brüder. Heiße Wut durchfuhr mich, wenn ich daran dachte, wie sie so getan hatte, als ob diese ihr genauso viel bedeuteten wie ich. Doch so war es nicht gewesen. Sie war nur auf eine Beförderung aus. Bestimmt winkte ihr eine fette Beförderung für unseren Fall. Während wir im Gefängnis verrotteten, würde sie mehr Gehalt und einen höheren Rang genießen. Bei diesem Gedanken ballte ich die Fäuste und wollte irgendwas zerschlagen.

Vor allem wünschte ich, ich könnte mich mit meinen Brüdern Deacon und Rev austauschen. Doch sie hatten uns von Anfang an separiert. Denn so konnten wir uns keine Story oder einen Deal ausdenken und keine solide Einheit bilden aus unserem Präsidenten, dem Vize und dem Sergeant at Arms. Deacon und Boone hatte man in ein anderes Gefängnis gebracht, und Mac und ich waren hiergeblieben. Rev war die größte Bedrohung und war in Einzelhaft gekommen.

Beim Klimpern von Schlüsseln wandte ich den Kopf und sah einen Wärter hereinschlendern.

„Auf geht's, Malloy."

„Was ist los?"

„Sie haben Besuch."

Mac und ich tauschten einen Blick aus. „Mike hat vielleicht Informationen über unseren Fall", sagte ich und sprang von der Pritsche.

„Bei dem vielen Geld, das der Club ihm zahlt, sollte er ordentlich was leisten", knurrte Mac.

Der Wärter öffnete die Tür und ich folgte ihm aus dem Zellenblock. Nach einem langen Flur hielt er vor einer Tür zur Rechten. Der Raum war leer bis auf einen Tisch und zwei Stühle. An einer Wand befand sich ein Polizeispiegel, und ich fragte mich, wer dahinter wohl zusah. Ich setzte mich und hielt meine Hände mit den Handschellen hoch. „Werden mir die nicht abgenommen?"

Er schüttelte den Kopf. „Die bleiben dran."

Ich verengte die Augen. „Und wieso?"

„Sie könnten zu einer Gefahr werden."

„Meinem Anwalt gegenüber? Das ist recht unwahrscheinlich, weil ich ihn lebend brauche, um mich hier rauszuholen."

Der Wärter sah sich um und sagte dann leiser: „Es ist nicht Ihr Anwalt."

Ich lehnte mich auf dem Stuhl zurück. „Wer ist es dann? Das hier ist kein Besucherraum."

Ehe der Wärter antworten konnte, ging die Tür auf. Nie im Leben hätte ich die Person erwartet, die in den Raum trat.

Samantha.

Oder zumindest eine Version von ihr. Mit Sicherheit war es nicht die Frau, die ich kannte. Verschwunden war die Samantha mit dem schwarzen Eyeliner, den hautengen Jeans und den Tops mit freizügigem Ausschnitt. An ihre Stelle war eine eiskalte Frau getreten, beruflich professionell in einem schwarzen Kostüm gekleidet. Ihr langes dunkles Haar hatte sie zu einem Knoten hochgebunden.

Als ich ihrem Blick begegnete, stand ich abrupt auf. „Mach, dass du hier rauskommst!"

„Bishop, ich muss mit dir reden", sagte sie in ruhigem Ton.

„Ich habe dir nichts zu sagen, außer vielleicht, leck mich. Das war's."

Der Wärter blickte von mir zu Samantha. Sie schüttelte den Kopf. „Lassen Sie uns allein."

„Miss, ich glaube nicht …"

Samanthas Blick war wütend. „Ich habe gesagt, lassen Sie uns allein."

Er hielt die Hände hoch. „Na gut."

Nachdem er die Tür geschlossen hatte, kam Samantha an den Tisch. Ihre Absätze klackerten auf dem Linoleum. Wortlos zog sie sich den Stuhl mir gegenüber heran. Sie warf eine dicke Akte auf den Tisch und setzte sich.

Wir sahen uns eine Weile an.

Samantha holte Luft. „Bishop, ich …"

„Sieh einer an. Die Geheimagentin."

„Das bin ich nicht."

„Bei dem, was du mit mir und dem Club gemacht hast, kann man dich durchaus als Spionin bezeichnen, oder?"

„Ich war dort, um Informationen über die Raiders bezüglich des Rodriguez-Kartells zu sammeln."

„Du hast spioniert."

„Ich habe nur meinen Job gemacht. Mit dem Gavin und ich beauftragt waren."

„Gavin? Du meinst wohl Marley. Ja, das war auch eine bittere Pille. Nicht nur hat mich die Frau verarscht, für die ich etwas empfinde, sondern mein Freund steckte mit ihr unter einer Decke."

Samantha wirkte traurig. „Er war mein bester Freund, Bishop. Und er war derjenige, der wollte, dass ich dir eine Chance gebe. Er war wirklich gern mit dir zusammen."

Ihre Worte schmerzten. „Egal. Das macht nicht besser, was du getan hast."

Samanthas Blick zeigte Reue. „Auch wenn es nichts nutzt, es tut mir ehrlich leid."

Mann, diese Frau konnte gut schauspielern. Bitch. Ich hob die Augenbrauen. „Es tut dir leid? Du hast mein Leben ruiniert und das meiner Brüder, und alles, was du sagen kannst, ist, dass es dir leidtut?"

„Es tut mir wirklich leid. Aber ich habe dein Leben nicht ruiniert. Wir wissen beide, dass deine Feinde das getan haben."

„Ach ja?"

„Ja."

„Und warum bist du hier?"

„Ich bin hier, um die Dinge richtigzustellen und dich aus dem Knast zu holen."

„Und wie willst du das anstellen?"

„Indem ich vor Gericht für euch aussage."

Was zur Hölle?

Sie wollte uns wirklich helfen? Sie musste andere

Motive dafür haben. Ich verengte die Augen. „Und warum solltest du das tun? Du hast immerhin gegen uns gearbeitet."

„Das war, bevor ich die Wahrheit über den Club wusste. Dass ihr legal seid und dass ihr keine Waffen mehr verschiebt."

Ungläubig starrte ich sie an. Ich konnte nicht fassen, dass sie tatsächlich vor mir saß und vorschlug, dem Club zu helfen. „Sag mir eins."

„Was?"

„War alles gelogen? Gab es, als wir zusammen waren, einen einzigen Moment, wo du mir nichts vorgespielt hast?"

„Ja, ich …"

„Warte, ich weiß. Das war beim Ficken, ja?"

Entsetzt weitete sie die Augen und bewegte sich unruhig auf dem Stuhl hin und her. „Bishop, bitte."

„Oh, diese zwei Worte habe ich oft von dir gehört. Aber da war ich natürlich in dir, manchmal war ich oben, manchmal du. Du hast gebettelt, dass ich dich zum Kommen bringe. Wahrscheinlich war das nicht gelogen. Frauen täuschen den Orgasmus zwar andauernd vor, aber ich habe dich um meine Finger und meine Zunge kommen gespürt."

Als Sam errötete, grinste ich in den Spiegel. „Agent Vargas ist klasse im Bett. Und verdammt unersättlich. Egal wie oft sie gekommen ist, sie wollte immer mehr."

Ehe ich mich versah, verpasste sie mir eine Ohrfeige. „Fick dich, Bishop!"

Ich lachte. „Verdammt, Weib, du solltest in den Ring gehen. Mit ein bisschen Training könnte das ein guter rechter Haken werden."

„Du arroganter Dreckskerl. Ich setze meinen Arsch für dich aufs Spiel und so dankst du es mir?"

„Entschuldige bitte, dass ich leicht misstrauisch bin, nachdem alles, was du die letzten sechs Monate gesagt hast, gelogen war."

„Es war nicht alles gelogen! Alles über mein Leben war die Wahrheit. Das Einzige, was ich nicht gesagt habe, war, dass ich eine Agentin bin."

„Das ist ein ganz schöner Brocken, den du da ausgelassen hast, besonders, wenn er der einzige Grund war, wieso du bei mir warst."

„Nur am Anfang. Aber dann bin ich wegen mir bei dir geblieben, nicht wegen dem Fall."

Ich öffnete den Mund und schloss ihn wieder, ohne etwas zu sagen. Ich wusste nicht, wie ich das Gesagte auffassen sollte. Einerseits befürchtete ich, dass noch mehr Lügen aus ihr kamen, aber was, wenn es die Wahrheit war? Was, wenn sie wirklich erst nur an dem Fall gearbeitet und dann begonnen hatte, mehr für mich zu empfinden?

Ich änderte das Thema. „Wie kommst du darauf, dass ich dein Angebot annehmen werde?"

„Ist deine Freiheit nicht Grund genug?"

„Ich muss immer noch mit mir selbst klarkommen, und wie könnte ich das, wenn ich eine verräterische Ratte bin, die mit dem ATF unter einer

Decke steckt?"

„Würden dich deine Brüder wirklich für einen Verräter halten, wenn du gegen den Kerl aussagst, der euch reingelegt hat?"

Ich wusste es nicht und hoffte, sie würden es verstehen, besonders weil es sich um Eddy handelte. Ich hatte keinen echten Grund, Samanthas Angebot nicht anzunehmen. „Okay. Ich sage und tue alles, was mich hier rausholt."

Samanthas Miene hellte sich auf. „Ich freue mich, das zu hören."

„Aber eins stelle ich gleich klar. Das ändert nichts zwischen uns. Verstanden?"

Ohne mir zu antworten, öffnete sie die Akte, die sie mitgebracht hatte. Sam hatte noch nie den Blickkontakt gemieden, doch nun konzentrierte sie sich voll und ganz auf den Ordner, der vor ihr lag.

„Du musst mir alles erzählen, was du darüber weißt, wer dahinterstecken könnte."

„Da kommt nur einer infrage." Bei dem Gedanken an Eddy entkam mir ein tiefes Knurren, das mich selbst überraschte. Samantha hob den Blick von ihren Papieren. „Glück für dich, denn wenn du den Kerl schnappst, kommst du an die Diablos ran", sagte ich.

Samanthas Augen weiteten sich und sie blickte kurz zum Spiegel. „Die Agency versucht schon ewig, die zu erwischen."

„Tja, wenn du Eddy aufspürst, hast du die Diablos am Haken, denn wenn ich eins über Eddy weiß, dann dass er keine Loyalität besitzt. Er wird singen wie ein Kanarienvogel, wenn er denkt, dass es ihm was nützt."

„Verstehe."

Sam schrieb eifrig mit, als ich ihr von dem Meeting und dem, was mit Eddy in Virginia passiert war, erzählte. Sie hielt inne, als ich an die Stelle kam, dass Eddy hinter der Schießerei steckte. Sie sah zu mir hoch.

„Der Mistkerl hat Gavins Blut an den Händen?"

„Ganz genau."

„Ich werde es auskosten, ihn festzunageln."

Ich hatte ihr alles erzählt, was ich wusste, inklusive meiner Theorie, dass Eddy uns während des Sturms den Strom unterbrochen hatte, um uns die Waffen unterzuschieben. „Ich bin sicher, dass deine Agenten Spuren auf dem Gelände finden werden. Fußabdrücke oder durchtrennte Kabel oder so was."

Samantha nickte. „Ich werde jemanden darauf ansetzen." Sie schob ihre Papiere zusammen und steckte sie in die Akte. „Dann sind wir wohl fertig."

„Denke schon."

„Sobald wir dem Haftrichter die neuen Beweise übergeben haben, solltet ihr in weniger als vierundzwanzig Stunden entlassen werden."

„Gut."

Sie erhob sich. „Ich sage Bescheid, falls wir noch etwas von dir brauchen."

Ich nickte und sie ging zur Tür. Ich sah zu, wie sie ging, und in meiner Brust zog sich alles zusammen. Es gab so vieles, was ich ihr sagen wollte, doch ich war zu stur. „Danke", brachte ich schließlich hervor.

Samantha hielt inne. Langsam drehte sie sich zu mir um.

„Du weißt schon, weil du deinen Hals für uns riskierst und so."

„Gern geschehen", sagte sie leise.

Wir sahen uns eine Weile an und dann eilte sie aus der Tür.

Als sie gegangen war, rieb ich mit den gefesselten Händen die schmerzende Stelle über meinem Herzen. Egal wie sehr ich mich bemühte, es tat einfach saumäßig weh.

Kapitel 21

Bishop

Als der Van, der uns nach Hause brachte, auf den Parkplatz des Clubhauses fuhr, konnte ich meine Gefühle nicht mehr beherrschen und ließ einen erfreuten Jubelschrei los. Archer hatte kaum angehalten, da riss ich schon die Tür auf und sprang aus dem Wagen. Raiders strömten aus dem Haus. Wahrscheinlich war ich noch nie so viel umarmt und geküsst worden.

Obwohl der warme Empfang schön war, fühlte er sich hohl und leer an. Besonders als Alex und Annabel in Deacons und Revs Arme rannten. Sogar Boone, der schon seit einer Ewigkeit verheiratet war, hatte einen glücklichen Moment mit seiner Frau. Ich vermisste Samantha, auch wenn ich das nicht sollte, und hasste mich selbst dafür. Was zwischen uns passiert war, interessierte mich in diesem Augenblick nicht mehr. Ich wollte nur ihre weichen Kurven spüren, ihren süßen Duft einatmen und ihre Arme um mich fühlen.

Ich verzog das Gesicht, schob die Gedanken beiseite und versuchte, mich auf die Party zu konzentrieren. Ich brauchte ein Bier in der Größe meines Kopfes. Doch ehe wir die Willkommensparty genießen konnten, mussten wir erst ein Meeting abhalten. Wir gingen ins Besprechungszimmer und schlossen die Tür ab.

Rev nahm seinen Platz am Kopf der Tafel ein. Er sah Archer und Crazy Ace an. „Habt ihr alles abgesucht, ob die Feds bei der Razzia Abhörgeräte dagelassen haben?"

Archer nickte. „Fünfmal geprüft, damit wir nichts übersehen haben."

„Gut." Er blickte in die Runde. „Okay, Gentlemen, wir können anfangen."

„Fühlt sich gut an, wieder hier zu sein, stimmt's, Jungs?", fragte Deacon mit einem Grinsen.

„Und wie", sagte Mac.

„Hatte keine Ahnung, wann mein Arsch wieder auf diesem Leder hocken wird", scherzte Boone.

Deacon sah Rev an. „Was steht auf der Tagesordnung?"

„Als Erstes müssen wir diese Aussagen unterschreiben." Rev reichte Crazy Ace einen großen Umschlag. Dieser öffnete ihn und verteilte die Papiere. „Bitte lesen und prüfen, ob alles so stimmt, und dann unterschreiben."

Schweigend lasen wir die schriftliche Version unserer Aussagen für die ATF über Eddy und das Attentat in Virginia. Glücklicherweise hatte man uns nicht gebeten, etwas über das Rodriguez-Kartell zu sagen. Diese Gruppe wollte ich noch auf unserer Seite haben.

Nacheinander unterschrieben wir und reichten

Rev die Papiere.

„Okay. Gut. Das war's im Moment." Er schob die Papiere zusammen und steckte sie in den Umschlag. „Wer kann das zu Samantha, äh, Agent Vargas bringen?"

Ich starrte auf meine Hände.

Als sich niemand meldete, räusperte sich Rev. „Bishop, warum übernimmst du das nicht?"

„Auf keinen Fall."

„Es tut dir vielleicht gut, sie wiederzusehen. Ihr könntet miteinander reden", schlug er vor.

Ruckartig hob ich den Kopf. „Ist das dein Ernst?"

„Yep."

„Du sitzt wirklich da und schlägst vor, dass ich mit der Frau, die mich betrogen hat, reden soll?"

„Hör mal, ich sage nicht, dass es mich nicht wütend macht, dass sie anfangs bei uns nach Dreck unter dem Teppich herumgeschnüffelt hat ..."

„Ganz genau!"

„Aber immerhin hat sie die meiste Zeit, die sie bei uns war, versucht, Beweise für unsere Unschuld zu finden."

„Un-fucking-fassbar."

Deacon seufzte. „B, sie setzt echt ihre Karriere für uns aufs Spiel. Du könntest einwenden, dass sie das nur tut, weil wir auch wirklich unschuldig sind, aber sie macht es auch, weil du ihr was bedeutest."

Ich kreuzte die Arme vor der Brust. „Könntest du einer Frau verzeihen, die so etwas getan hat?"

Er schnaubte. „Du hast wohl vergessen, dass Alexandra mich ans Bett gefesselt hat, um heimlich Sigel zu erledigen. Und obwohl mich das rasend gemacht hat, wusste ich, dass sie es getan hat, weil sie mich liebt und mich beschützen wollte."

„Das ist ein ganz anderer Fall."

Deacon hob die Augenbrauen. „Bist du dir da so sicher?"

Ich blickte in die Runde. Alle sahen mich an, als wäre ich derjenige, der den Umschlag überbringen müsste. „Na gut." Ich erhob mich und nahm Rev den Umschlag aus der Hand. Ohne ein weiteres Wort verließ ich den Raum und ging zu meinem Bike.

Es dauerte eine gute halbe Stunde bis zu Samanthas Büro. Auf ihrem Stockwerk brauchte ich Hilfe, um ihr Büro zu finden. Das war nicht leicht, weil viele Angestellte schon nach Hause gegangen waren. Vor ihrer Tür stand ein Typ wie ein Wrestler. „Ich muss das hier Agent Vargas übergeben."

„Ausweis? Besucher-ID?"

„Verdammt. Haben eigentlich alle Agenten einen Bodyguard?"

„Nur, wenn eine Bedrohung herrscht."

Ich neigte den Kopf zur Seite. „Vargas wurde bedroht?"

Er betrachtete meinen Führerschein. Dann reichte er ihn mir zurück. „Das darf ich Ihnen nicht sagen."

„Danke, das beantwortet meine Frage schon." Ich klopfte an.

„Herein!", rief Sam.

Mein Magen zog sich zusammen und ich kam mir wie ein verfluchtes Weichei vor. Ich ging durch die Tür. Sie saß an ihrem Schreibtisch und sah erneut gebügelt und gekämmt aus, wie eine ATF-Barbie. Unsere Blicke trafen sich. Wir sahen einander an, bis sie sich aus ihrem Sessel erhob.

„Kann ich dir irgendwie helfen, Bishop?"

„Ja. Du kannst mir verraten, was Hulk Hogan vor deiner Tür macht."

„Darüber musst du dir keine Gedanken machen."

Ich verengte die Augen. „Lass mich raten. Das ist Geheimsache – oder wie ihr das nennt –, und darüber redet ihr nicht mit Zivilisten wie mir."

„Könnte man so sagen." Zwar gab sie sich kühl und ruhig, doch ich spürte, dass sie innerlich bebte.

„Egal." Ich warf den Umschlag auf ihren Schreibtisch. „Rev schickt mich, dir das zu bringen. Die Aussagen aller Officers."

„Gut. Vielen Dank."

„Ja, ja, gern geschehen."

„Ihr seid also heute nach Hause gekommen?"

„Vor ein paar Stunden."

„Freut mich, dass sie es bei euch nicht lange hinausgezögert haben."

„Nein, es ging recht schnell."

Wir standen da und redeten miteinander wie Fremde. Ich musste den Kopf schütteln.

„Was ist?", wollte sie wissen.

„Ich habe mich nur gefragt, wie wir zu Fremden

geworden sind."

Sie blickte zu Boden. „Oh."

„Ich meine, wenn wir uns so benehmen, kann ja nicht viel dran gewesen sein, oder?"

„Dem kann ich nicht zustimmen", sagte Sam.

„Nicht?"

„Ich glaube, es war immer etwas zwischen uns. Sogar schon, als wir uns das erste Mal begegnet sind."

„Kann sein. Aber die meiste Zeit war es rein körperlich."

„Ja, wir haben uns körperlich immer stark zueinander hingezogen gefühlt, aber das war nicht alles."

„Das Körperliche ist das Einzige, was sich nie geändert hat."

„Wie meinst du das?"

„Du hast dich geändert, als du mich belogen hast."

Samantha verdrehte die Augen. „Ich habe dich nur in einer Sache angelogen. In einer verdammten Sache."

„Einer ziemlich großen Sache."

„Alles andere war wirklich ich, Bishop. Bei all unseren langen Gesprächen am Telefon, beim Essengehen, immer war es ich. Im Clubhaus auch, ich war immer ich selbst."

„Aber das Wichtigste in meinem Leben ist Loyalität. Und du hast darauf herumgetrampelt."

Ärger huschte durch ihren Blick. „Leck mich, Bishop!"

Ich grinste. „Willst du das nicht noch ein letztes Mal? Dass ich dich zum Kommen bringe?"

„Du solltest besser gehen. Sofort."

„Ohne brav zu sein und dich zu befriedigen?"

Samantha sah mich angewidert an. „Ich hasse dich. Ich verabscheue wirklich, wie du bist."

„Aber du willst mich immer noch."

Sie hob die Augenbrauen. „Gemessen an der Wölbung in deiner Jeans würde ich sagen, dass du mich auch ziemlich dringend willst, obwohl du dich sicherlich dafür hasst. So wie ich."

Das stimmte. „Ich will die alte Samantha. Die Frau, in die ich mich verliebt habe."

„Wir sind dieselbe Person, du arroganter, sturer Arsch!"

Das gab mir den Rest.

Ich ging auf sie zu und sie wich um ihren Schreibtisch herum aus. Wir trafen aufeinander, und die nächsten paar Minuten waren ein einziges Gerangel von Lippen, Armen und Beinen. Sie legte ihre Hand auf meinen pochenden Schritt. Ich war schon steinhart gewesen, bevor sie mich berührte.

„Bitte", hauchte sie an meinen Lippen.

Ich packte sie an den Schultern, drehte sie um und beugte sie über den Schreibtisch. Ich zog ihren Rock hoch und wäre fast in meine Hose gekommen, als ich ihre sexy Strapse sah. Hastig schob ich ihr winziges Höschen über ihre Schenkel. Schnell öffnete ich meine Hose.

Sam versuchte, sich zu mir umzudrehen, doch ich schüttelte den Kopf. „Nein. Wir machen es so. Es ist nur Sex." Ich drückte sie an den Schultern nach unten. Mit der freien Hand führte ich meinen Schwanz an ihre Pussy. Sie war bereits feucht und bereit für mich, also stieß ich in sie. Beide schrien wir kurz auf. Oh fuck, ich würde sie schwer vermissen. Sie war so warm, so eng.

Ich begann, rücksichtslos in sie zu hämmern, und sie klammerte sich am Schreibtisch fest.

„Agent Vargas? Alles in Ordnung?"

„Ja", keuchte Sam.

„Soll ich …"

„Bleiben Sie bitte draußen, Tomkins!"

„Ich habe meine Befehle, Agent Vargas."

„Ihr geht es gut, denn ich ficke ihr den Verstand raus, okay?", rief ich.

Sam stöhnte lustvoll und Tomkins kapierte endlich und ließ uns in Ruhe. Jetzt hörte man nur noch unsere feuchte Haut aneinanderklatschen. Als ich kurz davor war, fiel mir auf, dass Samantha noch nicht gekommen war. Zwar war es mir scheißegal, ob sie etwas davon hatte oder nicht, doch ich wollte, dass sie sich immer an unser letztes Mal erinnerte. Ich streichelte ihre Klit. Immer wieder, bis ich spürte, wie sie sich um mich zusammenzog.

„Oh Bishop!", rief sie.

Ich packte sie mit beiden Händen an den Hüften und zog sie meinen Stößen entgegen. Es dauerte nicht lange, dann kam ich, stieß einen Fluch aus und rief ihren Namen.

Keuchend brach ich über ihrem Rücken zusammen. So blieb ich kurz und versuchte, zu Atem zu kommen.

Dann begriff ich, was wir gerade getan hatten.

„Teufel noch mal!" Schnell zog ich mich aus ihr zurück. Wir hatten kein Kondom benutzt.

Meine Gefühle überschlugen sich. Ich wollte Samantha aufhelfen, doch sie entzog sich mir.

„Sam, ich …"

„Geh einfach."

„Aber …"

Sie sah mich mit einem Todesblick an. „Du hast bekommen, was du wolltest. Mich noch einmal ficken. Also geh jetzt."

Mehr als alles andere wollte ich sie in die Arme nehmen. Ich wollte mich mit ihr zusammensetzen und ihr sagen, dass wir das irgendwie wieder hinkriegen würden. Ich wollte ihr sagen, dass ich ein sturer Arsch war und es mir leidtat. Doch ich drehte mich um und ging. Das war's. Das letzte Mal, dass ich sie gesehen und berührt hatte. So sollte es einfach sein.

Kapitel 22

Samantha

Nachdem die Tür hinter Bishop zugefallen war, richtete ich gelassen meine Kleidung. Dann ließ ich mich auf meinen Sessel fallen. Ich stützte den Kopf in meine Hände und weinte hemmungslos. Schwere Schluchzer erschütterten mich, sodass ich nicht wusste, ob ich je wieder aufhören könnte.

Mir war nicht bewusst, wie viel Zeit vergangen war. Fünf oder zehn Minuten vielleicht. Mein Kummer überdeckte alles. Es fühlte sich an, als hätte ich Gavin erneut verloren. Als ob ich dazu verdammt wäre, an die MC-Welt alle zu verlieren, die ich liebte.

Die Tür knarrte, doch ich sah nicht auf. „Geben Sie mir fünf Minuten, Tomkins. Dann können Sie mich nach draußen begleiten."

„Sie werden sich jetzt für mich Zeit nehmen", sagte eine raue Stimme.

Abrupt sah ich auf. Zwar kannte ich ihn nur von einem Foto aus der Akte, doch ich wusste sofort, dass es Eddy Catcherside war.

„Wo ist Tomkins?"

Eddy grinste böse. „Unglücklicherweise verhindert. Für immer."

Meine Gedanken rasten in alle Richtungen, doch ich behielt die Konzentration. Mein Leben hing davon ab. Für Tomkins konnte ich nichts mehr tun, aber für mich. In der obersten Schublade des Schreibtisches lag meine Waffe. Irgendwie musste ich an sie herankommen.

„Agent Vargas, ich kann nicht zulassen, dass Sie für die Raiders aussagen. Die müssen verschwinden und ich muss an deren Waffengeschäfte kommen. Aber zuerst müssen Sie verschwinden."

Er hob die Hand und zeigte mir ein langes Messer, das im Licht glänzte. Als ich nach der Schublade griff, stürzte er sich auf mich.

Hastig fummelte ich an dem Schubfach herum, um an meine Waffe zu gelangen. Doch ehe ich sie öffnen konnte, stach das Messer in meinen Arm. Ich schrie vor Schmerz auf. Mir blieb keine Zeit, bevor er mir das Messer in die Brust und in den Bauch rammte.

Schmerzerfüllt fiel ich auf den Boden und versuchte, mich vor Eddys weiteren Angriffen zu schützen. Doch ich wurde schnell schwächer und konnte die Arme nicht mehr heben. Dann hörte ich einen Ruf von der Tür her. Ich versuchte, die Augen offen zu halten, doch es war sinnlos. Ich spürte, wie ich davonglitt.

Kapitel 23

Bishop

Als ich aus dem Bürogebäude ging, kam ich mir wie der größte Arsch der Welt vor. Was hatte ich mir nur dabei gedacht? Okay, ich wusste ganz genau, was ich gedacht hatte – wieder einmal hatte ich meinem Schwanz die Entscheidungen überlassen. Und allein der Gedanke an den wütenden Sex brachte meinen Schwanz, bereit für eine zweite Runde, zum Zucken.

Mein Handy klingelte und ich nahm es aus der Tasche. Es war Rev.

„Ja. Ich habe den Umschlag abgeliefert. Bin schließlich kein totaler Depp."

„Deshalb rufe ich nicht an."

„Warum dann?"

Er machte eine kurze Pause. „War Samantha okay?"

Ich glaubte nicht, dass Rev eine ausführliche Antwort erwartete. „Ja, warum?"

„War sie allein?"

„Nein, sie hat einen Bodyguard vor der Tür stehen."

„Oh, gut."

„Rev, was zur Hölle ist los?"

Er seufzte. „Eddy ist mal wieder untergetaucht. Nicht mal die Diablos wissen, wo er ist. Und ich mache mir Sorgen über das, was er gesagt hat, bevor er abgetaucht ist, B."

Aufregung erhöhte meinen Blutdruck. Ich umklammerte das Handy fester. „Was denn?"

„Er hat gesagt, dass es ohne Samanthas Aussage keinen Prozess geben wird und dass sie verschwinden muss. Dann kämen wir hinter Gitter und er und die Diablos könnten sich mit dem Rodriguez-Kartell wegen der Waffen anlegen."

„Verdammte Scheiße."

Ich hörte Rev nicht weiter zu. Mein unheimlicher sechster Sinn kribbelte mir die Wirbelsäule entlang. „Ich muss los", sagte ich hastig. Ich legte auf und rannte ins Gebäude zurück. Weil der Aufzug nicht da war, rannte ich die Treppen in den fünften Stock hoch.

Als ich aus dem Treppenhaus kam, hielt ich inne. Ich hörte Sam schreien. Im Zickzack raste ich zwischen den Schreibtischen des Großraumbüros hindurch. Ich stürmte in Sams Büro und sah sie auf dem Boden liegen. Eddy stach auf sie ein.

„Hierher, Drecksack!"

Eddy war kurz überrascht, sodass ich den Moment ausnutzen konnte, um ihn anzugreifen. Wir fielen zu Boden und ich schlug ihm aufs Kinn und gegen das Jochbein. Er war wie ein extremer Gegner im Ring, den ich k. o. schlagen musste, doch diesmal war der Einsatz sehr viel höher.

Eddy erwischte mich mit drei Schlägen, ehe ich mit beiden Fäusten auf sein Gesicht eindreschen konnte. Er schrie vor Schmerzen.

Im nächsten Moment wurde ich hochgehoben und weggezerrt. Als ich wieder bei Sinnen war und kapierte, was vor sich ging, trugen Sanitäter eine Trage ins Zimmer.

„Samantha?" Ich machte mich von den beiden Männern neben mir los und stolperte vorwärts. „Oh mein Gott, Sam." Ich stöhnte.

Sie lag in einer Blutlache und hatte Messerstiche an Armen und Beinen. Doch noch schlimmer waren die Wunden in der Brust und im Bauch. Ich fiel neben ihr auf die Knie, und Tränen brannten in meinen Augen. Ich führte ihre schlaffe Hand an meine Lippen. Ich schmeckte Blut und wusste nicht, ob es ihres war oder Eddys oder mein eigenes. „Oh, Sam, es tut mir so leid. So sehr leid."

„Sir, Sie müssen Platz machen, damit wir sie versorgen können."

Nein, ich kann sie nicht verlassen! Ich habe ihr das angetan. Es ist alles meine verdammte Schuld.

Aber sie brauchte die Sanitäter. Sie mussten ihr Leben retten. Ich wurde erneut gebeten, aus dem Weg zu gehen. Zwar war ich nicht sicher, ob mich meine Beine tragen würden, aber irgendwie kam ich hoch.

Himmel, Sam, es tut mir so verdammt leid.

Nachdem ein Sanitäter sie untersucht hatte, sagte er: „Sie ist stabil, aber wir müssen sie so schnell wie möglich wegbringen. Sie verliert zu viel Blut."

Hilflos sah ich zu, wie Sam auf die Trage gelegt wurde.

„Sir, wollen Sie mitfahren?", fragte mich ein Sanitäter.

„J-ja. Ja, will ich", krächzte ich.

„Dann los."

Als die Räder der Trage durch den Flur ratterten, folgte ich den Sanitätern. Im Aufzug auf dem Weg nach unten konnte ich nur noch beten. Mehr als alles andere, das ich je gewollt hatte, musste sie weiterleben. Ich wollte die Möglichkeit haben, zwischen uns alles wiedergutzumachen.

Und vor allem musste ich Sam sagen, dass ich sie liebte.

Kapitel 24

Samantha

Ich erwachte und meine Lider zuckten. Als ich schließlich die Augen öffnete, befand ich mich nicht mehr auf dem Boden im Büro. Sondern auf einer Trage in der Notaufnahme.

Der Vorhang um mich wurde geöffnet und ein Arzt kam zu mir. „Miss Vargas, schön, dass Sie bei Bewusstsein sind. Sie werden gleich in ein Zimmer verlegt." Er streckte die Hand aus, die ich mit meiner ergriff, in der eine Infusionsnadel steckte. „Ich bin Dr. Harrelson. Ich habe mich um Ihre Verletzungen gekümmert."

„Meine Verletzungen?", fragte ich heiser.

„Ja. Sie haben mehrere Stichwunden."

Sofort kam die Erinnerung zurück und mir wurde schwindelig. Bishop war da gewesen und hatte mir die Papiere gebracht. Wir hatten Sex … dann wurde ich von Eddy angegriffen. Meine letzte Erinnerung neben dem Schmerz war, dass Bishop mit Eddy gekämpft hatte. Ich schnappte nach Luft. „Der Mann, der mich gerettet hat – geht es ihm gut?"

Dr. Harrelson nickte. „Ja. Er ist gleich hier draußen, falls Sie ihn sehen wollen. Wir haben ihn kaum von Ihrer Seite gekriegt."

Von meinen Gefühlen überwältigt konnte ich nur nicken. Dr. Harrelson tauchte hinter dem Vorhang weg. Als er zurückkam, war Bishop neben ihm. Er hatte ein paar kleine Verletzungen und blaue Flecken im Gesicht. Er musste mir die Angst angesehen haben.

„Keine Sorge, mir geht's gut."

„Ganz bestimmt?"

„Vergiss nicht, dass ich es gewöhnt bin, beim Boxen was ins Gesicht zu bekommen."

„Ich lasse Sie jetzt allein", sagte Dr. Harrelson.

Als wir allein waren, deutete ich auf den Stuhl neben der Trage.

Bishop setzte sich. „Der Arzt sagt, du musst ein paar Tage hierbleiben, aber du wirst wieder."

„Freut mich, das zu hören."

„Tut dir was weh? Brauchst du ein Schmerzmittel?"

Ich schüttelte den Kopf. Er bewegte sich unruhig, und ich merkte, dass er sehr nervös war. „Willst du darüber reden? Und ich meine nicht meine Verletzungen."

„Eddy ist tot."

Ich atmete zischend ein. „Das meinte ich nicht, aber gut zu wissen."

„Das wurde Zeit für den Mistkerl."

„Hast du ihn umgebracht?", fragte ich leise. Ich hasste diese Frage, musste sie aber stellen.

„Ja." Stolz glühte in seinen Augen. „Mit meinen

bloßen Händen."

„Oh nein. Bishop."

Er schüttelte den Kopf. „Die Cops haben sich meine Geschichte angehört und mich gehen lassen. Es wird keine Anklage geben."

Ich brauchte einen Moment, um das zu verinnerlichen. Bishop hatte den Mann in Notwehr getötet, um sich selbst und mich zu verteidigen. Genau wie er ein persönliches Risiko auf sich genommen hatte, um mich in Virginia zu beschützen. Da ich meine ganzen beruflichen Jahre dafür gelebt hatte, dass nur die Gerichte für Gerechtigkeit sorgten, war es schwer zu schlucken, dass Eddy durch Bishops Hände gestorben war. Auf der anderen Seite war Eddy für Gavins Tod verantwortlich. In diesem Fall hatte die alte Auge-um-Auge-Philosophie etwas Tröstliches.

Ich seufzte erleichtert. „Gott sei Dank."

Bishop rieb seine Handflächen aneinander. „Du hast mich heute zu Tode erschreckt."

„Ja?"

Er nickte. „Als ich in dein Büro kam und gesehen habe, was Eddy mit dir machte …" Gequält schloss er kurz die Augen. „Ich dachte, dass du stirbst. Ich wollte dich nicht verlieren, und vor allem wollte ich nicht, dass du mit Zoff zwischen uns stirbst."

„Du wolltest mich nicht an den Tod verlieren … oder in deinem Leben?" Mein Herzschlag erhöhte sich, sodass der Apparat, an den ich angeschlossen war, schneller piepste.

„Beides", sagte Bishop und seine Stimme brach.

„Ich würde alles dafür geben, dass du das ernst meinst – dass du uns noch eine Chance geben willst."

„Das will ich, Sam. Heute habe ich begriffen, dass ich nicht mehr ohne dich leben will."

Tränen brannten in meinen Augen. „Oh Bishop, ich liebe dich."

Er lächelte. „Sogar nach dem, wie ich dich behandelt habe?"

Egal, was zwischen uns passiert war, ich liebte ihn, und das schon seit einer ganzen Weile. Doch seine Frage war berechtigt. Wahrscheinlich wollte er die Antwort dringender wissen als ich. Ich hatte bereits die notwendigen Opfer gebracht, um mir selbst zu beweisen, dass ich ihn liebte. Es war ein schwerer Weg gewesen, besonders weil ich seinetwegen meinen besten Freund verloren hatte. Mir fehlte Gavin sehr und an manchen Tagen wollte ich am liebsten gar nicht erst aufstehen. Aber auf seine sanfte und doch starke Weise war mir Bishop ein Trost gewesen. Er hatte meinem Leben einen Sinn gegeben. Und ich wollte, dass er ein Teil dieses Lebens war.

„Ja. Ja, ich liebe dich trotzdem."

Bishop nahm meine Hand in seine. „Ich verspreche dir, dass ich alle Situationen, in denen ich ein Arschloch war, wiedergutmachen werde."

Ich lachte. „Okay, und ich werde es zulassen."

Er stand auf und küsste mich. „Ich liebe dich auch", flüsterte er an meinen Lippen.

Mein Herz wollte vor Glück zerbersten und

schon wieder füllten sich meine Augen mit Tränen. Erstaunlicherweise löste das in mir keinen Alarm aus.

Bishop setzte sich wieder und runzelte die Stirn.

„Was ist los?", fragte ich ihn.

„Ich dachte nur gerade, dass ich dich so sehr liebe, dass ich wünschte, wir könnten einfach von vorn anfangen. Einfach vergessen, dass du eigentlich eine Agentin bist und all den Mist."

„Wir können es versuchen." Ich entzog ihm meine Hand. Er sah mich erstaunt an, als ich sie ihm zum Schütteln hinhielt. „Ich bin Samantha Vargas. Ich arbeite als Agentin beim ATF."

„Bishop Malloy, Sergeant at Arms bei den Hell's Raiders."

Wir schüttelten uns die Hände. „Das ist ein Anfang."

Epilog

Samantha

Meine Finger flogen über die Tastatur, als ich meinen letzten Bericht tippte. Während ich die Verhaftung noch mal überdachte, musste ich lächeln. Schließlich passierte es nicht jeden Tag, dass man einen Waffenschieber, der seine Ware in einem Eiscreme-Laster bedruckt mit Clowns, erwischte.

Es erinnerte mich auch an Gavin. Er hätte diesen Fall gehasst. Wenn er eins fürchtete, dann waren es Clowns. Sein Tod war jetzt ein Jahr her, doch ich dachte immer noch an ihn und vermisste ihn jeden Tag.

Es klopfte an der Tür, aber ich sah nicht auf. „Ja?"

„Immer noch da?", fragte Peterson.

„Bin gleich fertig."

„Du hättest schon vor einer Stunde gehen sollen."

Ich sah ihn an. „Seit wann ermuntern Chefs ihre Angestellten, faul zu sein?"

Er kreuzte die Arme vor der Brust. „Immer dann, wenn diese Angestellte in weniger als zwei Stunden ihren Hochzeitsempfang hat."

Ich sicherte die Datei und hielt überredet die

Hände hoch. „Schon gut, ich gehe jetzt."

„Gut. Wenn ich noch eine Textnachricht von deiner neuen Schwägerin lesen muss, die mich fragt, wo du bleibst, werde ich schreiend wegrennen." Ich lachte und er verengte die Augen. „Wie ist sie eigentlich an meine Nummer gekommen?"

„Du gehörst schließlich zu den Eingeladenen, und als Hochzeitsplanerin brauchte Alexandra alle Kontaktdaten."

„Verstehe." Er machte eine winkende Handbewegung. „Komm, ich begleite dich hinaus."

Ich lächelte über seine beschützerische Art. Obwohl es fast ein Jahr her war, dass Eddy mich angegriffen hatte, bestand Peterson immer noch darauf, mich abends bis zum Auto zu begleiten. Auch würde er mich morgen an meiner Hochzeit mit Bishop zum Altar führen. Zwar hätte ich meinen älteren Bruder Steven oder meinen Stiefvater darum bitten können, doch Peterson war über die Jahre für mich zu einer Vaterfigur geworden.

Wir nahmen den Aufzug in die Tiefgarage und Peterson begleitete mich zu meinem Auto.

„Bis in zwei Stunden", sagte ich.

„Fahr vorsichtig."

„Ja, Daddy."

Peterson grinste. „Pass lieber auf. Das könnte mir auf die Art schmutziger alter Männer gefallen."

Ich lachte. „Ach, hör auf."

Er winkte mir und ging in die Reihe, in der sein Wagen parkte.

Ich startete den Motor und in dem Moment klingelte mein Handy.

„Hallo, zukünftiger Ehemann."

Er lachte am anderen Ende. „Hallo, zukünftige Ehefrau. Kommst du jetzt?"

„Ja. Bin auf dem Weg zum Clubhaus."

„Gut. Ich habe schon den ganzen Nachmittag Alexandra und Annabel im Nacken."

„Oh Mann, doppelter Druck."

„Ganz genau."

Da mir das weibliche Gen für Hochzeitsplanung fehlte, hatten sich Alexandra und Annabel um alles gekümmert. Immer, wenn sie übertrieben, hatten Bishop und ich ein Veto eingelegt. Am Ende hatten wir beschlossen, genauso zu heiraten wie Annabel und Rev. Es machte Sinn, am Ufer des Sees zu heiraten. Immerhin hatten wir dort unsere erste Nacht zusammen verbracht. Hier hatte unsere Beziehung begonnen. Es war nur logisch, auch dort zu heiraten.

„Ich habe deine Mom und deinen Stiefvater am Flughafen abgeholt. Deine Geschwister und ihre Familien kommen erst später heute Abend an, was besser für dich ist, sie allen vorzustellen."

„Danke, dass du das übernommen hast. Wie geht es ihnen?" Damit meinte ich, wie sie damit zurechtkamen, in einem MC-Clubhaus umgeben von Bikern zu sein. Meine Mutter, die immer noch Vorurteile gegenüber Bikern hatte, hatte es nur schwer ertragen, als ich ihr von Bishop erzählte. Lange hatte sie sich geweigert, unsere Beziehung zu akzeptieren, und sie hatte wahrscheinlich gehofft, dass ich nur mal etwas Wildes erleben wollte oder so etwas Rebellisches in der Art. Sie konnte nicht verstehen, wie ich bei meiner Vergangenheit je einem Biker trauen, geschweige denn einen lieben konnte.

Doch die Monate verstrichen und Bishop und ich waren immer noch zusammen. Als wir uns verlobten, versuchte sie, es mir durch zig Telefonanrufe auszureden. Immer wieder erklärte ich ihr, dass die Raiders legal agierten, und obwohl die Brüder früher auch Verbrechen begangen hatten, gab es das jetzt nicht mehr, und schon gar nicht auf die Art wie der Mann, der meinen Vater getötet hatte.

Erst nachdem sie Bishop persönlich kennengelernt hatte, erwärmte sie sich für ihn. Weihnachten und Silvester hatten wir bei meiner Mom und meinem Stiefvater verbracht. Bishop war extrem geduldig mit ihr und behielt die Nerven, wenn sie ganz offen feindselig zu ihm war.

Bis es eines Abends bei einem Dinner im Lieblingsrestaurant meiner Mutter eskalierte. Nachdem Bishop die Rechnung bezahlt hatte, wandte er sich an meine Mutter.

„Mrs. Bennett, ich muss Ihnen etwas sagen."

Meine Mutter spitzte die Lippen und griff nach ihrem Weinglas, in dem noch ein Rest war. „Und was wäre das?"

Bishop atmete durch und mein Stiefvater und ich lehnten uns gespannt vor. „Die meiste Zeit meines Lebens war ich unter Menschen, die mich für Abschaum hielten, weil ich eine Kutte trage und eine

Harley fahre. Ich habe gelernt, das zu akzeptieren. Und auch wenn meine Brüder und ich nicht immer Vorzeigebürger waren, schwöre ich Ihnen, dass wir jetzt anständige, gesetzestreue Männer sind."

Meine Mutter winkte ab. „Ja, ja, das hat mir Samantha schon hundertmal gesagt. Aber das ändert gar nichts für mich."

„Schade, das zu hören. Ich wünschte mir, dass Sie glücklich darüber sind, dass Ihre Tochter jemanden liebt und geliebt wird. Ich werde arbeiten, bis meine Finger bluten, um ihr eine stabile Zukunft zu bieten. Ihr Leben wird immer vor meinem kommen."

Ich drückte Bishops Hand. „Was er bereits sogar zweimal bewiesen hat."

„Zweimal?", fragte meine Mutter überrascht.

Zwar wusste sie von Eddy, hatte aber keine Ahnung, was Bishop bei der Attacke der Diablos getan hatte. Ich erzählte ihr, wie er sich über mich geworfen hatte.

Ihr verbissener Ausdruck wurde sanfter.

„Verstehe", murmelte sie.

„Wir hätten sehr gern Ihren Segen", sagte Bishop.

Meine Mutter spielte mit einem Faden an der Tischdecke herum. „Ich kann nicht sagen, dass ich mich jemals damit wohlfühlen werde, dass Samantha die Frau eines Bikers ist und mit Gesetzlosen zu tun hat …"

„Frühere Gesetzlose, Ma'am", widersprach Bishop.

Sie nickte. „Andererseits findet sie wahrscheinlich keinen anderen Mann mehr, der sie so liebt wie du."

Obwohl ich nie nah am Wasser gebaut war, stiegen mir Tränen in die Augen. „Nein, bestimmt nicht."

„Ich kann nur sagen, dass ich es versuchen werde."

„Vielen Dank, Mrs. Bennett." Er zwinkerte. „Warten Sie es nur ab. Ich werde Sie schneller bezirzen, als Sie denken."

Und das tat er. Als wir abreisten, hatte meine Mutter Riesenschritte Richtung Akzeptanz gemacht. Doch er war natürlich nur ein einzelner Biker. Heute hatte sie es mit einem Saal voller Kutten zu tun.

„Ich würde sagen, es geht. Ich habe sie zu Mama Beth gebracht. Das war sicherer, als zu versuchen, sie aus dem Clubhaus zu halten."

„Gute Idee. Ich werde direkt zu ihnen gehen. Ich werde Peterson mitnehmen. Er ist immer noch skeptisch wegen der ganzen Im-Wald-heiraten-Sache."

Bishop lachte. „Das überrascht mich nicht." Ich hörte Hintergrundgeräusche und Bishop seufzte. „Ich muss Schluss machen. Bis gleich."

„Okay, bis gleich. Ich liebe dich."

„Ich liebe dich auch."

Egal wie oft er es sagte, ich bekam nie genug davon, zu hören, dass er mich liebte. Es hatte Zeiten gegeben, da glaubte ich, es niemals wieder zu hören, was es jetzt noch schöner machte. Ich war sehr dankbar, dass er kein Mann war, der nicht über seine Gefühle reden konnte.

Als wir auf die Lichtung von tohi a-ma kamen, stand die Sonne tief über dem Horizont und tauchte den Himmel in rosa, orange und lila Farben. Ich konnte mir keinen schöneren Ort für meine morgige Hochzeitszeremonie vorstellen.

„Okay, sobald die Brautjungfern platziert sind, üben wir den Ablauf, und Samantha, du schreitest zum Altar", ordnete Alexandra an.

„Jetzt?"

Aufgeregt wedelte sie mit den Händen. „Nein, nein! Bei der Probe zum Altar zu schreiten bringt Pech. Mr. Peterson darf das, aber du musst um die Stühle herumgehen."

„Ich nehme alles zurück", sagte ich grinsend.

Alexandra nahm die ganze Hochzeitssache viel zu ernst. Doch noch mehr Pech konnten Bishop und ich wirklich nicht gebrauchen, also vertraute ich ihr. Nachdem ich um die Stühle herumgegangen war, traf ich Peterson am Altar, wo Bishop schon wartete. Rev und Deacon waren seine Trauzeugen und Mac, Boone und Breakneck gehörten außerdem noch zu seinem Gefolge.

Neben meiner Schwester Sophie repräsentierten meine Brautjungfern die Welt, in die ich eintrat. Ansonsten hatte ich niemanden aus meinem bisherigen Leben eingeladen. Alexandra, Annabel, Kim und Annie traten an die leere Stelle. Selbstverständlich war Willow das Blumenkind, und Wyatt tat sein Bestes, die Ringe zu bringen. Da er nicht einmal zwei Jahre alt war, würde die Sache sicher spannend werden.

„Jetzt üben wir den Teil mit den Gelübden."

Der Pastor, ein Raider von außerhalb namens Fuzz, ging die Zeremonie mit uns durch, ohne dass wir die Gelübde aufsagen mussten. Das blieb für morgen reserviert.

„Und dann kommt der Spruch: Du darfst die Braut küssen."

Bishop zog mich in seine Arme und küsste mich. Ich schmolz in seiner Umarmung dahin und strich mit den Händen über seinen Rücken.

Fuzz pfiff und wir trennten uns. „Das reicht jetzt. Den Teil solltet ihr gar nicht üben."

Bishop grinste. „Ich wollte nur sichergehen, morgen nichts falsch zu machen."

„Als ob du das üben müsstest", sagte ich leise.

Alexandra trat vor. „Nach dem Kuss ist der zeremonielle Teil vorbei. Nachdem die Fotos gemacht wurden, gehen wir alle zur Feier."

„Apropos Feier. Ich verhungere. Gehen wir zum Abendessen", sagte Bishop.

Im Clubhaus fand ein Grillabend statt. Es war weder ausgefallen noch edel, doch ich liebte es. Bishop und ich teilten uns ein riesiges Stück Schokoladentorte, da ertönte ein Schrei. Zwei Tische weiter beugte sich Kims Tochter Cassie vor und atmete stoßweise. Wegen der besonderen Umstände ihrer Schwangerschaft – sie war die Leihmutter für

Rev und Annabels Elternträume – richteten sich sofort alle Augen auf sie. Rev und Annabel stürzten zu ihr.

„Was ist los?", fragte Rev.

„Hast du Vorwehen?", wollte Annabel wissen.

Cassie sah auf und lächelte gequält. „Die Fruchtblase ist gerade geplatzt."

„Heilige Scheiße!", rief Rev aus und Annabel begann, ergriffen zu weinen. „Wir brauchen einen Arzt! Wo ist Breakneck?"

„Bin schon da", sagte Breakneck grinsend. Rev hatte in seiner Aufregung gar nicht bemerkt, dass Breakneck sowieso neben Cassie saß.

„Oh, entschuldige", sagte er verlegen.

Breakneck erhob sich vom Stuhl. „Als Erstes müssen wir alle tief durchatmen und uns beruhigen."

„Aber ...", begann Rev.

Breakneck schüttelte den Kopf. „Ganz ruhig. Alles wird viel einfacher, besonders für Cassie, wenn du dich abregst."

Zögerlich nickte Rev. „Okay, was noch?"

„Wir bringen sie ins Krankenhaus. Cassie, hast du deine Tasche gepackt und bereit?"

„Ja, sie steht bei Mom."

Kim sprang vom Stuhl auf. „Ich hole sie."

Nachdem sie davongestürmt war, sagte Breakneck. „Gehen wir zum Auto."

Bishop und ich folgten der Gruppe nach draußen. Als Cassie vorn in Revs SUV gesetzt worden war, wandte er sich an Bishop.

„Ich kann nicht fahren."

„Was?"

Er streckte die Hände aus, und wir sahen, dass sie extrem zitterten. „Ich bin viel zu nervös zum Fahren."

Ich unterdrückte ein Lächeln, doch Bishop war nicht so rücksichtsvoll. Er brach in Gelächter aus. „Echt, Mann? Nach allem, was wir erlebt haben, verlierst du jetzt die Nerven?"

„Es geht um mein Kind, B. Ein Kind, wegen dem wir durch die Hölle gegangen sind."

Bishop wurde ernst. „Verstehe. Natürlich fahre ich euch gern."

„Soll ich hierbleiben?", fragte ich.

Bishop schüttelte den Kopf. „Auf keinen Fall. Spring rein."

„Aber wird das nicht zu eng zu fünft?"

„Du, Rev und Annabel könnt euch hinten reinquetschen."

„Okay, wenn du meinst."

Als wir die Hintertür öffneten, sah uns Cassie unter Tränen an. „Es tut mir so leid, euren Abend ruiniert zu haben."

Ich tätschelte ihre Schulter. „Oh, das hast du doch gar nicht. Du hast ihn zu etwas Besonderem gemacht, weil unser Neffe oder unsere Nichte zur Welt kommt."

„Genau", stimmte Bishop zu und startete den Motor.

Deacon und Alexandra winkten uns von ihrem Auto aus. Wir bildeten einen Autokorso zum

Krankenhaus. Bishop fuhr vor der Notaufnahme vor. Kaum hatten wir angehalten, sprang Rev hinaus und besorgte einen Rollstuhl. Als er zurückkam, setzten er und Annabel Cassie auf den Stuhl und Rev fuhr sie hinein.

Nach den Formalitäten am Empfang öffneten sich die elektrischen Glastüren und Cassie wurde in Begleitung von Rev, Annabel und Kim fortgebracht. Eine Schwester sah uns herumstehen und forderte uns auf, ins entsprechende Wartezimmer zu gehen. Also gingen wir alle in den vierten Stock, wo wir den halben Warteraum belegten. Deacon und Bishop spielten Karten, während ich Alexandra half, Willow und Wyatt zu beschäftigen.

Stunden vergingen. Wyatt schlief in meinen Armen ein und Willow auf Deacons Schoß.

Kurz nach zwei in der Nacht ging die Tür auf und Rev erschien mit einem strahlenden Lächeln und einem winzigen Bündel auf dem Arm.

„Es ist ein Mädchen!", rief er.

Alle jubelten erfreut. Rev und Annabel hatten das Geschlecht bis zur Geburt nicht wissen wollen. Alle umarmten einander und wischten sich die Freudentränen ab. Wir versammelten uns um Rev und bestaunten das Kind, das Rev sehr ähnlich sah.

„Wie soll sie heißen, Daddy?", fragte Bishop.

„Natalie Elizabeth ... nach mir und Mama Beth."

Mama Beth lächelte. „Eine gute Wahl, mein Sohn."

„Gern geschehen", sagte Rev.

Er legte Natalie in Mama Beth' wartende Arme. Unter Tränen küsste sie ihre neue Enkelin und reichte sie an Deacon weiter, der sie dann Bishop überreichte.

„Ich bringe sie jetzt lieber zurück", sagte Rev. „Nachher könnt ihr Cassie besuchen. Sie hat das ganz wunderbar gemacht."

Nachdem Rev gegangen war, nahm Alexandra mir Wyatt ab, damit sie nach Hause fahren konnten.

„Wir gehen besser auch. Morgen ist ein großer Tag", sagte ich.

„Ja, der Tag, an dem ich angekettet werde", neckte mich Bishop.

Ich schlug ihm gegen den Arm. Da der Aufzug voll war, nahmen wir den nächsten allein.

„Natalie hat auf deinem Arm ganz natürlich ausgesehen", sagte ich.

„Ich habe Übung durch Wyatt."

„Meinst du, du hast genug Übung für ein eigenes?"

Er runzelte die Stirn. „Wie meinst du das?"

„Hier ist zwar nicht unbedingt der beste Ort, es dir zu sagen, aber es fühlt sich gerade richtig an." Ich schlang die Arme um seinen Hals. „Bishop Malloy, du wirst Vater."

Er weitete die blauen Augen. „W-was?"

Ich grinste. „Wir haben doch ein paar Monate vor der Hochzeit die Pille abgesetzt, damit ich die künstlichen Hormone aus dem System kriege."

„Ja. Und?"

„Und ich bin schwanger."

Die Fahrstuhltür ging auf und Bishop trat hinaus. „Ein Kind ... du bist schwanger ..."

Seine Reaktion war für diesen starken Kerl absolut unbezahlbar. „Alles in Ordnung?"

Er blinzelte. Dann erschien ein strahlendes Lächeln auf seinem Gesicht. „In Ordnung? Alles ist fantastisch!"

Er zog mich in seine Arme und drückte mich fest. „Das ist das schönste Hochzeitsgeschenk, das ich mir je hätte wünschen können."

„Das freut mich."

„Hoffentlich ist es ein Mädchen und sieht aus wie du."

Ich lachte. „Ich habe so ein Gefühl, dass es ein Junge ist."

„Oh Gott, noch ein Malloy, der alles auf den Kopf stellt."

Ich schüttelte den Kopf. „Nein, die Tage, an denen die Malloy-Jungs das gemacht haben, sind Geschichte. Der Letzte von ihnen wird morgen ein alter verheirateter Mann und in sieben Monaten Vater."

Bishop grinste. „Du hast recht. Mein Sohn wird eine andere Zukunft haben."

„Aber sicher wird er Motorradfahren wollen und das Abzeichen der Raiders tragen."

„Ist das ein Problem?"

Ich sah ihm in die Augen. Einst wäre die Vorstellung von einem meiner Söhne in einem MC unvorstellbar gewesen. Ein Biker zu werden, wäre das Letzte gewesen, was ich für meinen Sohn gewollt hätte. Doch die Zeiten und die Menschen änderten sich.

„Nein, kein Problem. Wir werden eine gute, solide Generation der Raiders brauchen, um die neue Tradition aufrechtzuerhalten."

„Da stimme ich dir zu."

Bishop legte den Arm um meine Taille und führte mich zum Auto – in die Zukunft, die uns als Ehemann und Ehefrau und Eltern erwartete.

Danksagung

Mein Dank gilt zuerst und vor allem Gott, von dem alles Gute kommt und der mein berufliches und privates Leben reichlich füllt.

Danke meiner außergewöhnlichen Agentin Jane Dystel, die immer meine Interessen wahrt, beruflich wie privat. Ich freue mich auf viele weitere erfolgreiche Jahre miteinander.

Danke meiner Lektorin Kerry Donovan. Danke für die gute Zusammenarbeit an der Serie. Danke, dass du das Beste aus den Büchern herausgeholt und mir erlaubt hast, die Kontrolle über meine Babys zu behalten, und dafür, dass du immer für mich da warst, wenn ich dich brauchte.

Vielen Dank an Kim Bias, dass du mich wieder aufgerichtet und mir durch den Plot geholfen hast, meine erste Leserin warst, meine tägliche Arbeit gecheckt hast und generell meine Bücher und mein Leben bereicherst. Frau, ich habe dich echt gern!

Danke an Marion Archer. Ohne dein Feedback würde ich kein Buch veröffentlichen. Ich schüttele immer noch den Kopf über deine Kommentare und frage mich, wieso ich nicht selbst daran gedacht habe. Vor allem danke ich dir für deine

Freundschaft. Deine guten Gedanken und deine Unterstützung über den Ozean hinweg helfen mir ungemein.

Danke an meine Cousine Kim Holcombe und meine Freunde Kristi Hefner, Gwen McPherson, Kim Benefield, Tiffany Allred, Brittany Haught und Michelle Eck. Danke für eure Hilfe in den ersten Wochen von Olivias Leben. Das ermöglichte es mir, das Buch fertig zu schreiben. Ich habe euch alle sehr lieb!

Danke an Katie Brown und Stephanie Frady. Danke, dass ihr auf Olivia aufgepasst habt und dass ich etwas Schlaf bekommen habe!

Danke an meinen Babysitter Robin Riddle, dass ich mich ums Schreiben kümmern konnte, ohne mir über Miss O. Sorgen machen zu müssen.

Danke an Cris Hadarly, meine beste Freundin und größte Unterstützerin. Wir mögen durch Ozeane getrennt sein, aber ich könnte mir keinen besseren Menschen an meiner Seite wünschen. Ich werde für immer in deiner Schuld stehen für deine Hilfe bei meiner Autorenkarriere. Danke, dass du bei der verrückten Achterbahnfahrt der letzten drei Jahre dabei gewesen bist. Ich liebe dich von ganzem Herzen.

Jen Gerchick, Jen Oreto, Shannon Furhman: Danke für eure unermüdliche Hilfe. Es bedeutet mir sehr viel. Vor allem eure Freundschaft, die mich in guten wie in schlechten Zeiten unterstützt.

Danke an das Team Ashley's Angels für die Liebe und die Unterstützung.

Danke an die Ladys der Hot Ones: Karen Lawson, Amy Lineweater, Marion Archer, Merci Arellano. Danke für die Freundschaft, Buchvermarktung, frechen Memes, die mich zum Lachen bringen, und stundenlangen Chats. Das bedeutet mir die Welt.

Danke an die frechen Schwestern der Smutty Mafia. Danke, dass ihr mich zum Lachen gebracht und damit geistig fit gehalten habt!

Danke an Kristi Hefner, Gwen McPherson, Brittany Haught, Kim Benefield, Jamie Brock und Erica Deese, dass ihr die besten Freundinnen seid, die man sich nur wünschen kann. Ich danke Gott, dass ihr schon so lange mein Leben bereichert.

Autorin

Katie Ashley ist eine New York Times- und USA Today-Bestsellerautorin und lebt in der Nähe von Atlanta, Georgia. Zusammen mit ihrer Tochter Olivia ist sie Frauchen von Belle und Elsa, zwei Hunden, die sie aus dem Tierschutz übernommen hat. Katie Ashley ist süchtig nach Pinterest, der TV-Serie „Golden Girls", Shakespeare, Harry Potter und Star Wars.